ちくま学芸文庫

西洋古典学入門

叙事詩から演劇詩へ

久保正彰

UN259447

筑摩書房

まえがき

放送大学の専門科目「人間の探究」というプログラムの一端として、十五回にわたって『西洋古典学』を担当させていただくが、口頭の解説だけでは、学習者にとってわかり難いところも多々あろうかと思い、文字によって主旨を綴ったものが、この書物である。

この書物の目的は、西洋古典（古代ギリシア、ローマの古典作品）を紹介することにある。しかし、古代のギリシア、ローマの人間たちが追究した人間探究の成果は、多岐にわたっているために、これを網羅的に記述することはおろか、その重要な事柄すらも多くを割愛せざるをえなくなってしまった。

ギリシア、ローマの人間たちは、自分たちの神話の中にも、神の摂理というよりは人間の真理が明らかにされることを求めている。かれらの詩や文学、絵画や造形芸術が一貫して追求したのも、人間の姿や行為の表現である。ギリシア、ローマの歴史家たちの関心も、つねに人間性と人間行為の探究に焦点を結ぶ。そして、人間の知性と言語をめぐるギリシア人、ローマ人の熾烈な研究心、それこそがかれらの哲学と修辞学を生みだした母胎であることは、すでに多くの専門書の説くところとなっている。このように多岐にわたる、しかも、そのどれ一つを見ても人間の知的営為の深奥に光を投じたかれらの探究の、どの一部分を取り上げても、これに適切な解説を施すことは難事というほかはない。

結局、私はギリシア人の中でも、「人間の探究」活動において他の追随をゆるさなかった大学者、アリストテレースの足跡を、自分にかなう範囲においてたどり直してみること、それを当面の課題とすることにした。かれは、〝ギリシアの詩人・文人たちはいかなる形で、人間行為を理解し、その表現に達しているか、またその探究と表現の技術的手だては何か〟、という問いを立て、その解答への道標として、『詩学』と題する小論文を著している。かれは、古代ギリシアの叙事詩から合唱抒情詩を経て演劇文学に至る、文芸史的展開を衆人周知の事柄としたうえで、詩人・文人たちの創作活動を通じてとらえられている、人間行動学を論じている。私が目的としたのは、アリストテレースの学説の詳述ではなく、かれが『詩学』において、当然の前提としている文芸史上の事柄について、わずかばかりの補足的説明を加えることであった。叙事詩とは、合唱抒情詩とは、また演劇詩とは、どのようなものか。またどのようなものとして理解されれば、アリストテレース流の〝人間の探究〟の基礎材料となりうるのであろうか、と自問自答を繰り返しながら、「叙事詩から演劇詩へ」の道をさぐってみた。アリストテレースの名前が、時折文中に現れているのは、そのためである。

とは言え、これは『詩学』の注釈ではないし、また『詩学』の論旨を前提としているものでもない。古代ギリシア、ローマの古典のごく一部分だけを題材としながら、「人間の探究」を私なりにやってみようとしたときに、やはり、何よりも重要なヒントが、アリストテレースの『詩学』にあることに思い至った、というに過ぎないのである。この書物の中には、かれが頭から問題外として無視している事柄や、かれの論旨から逸脱している問題も、多々含まれているが、これらは私の「人間探究」上、必要と思われたので記載することにした。写本やパピルスにかかわる記事が含まれているのは、そのためでもある。

甚だ未熟な解説の域を脱しえない草稿が、不足不備なる諸欠陥を正しえぬままに、放送大学の印刷教材として出版されることとなり、誠に恐縮に堪えない思いである。諸賢のご批判とご叱正によって、多少なりと改善を期しうるならば、筆者にとって望外の幸せと言うほかはない。

昭和六十三(一九八八)年一月

久保正彰

目次

3　抒情詩人の再発見――その1　121

西洋古典学入門　叙事詩から演劇詩へ

序論
——西洋古典と西洋古典学

1　西洋古典とは何か

中国（漢字）文化圏の一周辺国として歴史の舞台に初登場したわが国においては、それ以来今日に至るまで、中国の古典をもって鑑《かがみ》とする文化の伝統が浸透して、日本文化の基本的特徴となっている。しかし、西洋の古典、とりわけ、これから私たちの主題となるべき、ギリシアやローマの文物についての教えが日本で広められるようになったのは、わが国が近代化への道を歩みはじめて後のことである。したがって、同じ「古典」といっても、漢文古典とは、受容の意味も経路も全く異なるものである。

ギリシア・ラテン学事始め

古代ギリシア・ローマの言語や思想が、わが国の大学の教室で教えられるようになったのは明治初期から後の、比較的最近のことである。動植物の学名には、今日でも古代ローマの言語であるラテン語が使われている。数学や物理学は、古代ギリシアで生まれた学問であるために、基本的な学術用語には、ギリシア語、ラテン語をもとにしている単語が少なくない。日本で、古代のギリシア、ラテン語の知識を切実に求めた最初の人々は、西洋の先端的科学技術の導入にあたった人々であった。

しかし西洋の歴史や文化、芸術も、次第に明治の知識人の興味の対象となるに従って、ギリシア、ラテンの学問も、学術用語の基礎知識より深い意味をもつことが、少数の人々の間では理解されはじめてきた。東洋には中国の古典があるように、西洋にも西洋の古典があり、かの地における文化的伝統の源泉となり糧となって、かれらの精神を養ってきているはずだ、と思われるようになったのである。その明確な洞察は、すでに夏目漱石の『文学論』や、『十八世紀英国文学史』の背後にあったことは確かである。英文学に道を求めた漱石にとっては、ギリシア、ラテンの学問は、果てしなく迂遠《うえん》なものとしか映らなかったようであるが、その遠い彼方にあるものへの畏怖《いふ》と憧《あこが》れに似た感懐は、そこここに散見される。

ケーベル博士と弟子たち

明治中期から大正期の日本の学生たちに、西洋において古典として貴ばれた主要な書物を触れさせ、その内容を理解させるという、むずかしい仕事に情熱を傾けたのは、ラファエル・フォン・ケーベル博士である。一八九三年（＝明治二十六年、漱石卒業の翌学年度）、博士は東京大学に招かれ、それ以後二十一年間という長きにわたって、休みなく東京大学において西洋哲学史を担当し、数多くの英才を育て、実に、日本における西洋思想研究の素地を培った偉人である。その在日中の所感を綴《つづ》った『ケーベル博士随筆集』は、当時の大学の実情を語る貴重な記録であるのみか、今日の教育問題についても鋭い示唆を含む名著であるが、そこにはまた博士が、当時の学生たちに向かって、ギリシア、ラテンの学問を貴ぶべきことを強調している様子が、いたるところに見いだされる。時には、「私の形而上学的要求を満たすという点からみれば、ギリシア哲学以外のものはみな、ぜいたく品にすぎない」とか、あるいは「ホメーロスの叙事詩を救うための代償であれば、（一、二の例外はあるとしても）他のすべての文学作品を犠牲にしても惜しいとは思わない」といった極端な表現を用いて、古代ギリシアの文物が西洋の古典のなかでも、とくに主位に立つべきことを強調しているところもある。

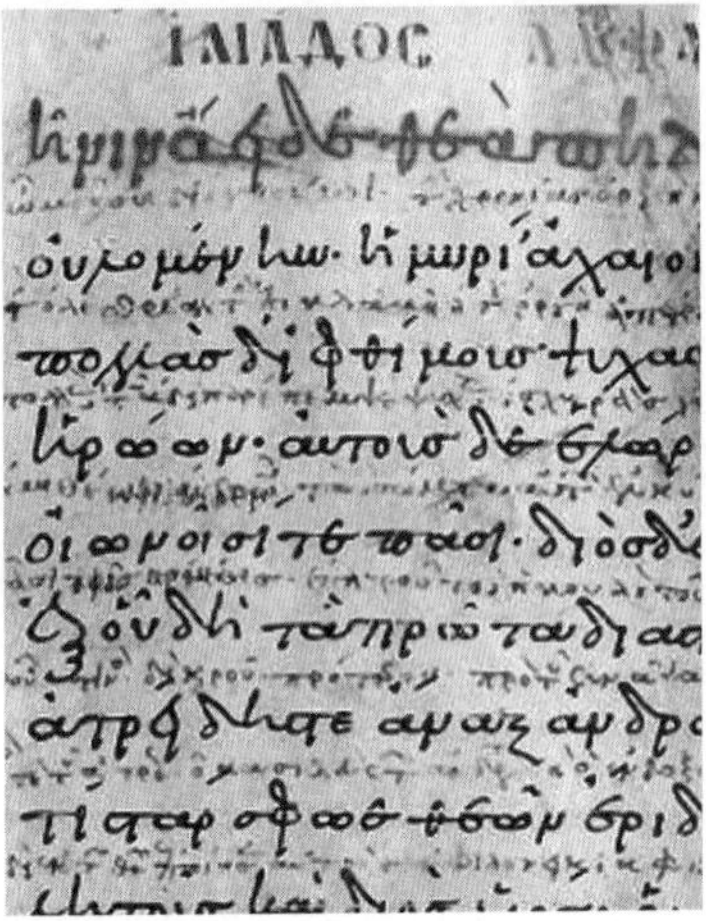

Venetus A Marcianus 454、ホメーロス・イーリアス（第３巻冒頭）の写本（10世紀）（本書50ページ‘ヴェネチア本’参照）

このような博士の熱心な西欧人文主義の教えからは、数多い若い学究が深い示唆をうけて巣立っていった。その中には、田中秀央、九鬼周造、和辻哲郎、久保勉などの、現代日本人の思想形成に大きい貢献をとげた人々がいたのである。ギリシア・ラテン学の分野においては、とりわけ田中秀央の業績は著しい。ギリシア語文法（一九二七年）、ラテン語文法（一九二八年）、ギリシア文学史（一九三九年）、ラテン文学史（一九四三年）、ラテン語辞典（一九五二年）などを著し、わが国における西洋古典研究の開拓者として重要な足跡をとどめた。今世紀前半、わが国における西洋思潮研究は、各分野において飛躍的な展開をとげていったが、その一隅で、西洋研究にとっては不可欠の基礎学であるところの、ギリシア・ラテンの学問が、きわめて地味ではあるけれども、着実な前進の途につきはじめたのである。

西洋の古典の中でも特別に価値あり、とされたギリシア・ローマの文物が日本に初めて原典の形で紹介されるようになってから今日までに、まだ一世紀の年月すらも経ていない。この新しい学問への細道を志した研究者の数もけっして多いとはいえないし、その層も草蒙期から二、三世代の蓄積を重ねた程度である。西欧におけるラテン中世以来の伝統や、十五世紀以来の古代ギリシア・ラテン研究の蓄積とは、比するべくもない。しかしそれでもその間に、少数とはいえ、卓越した才能と知見を有する研究者が後をたたずに生まれた。とくに、第二次大戦後、わが国にも民主主義という、古代ギリシア人が案出した政治形態が用いられるようになってから、西洋古代についての世間の関心も、深くなったことによるのであろう。古代ギリシア・ラテンの言語や文学の研究や翻訳・紹介が盛んにおこなわれるようになった。また歴史や碑文学、考古学、美術史、建築史、哲学・宗教思想の研究など、多くの分野にわたる専門的なギリシア・ラテンの研究が、欧米の学者たちに伍して進められている現状は、特筆に値すると思われる。

かつて私たちの祖先が漢字文化に対してそうしたように、私たちはアルファベット文化に心酔して模倣につとめるうちに、いつしかそれをわが骨肉と化してしまおうという意欲にとりつかれているのであろうか。もしそうでないというならば、アルファベット文化の遺伝子ともいうべきギリシア・ラテンの研究が、本来の文化的素地を異にする日本で、鋭意継続されていくべき内在的な理由も、目的も確定しがたいのではないだろうか。それとも私たちは今や地球人の自覚のもとに、すべての人間性の遺産に対して、継承者たらんとしているのであろうか。私としては、日本人の真の知的吸収力がそれくらい貪欲であることを望みたい。ともあれ、いまや、わが国における「西洋古典学研究」は、非アルファベット文化圏にあっては、稀有なる現象となっており、しかもそれが生みだした幾つかの成果は、アルファベット文化圏の諸大学や研究所においても、けっして低いとはいえない評価を享受するに至っている。

西洋古典とは何をさすのか

第二次大戦後、新制大学の発足とともに、各大学の教養課程には「古典語」（ギリシア語、ラテン語学）の教課目の設置が認められることになった。また一、二の大学においては「西洋古典学」の学部専修課程や大学院の専攻コースが設置されて、ここで初めて「西洋古典」ならびに「西洋古典学」の名称は、教育制度のなかで市民権を与えられることになった。しかし一般の人々にとっては、西洋も古典も、ともにかなり広義の意味に解しうる言葉である。ダンテもマキアヴェリもシェイクスピアも西洋の古典であり、ミルトンもニュートンも、カントもルソー等々も、みな広い意味での西洋の古典にほかならない。その中で、ギリシア、ローマの文物をとくに西洋古典と称するには、それなりの理由が必要であろう。もっとも簡単な説明は、ダンテ以後の〝西洋〟の人々がこれを〝古典〟と見なしたもの、かれらが自分たちの思想形成や文学的創造に裨益《ひえき》するところが大であったと見なしているもの、これを西洋古典ということになろう。だがそれではとてもまだ、充分な規定とはいいがたい。ギリシアの古典、例えばホメーロス叙事詩とかプラトーンの対話篇《たいわへん》などは、近世西洋諸国の出現よりもかなり以前から、〝古典〟であった。それらはすでに中世のビザンチン帝国の知識人にとっても〝古典〟であったし、いやそれよりもさらに昔、古代ローマの共和制後期においてはやくも、古典のなかの古典となっていたのである。言うまでもなく、これは東洋とか西洋とかの明確な概念すら生まれていなかった時代のことである。

西洋における「古典」概念の淵源

さかのぼれば、「古典」という概念の、アルファベット文化圏における発端は、古代に、ヘレニズム時代に、求められる。紀元前三世紀、学問文化の新しい中心地となった、ナイル河デルタの都アレクサンドリアでは、諸邦のギリシア人学者が集まり、ホメーロスをはじめとするギリシアの詩人文人たちの作品集成と校訂や、注釈書の作成が進められたが、その際に、かれらが取り上げるべき文芸作品の性質が問われ、それを定めるための基準がもうけられた。ホメーロス叙事詩『イーリアス』、『オデュッセイアー』が、詩聖の名に値する作品であるとか、秀逸な抒情詩人としては九人を定める、とか。しかし、ギリシア、ラテンの第一級の文芸作品――その中には詩文・演劇にかぎらず、哲学的著述や歴史記述、大弁論家の演説集など、古代人が文字にとどめた精神的偉業が含まれたが――これを「古典」という了解のもとに論じているのは、前一世紀のローマ共和国の政治家であり大文筆家であった、キケローである。人が真にすぐれた弁論家（政治家）であるためには、壮大な人間世界のさらに彼方にあるものを思い描き、また人間の心奥にひそむ機微をも理解し、そして今、進むべき道を見定める能力を持たねばならない。その力を常々養うために、不可欠な素養を与えてくれるのが、すぐれた古代人の書物である、と。このキケローの考えを、さらに敷衍《ふえん》する形で説いているのが、西暦百年ごろのローマの修辞学者クインティリアーヌスである。その著作である『弁論家の教育』の第十巻は、その主旨にそって、古代ギリシア、ラテン文学論を展開しているが、ここには、ギリシアの詩人、歴史家、哲学者、弁論家にならんで、キケローやその後の、ラテン文学の黄金時代を築いたホラーティウスやウェルギリウスなどの、詩人、文人たちの名も連ねられている。

近世以降の西洋古典学の変貌——古代学研究へ

こうして古代ローマの弁論思想が徐々に形成してきた「古典」の概念と、その具体的内容は、やがて幾世紀かの時が過ぎ、近世ルネサンス期の到来とともに、〝西洋人〟の人文教育の中心を形づくることになるが、その詳細は西欧教育史の記述するところである。しかしながら、キケローやクインティリアーヌスが、真にすぐれた弁論家の教養と人間理解を深めるために、という目的のもとに論じた「古典」の概念や内容が、その後今日に至るまでの、西洋古典ないしは西洋古典学の展望や研究対象にそのまま合致するものとしてとどまっているわけではない。ローマ人たちの「古典」が、ある一つの時代の歴史的、精神的所産であるように、今日私たちが、西洋古典という一つの展望のもとに理解につとめているものは、今日までの歴史と精神の展開が生みだした、さらに広域の対象を含む。ちなみに、キケローやクインティリアーヌスの関知するところではなかった福音書や、古代・中世のキリスト教文学も、今日の西洋古典学は等閑視することはできないし、中世ヨーロッパのラテン語詩人たちや、十五世紀、十六世紀の人文学者たちの詩や散文著述までも、古代に源を発する西洋古典文学の展望の中に収めようとする研究家も、けっしてまれではなくなっている。

真にすぐれた人間理解のために、第一級の文学作品を学ぶべし、というキケローの考えそのものは、今日一般に認められても然るべき充分な普遍的価値をもっている。しかし今日の西洋古典ないしは西洋古典学は、そのような目的論のみに奉仕するものではない。今日の西洋古典学の対象領域は、ギリシア、ラテンの文学、歴史、思想はもとより、古代地中海世界のすべての問題にまで広がりつつあるかのような観がある。時代的にみると、最古のギリシア語詩文であるホメーロス叙事詩が成立した前八世紀から、西暦五世紀西ローマ帝国の末期、例えばマクロビウスのウェルギリウス注釈書のころまでの、約千三百年間である。その間に著され、何らかの形で伝存するものであれば、それが第一級であると否との別なく、西洋古典学の研究対象になると考えてよい。古代人の文学と生活を明らかにすることに役立つものであれば、割れた碑文の断片や腐蝕《ふしょく》したパピルス書巻の切片であっても、価値ある研究対象となるのである。

付記――作品伝承について

右に述べた前八世紀から西暦五世紀ごろまでの時代は、古典古代と呼ばれているが、その時代の文書文献の伝承状態について、ここでごく簡単に触れておきたい。

古代の文献は、十六世紀印刷出版されるまでは、古代においてはパピルス、中世においては羊皮紙、紙などの材料に筆写された形で伝わっている。これを写本と呼ぶ。ホメーロス叙事詩の成立は前八世紀でも、現在この世に存在する『イーリアス』の最古の写本は、西暦十世紀末あるいは十一世紀のころ——清少納言や紫式部のころである——のものである。ウェルギリウスの『アエネーイス』叙事詩でも、西暦五世紀の写本が最も古い。この場合でも原作者から五百年、ホメーロスの場合には実に二千年近い距りがある。他の多くの詩文・散文の作者たちについては、個々に事情は異なり、ギリシア人作者と、ラテン語著述家との間では伝承経路が異なるけれども、原作者と、最古の写本との間には約千年間の、証拠のほとんど何もない断絶の時間が横たわっている場合が一般的である。

したがって、古典学者の精神の目は、遠くホメーロスの時代あるいはキケローの時代を見つめるものであっても、肉体の目が確認できる最も古い証拠文献は、中世以前のものは少ない。目で見える文字の並びから、そのはるか遠い背後にあったはずの原作品の実像を知性の力でとらえることの技術的習練が、西洋古典学者にとっては何よりも大切である。そのような実像把握を求めて、それを研究の最終目標とする限りにおいては、中国、インド、日本など、古代からの写本伝承を基礎とする、東洋の諸文化圏における古典研究と、ギリシア、ラテンの古典研究の課題や目的は、ほとんど異なるところはないのではないか、と思われる。

2　西洋古典学とはどのような学問であるのか

二つの古代言語の関係

古典古代の文献は、使用言語の別によって、ギリシア語文献、ラテン語文献の二種にわかれる。古代ギリシア語や、ローマ人の言語であるラテン語の、成立・伝播《でんぱ》・後世の言語への変容などについて、ここで詳しく述べることはできない。ただ、ギリシア語はギリシア人が地中海域に現れたと思われる前十八世紀以来徐々に東部地中海を中心に広まり、前三世紀以降のヘレニズム（〝ギリシア語化〟の意）期には、地中海および黒海の全域における支配的言語となり、その後十五世紀ビザンチン帝国の衰亡に至るまで、その版図の公用語としての生命を保つ。他方ラテン語はもとはイタリア中部のラティウム地方の言語であったが、後にローマ共和国、続いてローマ帝国の言語として用いられるに及んで、地中海全域からその南北沿岸の内陸地に至るまで浸透し、西ヨーロッパや東欧の一部では、中世をつうじ近世に至るまで、ほとんど全地域における共通言語として生き続けた。

こうしてギリシア語、ラテン語は、時代と地域によって多少のずれはあったが、古典古代の大半をつうじて両言語は、地中海世界において支配的な力をもっていた。古代の詩文等の文献について言うならば、個々の作品の成立（とくにラテン文学）、伝播（両言語の文学とも）、復原などの諸面において、両言語の文献が重層的にかかわりあっている例が少なくない。肉眼で確認できる写本をもとに、原作品を考えるときにも、両言語の文献を重ね合わせて考える必要に迫られることが多い。

ギリシア文学とラテン文学は表裏一体

古代ギリシア語文献の成立、伝播の中心地はおおむね東部地中海の地域にあり、それは後発のローマからみれば、東方先進文化の都市群であった。そこに生まれた〝東方古典〟が前二世紀ごろより西の都ローマに伝わる。そしてラテン語文化の骨髄と化し、ついには巨大なローマ帝国を媒体として、後の西洋すなわち西欧ラテン中世の入口まで伝えられる。西と分かれた東ローマ帝国では、ギリシア語原本のままの形で保存され続ける。やがて東西両域のルネサンス期の訪れとともに、中世の入口のところで足踏みをしていた古代ギリシア、ローマの文学、歴史、思想の数多い著述の写しが、再発見され、新しい伝播の波に乗る運びとなる。

新喜劇はローマ喜劇の中から

そのような古代ギリシアの作品保存、伝播、再発見のすべての過程において重要な仲立ちの役割を担い続けているのが、前二世紀以降のラテン文学の作者たちである。例えば、前三世紀ギリシアでは、市井の風俗慣習を主題とした「新喜劇」という新しい文芸の形が隆盛をきたした。ところが中世の間に原作はほとんど跡形なく湮滅《いんめつ》して今日には伝わらない。しかしこれを手本としてローマの喜劇作家たちは自分たちの言語で喜劇を創作し、こちらのほうは数多く、今日まで伝わる。ギリシア新喜劇の研究は、現存するラテン語のローマ喜劇が間接的に伝えているものから、その原型を復原する、という方法で進められることが多い。

ホメーロスとウェルギリウス――古典古代における文化交流

またギリシア最古の叙事詩人ホメーロスの場合にも、ラテン叙事詩との深いかかわりがあった。ローマの叙事詩人ウェルギリウスといえば、古代、中世をつうじて最も高名な文人であった。かれは、ローマ建国伝説を主題とする『アエネーイス』（建国の英雄アエネアースの歌）の構想を練るとき、前半の手本としては、ホメーロスの『オデュッセイアー』を、後半の手本としては『イーリアス』を用い、ホメーロスの措辞《そじ》を研究して自らの詩句の糧としたことが、古代末期の注釈家の証言するところとなっている。かれが、ホメーロス叙事詩に負うところはそのように大きかった。しかしホメーロスのほうでも、ウェルギリウスに負うところは少なくない。中世になって西欧ではギリシア語の知識がとだえ、ホメーロス叙事詩をギリシア語で読むことができなくなったときにも、詩聖ホメーロスやトロイアーの英雄たちの名前や武勲が伝存することができたのはなぜか。ウェルギリウスと、その作品注釈家たちのおかげというべきであろう。また、古代ギリシア文化の光芒《こうぼう》がいかばかりのものであったとしても、キケローのラテン語翻訳や、とくに哲学、文学、修辞学にかかわる多くの著述がなかったならば、はたしてそのどれほどが、西洋、すなわちラテン語中世にまで光を投じることができたであろうか。

ギリシア語からラテン語へ、という流れはけっして一方通行ではなく、ラテン文学の古典がギリシア語に翻訳されて、ビザンチン帝国の読者に紹介されている例も、いくつか知られている。ローマの詩人ウェルギリウスの偉名は東方世界にも知れわたっていたのであろう、そのギリシア語訳の断章が、エジプトのギリシア人都市の遺跡から発見されている。同じくローマの詩人オウィディウスのギリシア語訳も、コンスタンチノープルの学者によって作成されたものが残っている。このような実例は未解読のパピルス文献の中から今後もなお発見されうる余地があり、ギリシア、ラテンの文学は、古代・中世をつうじて文字どおりの文化交流の実をあげていたことが、一層豊富な資料によって証明される日がやってくることであろう。

西洋古典学と古典文献学

古代ギリシア、ラテンの詩人、文人たちが描きだしている人間世界の諸問題と、その解決を求めてのかれらのアプローチは、かれらの一人がいみじくも言うように、〝人間の性質がいまあるようなものにとどまるかぎりは〟、後世人の一考に値するような場合が少なくない。人間の性情はよくもわるくも、不変のように見えるからである。古典古代の人間が何を考え、どのようにそれを表現し、それが今どのようにかかわりをもつか――つまり古典の読解、釈義が、西洋の古典学の営みにおいて大切な意義を有することは、明らかであろう。しかしその反面、その基礎として最も重要な作業がある。つまり、真剣な解釈の対象となりうるような、正確な原典の批判校訂である。

西洋古典学をきわめて厳密に定義する一派の学者たちは、これを古典文献学という形で定めている。原作品の文字の連なりを、肉眼で確認できる資料としては、まず第一に中世書写の写本、続いて近年再発見された古代のパピルス書巻の断片、そして各地の遺跡から集められた金石碑文などがある。しかしこれらの諸資料は自然と時間と人間の破壊力にさらされており、そのために作品原本の姿を、完全な形で伝えているものはまず存在しない。文字の誤写や脱落、大小さまざまの範囲にわたる錯簡《さくかん》などが、千年以上にわたって幾度か書写を経てきた作品伝承では、そのつど侵入しているのが常識である。また誤写された字句を、根拠不明のまま別の字句で置きかえている場合もあり、それが発見されるつど、学者はその由来をただす作業を要求される。

そこで、後世人にとっては、一つの作品の残影を伝える不完全な諸資料、つまり書写年代もばらばらの、諸流の写本や時にはパピルス書巻の断片などを、探究の手がかりとして、伝本諸流の源にあったはずの原本に、できる限り近い形のものを、理論と洞察によって再構築することが必要となる。厳密な意味での西洋古典学とは、そのような基本的要請にこたえることを目標とする学問、すなわち古典文献学である。わが国でこの厳密な規定による西洋古典学にはやくも着目し、研究し、自分の研究領域に応用し、その成果を発表されたのは、国文学者池田亀鑑博士である。詳しくは、博士の『古典の批判的処置に関する研究』(昭和十六年刊)を参照されたい。

その補助的学問として、古文書学、パピルス学、碑文学など、肉眼確認の可能な資料にかかわる詳細な研究が進められている。他方ではまた文法学、特定の作者、作品にかかわる語彙《ごい》、語法の研究、文体、詩法、作劇法、散文リズムの構成など、言語表現についての法則性や非法則性の精緻な研究がおこなわれてきた。そして両方の学問が、いわば車の両輪となって、ありうべかりし「原本」の理論的構築へむけての営々たる努力が、すでに二世紀以上も続けられている。

古典文献学における客観性と主観性

私たちが今日手にすることのできる、ギリシア、ラテンの〝原典〟といわれるものは、いずれも、厳密な意味での西洋古典学の貴い成果である。すぐれた校訂本の序を読むと、校訂者たちの写本校合の成果が数学的な整合性をもっているような印象をうけるときもある。しかし、古典作品のすぐれた校訂家たちが、文献の校訂にあたって、最終的には自分の主観的選択に依存せざるをえないような、スリルに満ちた難題にぶつかることも少なくない。

ローマの寒夜の月明について

その一例を、ローマの詩人オウィディウスの晩年の作である、『悲歌』の中に求めてみよう。かれはローマ随一の詩人という評価をほしいままにしていたが、西暦八年の終わるころなぜか皇帝アウグストゥスの逆鱗《げきりん》に触れ、ローマから立退き黒海西岸のギリシア人の大都市トミスに住まうべきことを命じられた。家族との最後の別れの有様を、思い出し思い出し綴ったその中の一篇（第一巻第三歌）は、『悲歌』五巻のなかでもとくに有名な一つに数えられる。妻や、二、三の友、家の者たちと、悲嘆の言葉をかわすのもやっとの思い、ただ涙にくれているうちに、定めの時刻は容赦なく迫る。月は冬の夜の中天まで進み、ローマは静寂に包まれている。そのとき、オウィディウスは、〝月明のもとに照らされたカピトリウムの丘を見ながら〟と伝本諸流の一方は伝え、他の諸本は〝月明から眼を転ずれば、そこに映るカピトリウムの丘を見ながら〟、神々に祈ったことになっている。その差は二つの前置詞のどちらを正読とするかである。今日の最も精密な文献学的研究によってしても、双方のいずれの伝承経路も優劣の差をつけがたく、同じ程度に信頼できる。この詩の本文校訂者は、自分の理解力と想像力に鞭うって、その日その時刻のオウィディウス自身になりかわり、どちらか一方の読みを選ばなくてはならない。

ローマを去らねばならない夜が白みかけたころ、かれの心の有様を映しだしたもの、それは冷たい月明を浴びたローマの丘の姿であったのか、それとも天上の輝き、ローマの栄光とは切りはなされた、今の自分の姿のような、暗い大地の盛り上がりであったのか。そのどちらかをオウィディウスの言葉として本文上に明示しなくてはならない。このような場合には、校訂者の主観以外に、選択の是非を決定できるものは、何もない。

このような事例は、ギリシア、ラテンの古典作品においては頻出する難所の一つであり、世々代々の学者たちの冒険心を刺激するところでもある。キケローの定義を少々変えて援用するならば、真にすぐれた西洋古典学者であるためには、厳密な学問的方法につうじた手練者であることはもちろん必要条件ではあるが、それだけでは充分とはいえない。真にすぐれた人間性の理解者であり、文学理解者であることも必要であり、古典文学の世界に通暁していることが、すべての前提となる大切な資格ということになろう。

エピローグ

西洋古典学が研究対象とする文献資料は、地中海古代の全域に散在していて、その数は膨大である。また作品伝承の経路も、複雑な網の目のように交錯して、アルファベット文化圏をくまなく包みこんでいる。したがってまた古今の研究者の数や、研究業績の蓄積は、容易にみきわめがたいほどの層をなしている。しかしそれは、ただ西洋古典学という日本では日も浅い学問の関心事にとどまるもの、と考えるのは早計であろう。なぜならば、それは、アルファベット文化圏の奥行きの深い、精神的同質性を培養してきた、おそらく唯一の源泉であるからである。宗教や民族国家という偏狭な壁が設けられる以前に、あまねく浸透した一つの文化的理念、それがアルファベット文化圏における古典学であり、それがルネサンス以降の人文・自然科学両系の諸学問を生みだした大地でもある。もし私たちが、将来の教育・研究の国際性とか学際性とかの言葉を、人間としての軽薄性と同意語として理解するのではなく、真剣な検討に値する一つの理念を表すものとしてとらえようというのであれば、——西洋古典学を究めるべし、などと大それたことは言わないけれども——アルファベット文化圏という一つの文化圏の成立と歴史に深く刻まれている国際性と学際性を一望してみることも、私たちにとっては他山の石となろう。

それはそれとして、次回より、「叙事詩から演劇詩へ」という標題をかかげて、その範囲の中で西洋古典と西洋古典学の具体的な説明と紹介をおこなうことにしたい。叙事詩と抒情詩、そして悲劇・喜劇などの演劇詩は、西洋古典学の大パノラマのごく最初の一隅を占めるものにすぎないが、しかし全体の基本的特色をよく表すものでもある。叙事詩から演劇詩へ、というのは古代ギリシア文学史上の一時期の流れであるが、しかしそれはまた、アリストテレースの『詩学』の主題でもある。その間に生まれた幾多の作品は、古典の中の〝古典〟として、古代人たち自身の貴んだものであるし、また人間が人間自身の行為を理解するうえでは、今日でも価値ある大切な証言を含む基本資料でもある。限られた時間のなかで、私たちもできるだけの努力を試みたい。

〔参考文献〕

西洋古典学の日本での受容については、『東京大学百年史』部局史第一巻文学部史（昭和六十一年）四〇二ページ以下、ならびに『ケーベル博士随筆集』久保勉訳編（岩波文庫）を参照されたい。

アルファベット文化圏における西洋古典学の歴史については、一九〇〇年までは、J. E. Sandys, *A History of Classical Scholarship*, i (1921), ii & iii (1908), London. が今日もなおきわめて利用価値が高い。その後の五十年（とさらに十二年）の要約は、*Fifty Years (plus Twelve) of Classical Scholarship* (ed. M. Platnauer) 1968, Blackwell Oxford. また、アルファベット文化圏における教育思想とギリシア・ローマの伝統との深いかかわりについては、上智大学中世思想研究所編『教育思想史I・ギリシア・ローマの教育思想』（昭和五十九年）に記載されている。さらに、二十世紀の古典学についての包括的記述の試みが目下、イタリアのピサ大学古代ギリシア文学研究所を中心に進められている。

二十世紀初頭までの、西洋古典学の文献学的方法についての最も精密な日本語による記述は、池田亀鑑『古典の批判的処置に関する研究』（昭和十六年、岩波書店）である。それ以後に展開した西洋古典学における文献学的方法の、これに匹敵する日本語の記述はまだ著されていない。

なお、ギリシア、ラテン文学が、近世ヨーロッパの文学に及ぼした甚大な影響については、本論において触れることがほとんどないけれども、興味のある方は、その一部を詳述した書物として、次のものを挙げておきたい。

G・ハイエット著（柳沼重剛訳）『西洋文学における古典の伝統』（筑摩叢書）

1　ホメーロス叙事詩の構造
――『イーリアス』を中心として

はじめに

まず『イーリアス』という叙事詩のあらすじを思い出しておくことが便利であろう。トロイアー城攻めが始まってから十年目のある日、攻め手のギリシア軍の総大将アガメムノーンと、若いが武勇の誉れ随一のアキレウスとの間に激しい口論がもちあがる。それが叙事詩『イーリアス』の発端である。原因は一人の女性捕虜の身柄返還問題に発するが、話し合いはこじれ、結局アキレウスの愛人ブリセーイスがアガメムノーンの手で奪われるという事態に至る。アキレウスは怒髪天をつくばかりの憤《いか》りにかられるが、女神アテーネーの忠言に従い、その場は争いを収める。だがこの不当な扱いの処理を、オリュムポスの神ゼウス自らの裁定にゆだねるように、母親テティスに懇願する。そして、自分は今後アガメムノーンらギリシア勢の一将として、トロイアー攻めに加わることを潔しとせず、戦線から離脱して幕舎にとどまる。アキレウスの戦闘放棄を知って勇気百倍したトロイアー勢は大将ヘクトールたちを先頭に立て、城から討って出ると、ギリシア勢を海岸ぎわまで追いつめる。

困窮したアガメムノーンは、和解の申し入れを、使者を立ててアキレウスに伝えさせるが、アキレウスは神ゼウスが自分に味方していると知って、かえってかたくなに、アガメムノーンの申し出を拒絶する。ギリシア側は、水際の防戦一方の態勢に陥る。将も兵も傷つかぬものはなくなり、ギリシアの軍船が焼き払われるのも時間の問題となる。勝ち誇り、攻撃をくり返すヘクトール以下のトロイアー勢。

そのとき、ギリシア側のこの窮状を座視することに耐えられなくなったものがいる。アキレウスの陣に加わっていた親友パトロクロスである。かれはアキレウスに懇願して武器甲冑《かっちゅう》と手勢を借りうけ、アキレウスその人のごとき装いで、トロイアー勢の真ん中を突き、潰走せしめる。だがパトロクロスは勝ちに乗りわれを忘れる。アキレウスの警告を忘れて敵を深追いしすぎて、かれの正体を見破ったヘクトールの手にかかる。

パトロクロスの戦死は、アキレウスに痛撃を与える。いまやかれは、親友の仇討ちということしか、考えることができない。憎いアガメムノーンやギリシア勢のためではない。

パトロクロスの無残な死と怨みを晴らすという、全く別の動機によってかれは再び、トロイアーの野に出陣する。敵将ヘクトールを討てば、自分自身の死も避けられないことを承知のうえで。かれはヘクトールをトロイアーの城壁の下に追いつめ倒す。ヘクトールを頼みの綱としていたトロイアー側の悲嘆の声は、トロイアーの城内に満ちる。なかでもヘクトールの父、プリアモス王の嘆きはいたましい。かれはついに単身で、ギリシア側の陣地に潜入して、アキレウスの手をとり、自分の息子の死骸を返してくれと哀願する。驚いたアキレウス、しかし老いたプリアモスの悲嘆の姿に、自分自身の老父ペーレウスのことを思う。果てしない悲しみと涙のうちに、敵同士の間に、心からの和解が成りたつ。ヘクトールの遺体の返還をうけたプリアモスは、朝の光がさすトロイアーの都へ、無事帰りつく。ヘクトールの葬儀――『イーリアス』は、きたるべき死と滅亡の暗雲を漂わせつつ、終わる。

1　ホメーロスの時代と作品

詩聖ホメーロスは半ば伝説的存在であり、またその作品の成立と伝播は多くの謎《なぞ》につつまれている。まず初めに基本的な事柄を紹介しよう。

ヘーロドトスの証言

ホメーロスの二大叙事詩『イーリアス』と『オデュッセイアー』の両作品の題名をあげて、その中の幾行かの詩を資料として引用している最初の人間は、前五世紀（紀元前四九九〜四〇〇年をさす）中ごろのギリシアの歴史家ヘーロドトスである。ヘーロドトスは当時の先進文明国であったエジプトの宗教や文化の古さに比べるとギリシアの歴史がはるかに若いことを考証しようとする。そこで（ヘーシオドスと）ホメーロスの年代に言及し、両詩人はヘーロドトス自身の世代をさかのぼること最大限四百年以前のころに存在していたと思われるが、それ以上に古い時代の人間ではない、と記している（ヘーロドトス『歴史』巻二、五三節参照）。かれが言うには、ギリシアにおいて実在した最古の詩人たちでもそのころの人間であり、ギリシアの神々の系譜といっても、実はかれらによって創作されたものである、エジプトの神々の大変な古さと比べたら、それは昨日今日のことのようだ、というのがかれの論旨である。

ヘーロドトスのこの記事は、私たちがホメーロスやヘーシオドスについて考える際に重要な、幾つかの事柄を思い起こさせる。

まず一つは、ホメーロス、ヘーシオドスは、ギリシア語の世界では名前と作品のわかっている最古に実在する詩人たちであった。だが、近隣のオリエント世界にはエジプト、バビロニア、ヒッタイト、アッシリア等々のはるかに古い先行文明がひしめきあって厚い層をなしていたこと、エーゲ海域においてもクレータ、テーラなどの島嶼《とうしょ》を本拠とするミーノーア文明が先行していたし、ギリシア本土では幾つかの大拠点をもったミュケーナイ文明が、ホメーロスの時代より幾世紀も以前に先行していたこと。

また一つは、ホメーロス、ヘーシオドスが、神々の系譜を作った、とヘーロドトスは明言しているが、それ以前の神々と、ホメーロス、ヘーシオドスの神々との関係はどうなっているのか、という問題である。ヘーロドトスの指摘が私たちに投げかけるこれら二つの課題は後で取りあげることにして、ここでは第三の点すなわち、ホメーロスの年代について、まず簡単に説明しておきたい。

ホメーロスの年代

ヘーロドトスがホメーロスの世代は最大限四百年の昔であって、それ以上にさかのぼるものではない、と断言しているのには、何らかの根拠があったはずである。だがそれを、かれは記していない。おそらく、「ホメーロスは今から十代さかのぼる詩芸の始祖である」という伝承が、ヘーロドトスの時代の、ホメーロス叙事詩吟誦を職業とする吟遊詩人《ホメーリダイ》たちの間で保持されていたのであろう。ヘーロドトスはそれを基準にして、人生一世代最大限四十年という数を掛けて、〝最大限〟四百年以前という数値を得たのであろうと、現代の専門学者たちは推測している。ともあれ、それによると、ホメーロスはどのように古くても、前九世紀半ばより以前の人ではなかったことになる。

幸いヘーロドトスの上限年代の推算に反論するものは少ない。むしろ問題は、ヘーロドトスがあえて推算を試みようとはしていない〝最下限〟のほうにある。かれが詩芸相伝の系譜をもとに推算していたと仮定すれば、一世代四十年という単位は考えられる〝最大限〟を大きく上回り、実情にあてはまらない。一般的に芸術家が一流儀の代表である期間は、生命体としての一世代よりはるかに短いのが常である。時には師匠と弟子がほぼ同世代の場合も珍しくない。現代の専門家たちは、諸般の状況を考慮して、ヘーロドトスの言うホメーロス、すなわちかれの知る『イーリアス』と『オデュッセイアー』の作者は、前八世紀後半（前七五〇年ごろから七〇〇年ごろまで）あるいはそれ以降に活躍したと考えている。

ホメーロスの生地

ホメーロスの生地については、古代より諸説が伝わるが、確実ではない。その叙事詩の言語が古期のイオーニア方言の特色を強く示しているところから、ホメーロス自身もイオーニアのいずこかの土地と深い関係にあったとされている。とくにイオーニア北辺のキオス島は古くから職業的吟遊詩人の拠点地であったことから、その地がホメーロスの生地ないしは活躍の中心地であったとする古伝もある。他方、ギリシア本土のアッティカであったとする説も古代の学者によって唱えられ、この見方を支持するものは現代の学者の中にもいる。ホメーロスの生涯については、確実なことは伝わらず、没した土地も不明である。

ホメーロスの作品伝承

今日ホメーロスの作品として伝わる『イーリアス』、『オデュッセイアー』の両叙事詩の源にあった〝原本〟（前章三五ページ参照）は、前三世紀初めから前二世紀半ばの約百五十年間に、アレクサンドリアの文献学者たちの編んだ校訂本の流れを汲む。かれらが、当時存在していた幾通りかのホメーロス写本を校合し、綿密な原典批判を重ねて、冗長な句、不整な章句を批判あるいは除去して編集したものが、もとになっている。

初期の作品伝承

ホメーロスの没後約四百年間をつうじて、その作品はどのような経路で、どのような相伝の形で伝えられ、どのような書巻の状態でアレクサンドリアの校訂家たちの文献学上の批判にさらされたのか。それらの具体的事情については、研究者たちは憶測をたくましくしているが、確実なことはほとんど何も知られていない。古代に流布した一説によれば、前六世紀後半、アッティカ（アテーナイを都とするギリシアの一地方）において、ホメーロス叙事詩の編集が行われたとのことであり、現代の研究家たちの中には、その幻の〝アッティカ本〟こそが、アレクサンドリアで完成された校訂本の底本になったものであり、ホメーロス叙事詩の原型はアッティカ本である、と見なすものも少なくない。しかしこれも完全に証明されるには証拠不充分な、一つの仮説である。なお、近年のパピルス文書研究が明らかにしたところによれば、アレクサンドリアの校訂作業以前のものと思われる古期パピルスが伝えているホメーロス叙事詩の章句は、現存の中世写本の該当個所の章句よりも二割程度の行数の増減が認められる、という。だが校訂作業が完了して後の時代に写されたホメーロスのパピルス本は、中世写本の行数にほぼ正確に合致す

詩人ホメーロス像、ヘレニズム期、ボストン美術館蔵（Greek & Roman Portraits 470 BC-AD 500, Boston Museum of Five Arts, 1959）

る詩行を記載している。

ヴェネチア本

現存する最古の『イーリアス』の羊皮紙写本は、アレクサンドリアで校訂された定本の写しをもとに、西暦十世紀ごろビザンチン帝国の首府コンスタンチノープルで書写されたものである。これが十五世紀にイタリアのヴェネチアにもたらされ、現在もそこにある。みごとな筆跡で記された叙事詩の本文と、その欄外の余白には、アレクサンドリアの学者たちの原典批判や注釈書からの要点がまとめられ、綿密に付記されている。現存する百数十通りの『イーリアス』写本群の中でもとくにすぐれた価値をもつ。現存『イーリアス』は約一万五千行、『オデュッセイアー』は約一万二千行から成る。古代文学作品としては正に超大作であるが、各々二十四巻に分けられ各巻にはギリシア語アルファベット二十四文字が順番に割りふられて、『イーリアス』第一巻はA（大文字アルファ）巻、同第二巻はB（大文字ベータ）巻というように表示されている。この巻分けと表示もアレクサンドリアにおいて確定されたものであるが、こうして定められた各巻の区分は、叙事詩の語りの段落とほぼ適切に合致している。このことはアレクサンドリア以前の各種伝本においても、すでに各段落ごとの区分が、かなり明確に決まっていたことを思わせる。

ホメーロス詩のリズム

最後に、基本的なこととして、ホメーロス叙事詩の詩形についてひと言触れておきたい。ギリシア・ローマの詩は、語りや歌詞を綴りだす言葉のシラブルの、長さ短さの交錯がきざみだす音量的リズムの反復を基調としている。強アクセントと弱アクセントのシラブルとの交互の反復リズムの上に立っている、英語や独逸《ドイツ》語の詩構造とは根本的に異なる。また、ホメーロスの詩一行は原則的に十七シラブルから成っているが、シラブルの数だけを基調とする日本の歌・俳句とも原理的に異なるものである。

ホメーロスの叙事詩では、長シラブル一つと短シラブル二つを組み合わせて一単位としたリズム（―∪∪）が六度くり返されて、（―∪∪―∪∪―∪∪―∪∪―∪∪―{―/∪}）のように、言葉が配列されて一行の詩が出来上がる。

そのようなリズム構成による言葉の流れが、詩人の語りとなってある状況を描きだしたり、あるいは登場人物の心中を吐露する直接話法の言葉となって、物語の世界を織りだしていく。そのような詩が語られるときに、各詩行ごとに反復される音量リズムの流れは、幾百行続いても一貫して斉一である。けれども、一行内に含まれる言葉やフレーズの、意味的なひとまとまりの集合は、各種各様のリズム単位に分散配置されているのが常となっているから、—∨∨の反復リズムと意味単位のリズムはさまざまの組み合わせによるシンコペーションを生じて、聴いているものに単調さを感じさせることはない。一例を図解して参考に供しよう。

サルペードーンの言葉

1 2 3 4 5 6

ō pepon. ei (=∨∨) men gar polemon peri tonde phugonte

おお友よ…1 もしもいま…2 まことに いく…3 さの まわりを…4 このたびの 逃…5 れることで…6

1 2 3 4 5 6

aiei (=∨∨) dē melloimen (=∨∨) agērō (–∨∨) t' athanatō te

とわの…1 すえまで あり…2 うるならば 不…3 老で…4 不 死…5 で も…6

1 2 3 4 5 6

essesth' (=∨∨) oute ken autos eni (~∨∨) prōtoisi makhoimēn

あることが…1 けしてすまい…2 私自身 あ…3 いだに先頭…4 戦士のた…5 たかうことも…6

oute ke se stelloimi makhēn es kudianeiran

けしてすまい　君をおくることも，　いくさのなかへ　男子のほまれへと

nūn d' empēs gar kēres ephestāsin thanatoio

だが，どうしてみてもまことに　破滅は頭上にあるのだ，死のもたらすところの

muriai, has ouk esti phugein broton oud' hupaluksai

その数知れず　それをみな出来はしない　逃げおおすことは人間にまた出来ない，避けることも

iomen ēe tōi eukhos oreksomen, ēe tis hēmin

さあ行こう　なるにせよ，われらが誰かにほまれを与えることに，なるにせよ，誰かがわれらに

『イーリアス』第12巻(M《ミュー》)，322〜23行

これは阿鼻叫喚の戦場でトロイアー側の雄将サルペードーンが、仲間のグラウコスに呼

びかける言葉の一節である。｛は意味単位のまとまりを示すものであるが、それによってくくられた範囲の原文（アルファベット表記）の音量リズムを検討してみると、けっして—∪∪の単調なくり返しとはいえないことがわかるであろう。そして、音量の長短、意味の軽重が相互に変化をはらみつつ、七行のまとまった思想表現となり、語り手の決意表明となっていく。その途中では、リズムと単語集合はもつれあってみえるが、引用文の最後の行（さあ行こう、なるにせよ……）に至って、初めて完全な（長シラブルによる置き換えのない）—∪∪の音量リズムの流れが、単語集合の意味単位と完全に合致する形となり、英雄サルペードーンの科白《せりふ》は終わりとなる。ヘクサメトロス――それがこの叙事詩のリズム構成の名称である――のリズムが大波小波をよせつつ、ついに一人の英雄の決意のリズムに化していく、ホメーロス詩法の好例である。なお、ホメーロスの詩法には、言葉の音声構造や位置によって短母音が長と見なされたり、その逆に長母音が短縮されたりすることがあり、それについての規則や例外などが定められているが、ここでは詳しい説明は省略したい。

以上の説明で、ホメーロス叙事詩についての基本的な事柄として、大別して三つの指摘をおこなった。第一は詩人ホメーロス自身は全くの謎であって、その時代もきわめて漠然と推定されているにすぎず、したがって『イーリアス』、『オデュッセイアー』の、叙事詩作品としての成立と初期の伝播についても、やはり確実な史実をとらえることが困難であること、第二の点は、それにもかかわらず、西洋古代の超大作である両叙事詩は、その規模をいささかも減じることも毀損することもなく、二千年以上の間、世界の激しい変動にもかかわらず、十世紀の完全な写本の姿で今日、私たちの目の前に伝えられていること。第三の点としては、ホメーロス叙事詩は、その規模が大であることや、作品伝承の歴史が連綿二千七百年にも達することにおいて特筆されるべきであろうが、それ以上に、芸術作品として高い評価に値する。その詩文構造の微細なディテイルや、息使いの細かさは、サルペードーンの言葉からもうかがわれる。ホメーロス叙事詩の多くの個所は、詳しく観察してみると、あるひとりの芸術家が心をくだいて完成した、精緻な彫琢《ちょうたく》のあとをとどめていることがわかる。

以上の三点をまとめて言えば、ホメーロス叙事詩は、作者不詳の雑多でまとまりのない膨大な書巻の集積ではなく、言葉を珠玉のように磨きあげて詩の世界を作ったある芸術家の作品であり、またその珠玉の輝きをいつまでも絶やすまいと保存と研鑽《けんさん》につとめてきた、ギリシア、ローマ、ビザンチン、ルネサンス、現代の学者文人たちの、深い思いをあつめた伝統を象徴するもの、と言えるだろう。「ホメーロスの詩を救うための代価とあれば、他のすべての文学を犠牲にしても惜しくはない」というケーベル博士の一見、極端とも聞こえたあの言葉は、まさにその伝統を支えてきた精神から生まれていることが、了解できる。

2　ホメーロス叙事詩に映しだされた背景と神々

ホメーロスを知るためには、ホメーロス叙事詩そのものを手がかりとするほかはない。ホメーロス以前の叙事詩文学、かれ自身の工夫と特色、かれの詩に耳を傾け絶讃を惜しまなかった聴衆たちの趣好など、ホメーロス叙事詩の成立をうながしたそれらの要因についての考察も、『イーリアス』『オデュッセイアー』の作品そのものの中に出発点を求めなくてはならない。

ホメーロス以前の文学

『イーリアス』『オデュッセイアー』以前にも、幾つかの、しかもかなり大規模な叙事詩が先人の詩人たちによって歌われていたことは確かである。『イーリアス』は、第一巻冒頭の序詞にも示されているとおり、ギリシア軍の総大将アガメムノーンと若き英雄アキレウスとの諍《あらそ》いを発端として、アキレウスがアガメムノーンの不当な仕打ちに対して怒りを抱き、その怒りの炎が屈折しながらトロイアーの戦場を焼き尽くす、という出来事を、物語の枠として設定している。第九巻では、怒りを収めようとしないアキレウスに対して、アキレウスを育てた老人ポイニックスが、我執をすててアガメムノーンが提示した和解の条件を受諾するべきことを説く一段がある。そのとき老人ポイニックスが物語るアイトーリアー伝説の英雄メレアグロスの話は、その構成や話しぶりから察するところ、アイトーリアーの猪狩り伝説を題材とする別の先行叙事詩があって、ホメーロスはそこから題材を借用しているという印象が強い。また『イーリアス』の姉妹篇であるもう一つの叙事詩『オデュッセイアー』は、ギリシアの英雄オデュッセウスがトロイアー戦争終了後、帰郷の途中航路を誤り、漂浪、難破のすえ十年目に故郷イタケーにたどりつき、家郷で仇《あだ》なすものらに復讐《ふくしゅう》をとげる、という話であるが、その中心部分を占めるオデュッセウスの漂浪譚は、そこに含まれている地名人名やエピソードの特色から察すれば、それより古い『アルゴナウティカ』という黒海探検の冒険叙事詩の道行きを下敷きにして構成されたものであることがわかる。

ホメーロス以前の『アイトーリアーの猪狩り』や『アルゴナウティカ』は、作品としては伝存しない。しかしいずれもトロイアー戦争よりもかなり古い出来事を語っており、それらの登場人物もアガメムノーンやアキレウスよりも数世代前の人々であったから、それらの伝説上のエピソードが直接間接の別なく、後の出来事を題材とする『イーリアス』『オデュッセイアー』に影響を及ぼしたとしても不思議はない。しかしトロイアー戦争伝説そのものも、ホメーロスが最初にこれを叙事詩に仕立てた詩人ではないことは明らかである。後世ローマの詩人ホラーティウスは、ホメーロスが『イーリアス』を語り始めるに際して太古の神話から延々と語り起こすという愚を犯すことを避け、事件の中核から物語を展開させていることをあげて、これこそ叙事詩構成の鑑であると称している。しかし考えてみれば、それがホメーロスにできたのは、その前提として、トロイアー戦争の原因、過程、登場人物の相互関係、最終的結末などのいっさいの詳細が、ホメーロスの聴衆には知悉の事柄であったからにほかならない。事実、『イーリアス』第一巻を見れば、アキレウスがだれでアガメムノーンがだれであるのか、アイアース、ディオメーデース、オデュッセウスがだれで、なぜかれらがそこに一緒にいるのか、こと細かい説明は全くなされていない。であっても聴衆には完全によく了解されているものとして、ホメーロスはアキレウスの怒りを一本の筋にしぼって、語りを展開している。極言かもしれないが、登場人物らは各々の名前を付されたステレオタイプとなってしまっているほどに、ホメーロス以前にすでにトロイアーの叙事詩はくり返し歌われてきていたのではないだろうか。

ホメーロスの言語に刻まれた歴史的過程

ホメーロス以前に、幾世紀にもわたる古期叙事詩の伝統的技術が存在していたことは、ホメーロス叙事詩の数多い個々の単語の場合にも指摘される。例えば一つの声のひびきを持つ言葉である「ピーオニ・デーモーィ」の用法が、本来の意味である〝厚い脂身によって〟からいつしか転じて、多くの用例では〝豊かな土地において〟という意味に移っていることも、叙事詩の言葉が経過した時の長さを告げている。それはまた、ホメーロスの言葉がギリシア諸地方の方言が融和一体化したものである、という言語分析の結果によっても示されている。またとくに、〝勇者らの王〟アガメムノーンとか、〝微笑を好む〟アープロディーテーとか、〝兜《かぶと》をきらめかす〟ヘクトールとか、ある一定の固有名詞にある一定の種類の「枕言葉」的形容詞を冠して用いるのは、ホメーロス叙事詩の際立った特色となっているが、最近の口誦叙事詩技法の研究によれば、『イーリアス』『オデュッセイアー』におけるこの措辞技法は、首尾一貫した体系をなしており、古来の叙事詩の語彙、語法を、音量リズムの要請に基づいて、統一的に整理して作られたものであることが、ほぼ確実に証明されている。この技法はホメーロス叙事詩の中の一般の形容詞・名詞の場合にも、幅広く使われていることも認められているが、枕言葉的形容詞＋固有名詞の用法に現れるような、厳密な法則性の確認までには至っていない。ともあれ、ホメーロスの言葉遣いは、今日の人間の目からみれば古風で難解な点も少なくないが、当時の聴衆にとっては、神話や伝説と同様に、幾世代となく耳にし聞きなれた、語り言葉として理解されていたことがわかる。

偉大な終わりと始まり

ヘーロドトスが最古の実在詩人であるとし、私たちが、詳細不明であるが西洋古典の始源に位する、と思ってきた詩聖ホメーロスは、このようにして近世現代の作品研究や言語的解明が進むに従って、実は、ホメーロス以前の幾世代にもわたって研鑽蓄積されてきた、古期叙事詩芸術の継承者であり、完成者であったという事実が明白となった。偉大な終わりにして偉大な始まり、という言葉は、中世とルネサンスの境に立つ詩人ダンテや、バロック音楽の完成者バッハなど、芸術史の一時代を画する人々をさすことが多いが、ホメーロスについても適切にあてはまる。そして、ホメーロス自身の詩法や、作品構成に現れた独自性も、そのような背景に照らして考えてみるとき、初めて正しい姿を私たちの前に現してくる。

ホメーロスの神々

ホメーロスの工夫の第一のものとして、かれのオリュムポスの神々について考えてみよう。本章の初めに歴史家ヘーロドトスの言として、ヘーシオドスとホメーロスが初めて神々の系譜を創りだしてギリシア人の手引きとした、という一節を引用したが、ヘーシオドスについては次章で取りあげるとして、ここでは、ホメーロスがどのような意味で、神々の生まれを明らかにしたのか、その問題を検討してみたい。

なぜオリュムポス山上に

ホメーロス叙事詩の神々は、〝オリュムポスに住まいをもつ神々〟と呼ばれ、オリュムポス山頂という人跡未踏の頂に、主神ゼウスを中心に住んでいる。きわめてまれに、仕事を終えた女神アテーネーがアテーナイのエレクテウスの社に帰っていったり、海と地震の神ポセイドーンが、地の果てに住むエティオピア人の祭祀に招かれていったりすることがあるが、語り手のホメーロスは、オリュムポスの神々を地上の特定の祭祀祭礼やその場所である神殿聖所との結びつきを持つもの、としては語っていない。つまり、オリュムポスに集う神々は、日常的な祭祀神ではない。

祭祀神の場合

他方、叙事詩に登場する人間たちは、神々に祈願したり懇願するときは、『イーリアス』第一巻冒頭の神官クリューセースのように、自分が祭祀の礼をつくしてきたアポローンの神威の及ぶ地域や祭祀名を、具体的に並べ称えて神助を乞う。アポローンは嘆願を聞きいれる。トロイアーの守護を祈る老王妃ヘカベーも、盛大な贈りものを整え祭礼の手立てを尽くして女神アテーネーに祈る、だが女神はこれを拒絶する。また、親友パトロクロスを自分の身代わりとして戦場に送りだすときアキレウスは、ドードーネー山頂に住みペラスゴス人の守神であるゼウスに、天佑神助を祈る。オリュムポスのゼウスはこれを聞く、しかしその願いの筋は半分だけしかかなえられない。これらの例に見られるように、祈願がかなうかどうかは別として、物語の中の人間たちは、祭祀祭礼をつうじてのみ、神への懇願はとどくものと信じ、特定の祭祀神に祈禱《きとう》をささげる。

叙事詩の神々と祭祀神たちとの間の隔たり

ホメーロス叙事詩に現れる、非祭祀的なオリュムポスの神々と、地上の祭祀神との間の、重大な段差はまた、ホメーロスの神々と、当時の現実社会における日常的な祭祀神たちとの間の、重大な違いでもある。祭祀の対象である神々にむけられた人間たちの祈りは、オリュムポスの神々の耳にまで届かないことはない、だがオリュムポスの神々は、祭祀神としてではなく、全く別個の原則に従って判断し、行動する。しかしオリュムポスの人なき雪嶺に追い上げられた神々は、絶対視され形而上的存在に昇華されたり、宇宙の摂理に化したものでもない。かれらは人間よりも人間的な欲望や苦楽の感情をもち、人間同様に不道徳でさえある。神々と人間とを隔てる差異は、ただ一つしかない。人間は死ぬ、だが神々は、不老不死という(さきのサルペードーンの言葉にもみられた)人間すべての究極の願望を、自身の姿に体現し、それを独占しているところにある。

神々の役割と限界

この〝超人間〟たちの群れ、オリュムポスの神々は、ホメーロス叙事詩のなかでいかなる役割を果たしているのか。かれらはオリュムポスの山頂で度々、会議を催し、叙事詩の筋の運びを決定し、事の成り行きが筋書きどおりに運んでいるかどうかを見守り、事の成り行きが既定の路線から大幅に逸脱すれば、これをチェックする。かれらは人間より強大な武器をもち、やすやすと空間的な隔りをとび越えることはできる、しかし、時間を逆戻りにさせること——例えば、トロイアー戦争をなかったことにしたり、アキレウスやヘクトールが若さの華を散らすことなく、長寿を全うすることなど——は絶対にできない。

神々は伝説の基本的な筋書きどおりに出来事が進むように、その管理運営を委ねられている。だが伝説上の結末をくつがえすことは許されない。

いま一つのホメーロス叙事詩『オデュッセイアー』では、主人公オデュッセウスの故郷イタケーへの帰国は、――伝説上の既定の事実であっても――オリュムポス山上の二度の会議によって、その段取りが決定される。しかしこの動議には以前から反対していた海神ポセイドーンは、自分が（エティオピア人の祭礼に招かれていて）不在中にこの決定がなされたことに憤激して、オデュッセウスの帰国というゼウスの筋書きを邪魔する。神々の決定もあわや水泡に帰するのでは、と聴衆が手に汗を握るところまで、オデュッセウスを迫害し苦境に追いこむ。オデュッセウスばかりではない、かれの帰郷を助けたパイアーケス人の船までも石に化《か》えてしまう。ポセイドーンは最後までオリュムポス山上の決定の円滑な実施に盾ついて、聴衆の肝を冷やす。

『イーリアス』の筋は、他の神々が眠っている間に、ゼウスがアキレウスの名誉回復をはかる手だてを独りで考え、決定したことになっている。そのために、ゼウスの単独決定を支持する神々と、これに不満を唱える神々との間の争いは、全篇をつうじて絶えまなく風波をまねき、その余波をこうむってギリシア勢、トロイアー勢のせめぎあいも、一進一退を重ね、なかなかゼウスの計画どおりに事は進まない。しかしそれでも最終的には、他の神々も人間たちもだれひとり予想しなかった形で、ゼウスの描いた筋書きは完遂される。一度、二度と屈辱にまみれたアキレウスの名誉は、トロイアー側の主将ヘクトールを倒すことによって、旧にもまさる高さに回復される。しかしその後かれは絶望と人間的失意に陥る。だがそれも、再びオリュムポスの神々の決議によって救われる。アキレウスは、わが子ヘクトールを殺されたトロイアーの王、老いたるプリアモスとの悲劇的和解をとげて、無二の勇者としてだけではなく、人間世界の真実に目覚めたものとなって、『イーリアス』から退場する。

詩人ホメーロスの分身

ホメーロス叙事詩のなかに織りこまれた、オリュムポスの神々の役割はすでに明らかであろう。ホメーロスの神々はオリュムポスに集まり、大叙事詩の構想を担うあら筋の決定をする。大叙事詩の複雑な筋書きが、聴衆に明快に理解されるように、筋の予告と進行を担う役割を神々という登場人物たちに与えた、と言ってもよいだろう。ホメーロスの神々は、地上の祭祀や神殿から分離され、純粋に文芸的機能を〝擬神的〟に担う役者に作りかえられているのである。既定の枠組みをもつ伝統的な伝説素材を手にし、聴衆が自分の家族同様にその名をよく知る登場人物を手駒として、叙事詩人がなお独自の工夫を凝《こ》らす余

古代（５世紀）の挿絵入りホメーロス本の断片、Codex Ambrosianus. ミラノのアンブローシウス図書館蔵（A. Hobson, *Great Libraries*, London 1970. p. 193）

地が残されていたとすれば、既定の結果——それは叙事詩の中では「運命」という厳粛な名で呼ばれている——に至る経路すなわち話の筋立てを複雑かつ多元化し、しかもそれを平明にわからせることが、その要諦であったに違いない。演劇手法としてみるならば、ホメーロス叙事詩におけるオリュムポスの神々は、劇的アイロニー（伏線）を、独立した登場人物群の言動として表出したものにほかならない。その意味では、さきのヘーロドトスの、「神々の生まれを初めて明らかにしたのはホメーロスである」という評価は至当である。また後世の哲学者アリストテレースは、真の詩人とは言葉を連ね作る人ではなく、筋立てを創造する人の称である、という定義を下しているが、ホメーロス叙事詩のオリュムポスの神々とは、そのような〝真の詩人〟が、自らの作品に刻みのこした自分の影である、と言ってもよいだろう。

3 ホメーロス叙事詩の演劇的技法

人間的動機のせめぎあいが、神々に会議を開かせる

オリュムポスの神々が集会を開き、事の筋立てを考えなくてはならなくなる、そのそもそもの原因は何か。『イーリアス』では、それは〝若い英雄アキレウスの怒り〟であった、とホメーロスは言う。娘を返してくれという老神官の嘆願を拒絶したギリシア軍の総大将アガメムノーン。その態度を改めさせようとして、かえってアガメムノーンの怒りを招き、激しい争いの当事者となってしまったアキレウス。二人の争いを止めさせようとする女神ヘーレーとアテーネー。アテーネーの忠告に従って、怒りをかろうじて自制するアキレウス。それをよいことにアキレウスを侮辱し、かれの愛する女を奪うアガメムノーン。アキレウスの訴えによって事の次第を知ったアキレウスの母、海の女神テティスが、神々の父ゼウスの膝下に伏して、アキレウスの名誉回復を懇願する――『イーリアス』第一巻では、このようにふくそうした人間たちの動機のせめぎあいが、ついに天上にまで達して、ゼウ

スに筋を考えさせ、それに基づく具体的計画を始動させる力となっている。まずは、人間が神々を動かしているのである。

操り人形ではない人間たち

『オデュッセイアー』においても、大海の孤島に漂着して、望郷の思いに苦しむオデュッセウスの願いが、女神アテーネーの口添えによって、オリュムポスの神々の議題となり、ゼウスの筋書きが生まれてくる。ここでも、筋道を組み立てて、事の運びが大幅な逸脱に至らないよう収攬《しゅうらん》しているのは、明らかにオリュムポスの神々であるけれども、ホメーロス叙事詩に登場する英雄美女たちの言動には、神々の筋書きだけで踊っている操り人形のような脆弱《ぜいじゃく》さがうかがわれない。それはなぜか。事がなるにせよ、ならぬにせよ、神々に筋立てを考案させる力となり動機となるものは、つねに人間たち自身の激しい情念や、希求、願望から生じているからであろう。

筋と性格

第一巻の状況から編みだされたゼウスの筋立てとは、まずトロイアー攻めのギリシア軍を敗勢の窮地に追い込むことであった。事は曲折を経るものの、まず計画どおりに進む。

しかし第十六巻でアキレウスの無二の親友パトロクロスが、敵将ヘクトールに討ちとられるに及んで、筋立ては決定的な転機をむかえる。

パトロクロスの場合

パトロクロスは心優しい武人で、アキレウスの怒りを理解している。しかしその怒りのあまりアキレウスが戦線から離脱し、そのためにギリシア側が戦況不利の窮地に陥っていくのを座視して、仲間を見殺しにすることができない。第十六巻では、かれはアキレウスに懇願して、その武器甲冑と軍兵を借りうけ、アキレウスの姿に扮して出陣し、ギリシア側の軍船に迫るトロイアー勢を撃退する。深追いしすぎてはならぬ、とアキレウスはきびしく禁じていた、だがパトロクロスはそれを忘れる。三度、四度にも及ぶ神アポローンの警告も、脅迫もむなしい。パトロクロスは猪突をくり返す。そして最後には、無残にもアポローンの手で兜を打ち落とされ鎧《よろい》をはぎとられ、ヘクトールの手で生命を奪われる。第十七巻では、パトロクロスの死骸をめぐって敵味方の凄絶な死闘が展開し、第十八巻では、パトロクロスが変わり果てた姿で、アキレウスのもとに運ばれてくる。それ以後『イーリアス』後半においては、アキレウスの目にはもうアガメムノーンの姿も、ギリシア側の将兵の姿も映らない。無二の友を見殺しにしたという自責と、友の生命を奪った敵に対する激しい怒りのみが、アキレウスを苦しめる。第十九巻以降の運びは、親友を死地に赴かしめた一人の人間の、自分自身に対する名誉回復という、急転した軌道にそって走りだす。

登場人物の選択（性格）

パトロクロスの戦死を契機とする、筋の転機点の設定も、実はかねてよりのゼウスの計画したところであり（第八巻、四六九行以下参照）、第十六巻においても、ゼウスが予定どおりの事態の進行を見つめていることを、ホメーロスは、聴衆に向かって語り聞かせている（第十六巻、二四九行以下参照、四三一行以下、六四四行以下、七九九行以下参照）。しかしながら、叙事詩の登場人物であるアキレウスも、パトロクロスも、トロイアーの大将ヘクトールも、そのようなゼウスの筋立てや計画には全く関知することなく、各々の立場から状況を見すえる。各々の選択を下し、各々の行為を敢行する。パトロクロスが武具と軍兵を求めてアキレウスに嘆願するのは、かれが第十一巻と第十五巻で、実際にその目で見た友軍の窮状ゆえであり、友軍の訴えを聞いては、自分が援軍を率いて討ってでるほかはない、と自分に選択を迫る、パトロクロス自身の性格ゆえである。このことを、ホメーロスは、幾度かパトロクロスの口から直接話法で語らせている（第十一巻、六〇三行以下、同八〇四行以下、第十五巻、三九〇行以下、第十六巻、二〇行以下参照）。かれがアキレウスの警告を忘れて深追いしすぎたのは、わきたつような戦場の流れにかれ自身がのまれてしまい、前後の状況把握ができなくなったためである。ホメーロスは語りの秘術を駆使して、あるときは血煙りの立つ戦場を遠望し、あるときは肉裂け骨きしむ一騎討ちの決定的瞬間にするどい焦点を結ばせながら、パトロクロスの姿が次第にその渦巻きにのまれていくさまを映しだす。

選択から展開する筋――ホメーロス叙事詩の特色

このようにホメーロス叙事詩の、登場人物自身の選択に視点を定めて事の成り行きを観察するならば、話の大筋も小筋も、かれら自身の人間としてありうべき認識、情念、判断、そして選択によって――後世のアリストテレースの定義によれば、各人の性格《エートス》によって――、しかるべき形で行動化され、事の運びとなっていくことがわかる。アリストテレースはまた、ホメーロス叙事詩の大きい特色の一つは、詩人自身の説明的、あるいは記述的な語りの部分が少なく、叙事詩の重点が登場人物自身の独白や対話、演説などの直接話法の部分におかれていることにある、と指摘している。私たちの目からみれば、その特色こそが、ホメーロスの叙事詩を〝神々の劇〟ではなく、〝人間たちの劇〟に仕立てている、最も重要な構造的要素をなしているといえるだろう。

劇詩人ホメーロス

ホメーロス叙事詩がもつすぐれて演劇的な特性がそれ以後のギリシア詩に及ぼした影響は限りなく大きく多様であったことは、想像にかたくない。その具体的諸例については第三章以下で詳述したい。

『イーリアス』全篇の構成は、一篇の悲劇作品をつくりなしている、というアリストテレースの有名な言葉は、歴代の詩人、劇作家たちが胸にしてきた思いを、最終的に表したもの、と言ってもよいだろう。たしかに第十六巻から第十九巻に至る『イーリアス』の筋の急転は、一篇のギリシア悲劇の、逆転《ペリペテイア》の原型かと思われるようなところがある。『イーリアス』全篇の構成には他にも、後世の演劇詩との類似点を見いだすことができよう。しかし『イーリアス』の中には、単独の一巻だけでも、一篇の完結した悲劇にも比すべき姿に出来上がっているものがある。例えば最終巻の、ヘクトールの死骸の受け戻しの段は、二十四巻編成の結びの巻というだけではなく、それ自体で一つの独立した作品の世界を構成している。しばらくこの巻について考えてみたい。

『イーリアス』第二十四巻

第二十四巻が始まるとき、パトロクロスの葬儀や葬礼競技もすでに終わっており、アキレウスは亡き友のために、また己の名誉回復のためになすべきことはすべてしとげている。しかしパトロクロスを失った悲嘆はなお去りやらず、かれはだれとも交わらず、ひとり浜辺で苦悶し、発作的に立ち上がるとヘクトールの死骸を戦車につないで、パトロクロスの墓の周りを引き回している。ヘクトールもパトロクロスも、アキレウス自身も悲惨である。

神々の最後の会議

神々は、ヘクトールに対して深い憐憫《れんびん》の情をもよおす。第二十四巻の冒頭で開かれる、オリュムポスの神々の最後の会議は、人間どもの争い事の訴えや、深い情念が嘆願となって届き、それが契機となって開催されたものではない。戦闘が終わったのちの戦場をおおっている、悲惨と絶望の光景を見おろす神々自身が、最も人間らしい憐れみの感情によって突き動かされ、その状景の収拾策を講じるために会議に及ぶ。神々にそれを求めるのは聴衆の心情であったのか、あるいはそれをくんだ詩人ホメーロスであったのか、いずれにしても、憐憫と畏怖《いふ》の情緒が、神々に最終巻の筋立てを求める、基本的な力となっていることは確かである。神アポローンは次のように提案する。〝人間はどのような悲嘆の情に襲われようとも、それに耐えるべき心を、運命の女神たちからさずかっている。しかるにアキレウスの今の有様や行為は、その則を超えており、神々の怒りすら招きかねない。ヘクトールの屍で大地を汚すことを直ちに止め、死骸をトロイアーへ帰すべし〟と。いま一度、アポローンの命令をホメーロスの言葉どおりに図示することを許していただきたい。

“tlēton .·˙gar Moi .·˙rai thūmon rhesan anthrōpoisin,

“耐えるべきものとまこと運命の.·˙女神らは 激.·˙情を定めたもうた.·˙人間に .·˙おいては.·˙

autar ho g' Hektora.·˙dīon, epei philon ētor apēura,

しかるにかれのみは，ヘクトールを .·˙輝く人を，の.·˙ちその.·˙心臓を奪.·˙いたりし

hippōn eksaptōn peri sēm' hetaroio philoio

馬どもの.·˙後にしば.·˙り まわりを.·˙墓の 戦.·˙友の おの.·˙れの .·˙

helkei .·˙ ou mēn.·˙hoi to ge .·˙kallion.·˙oude t' a .·˙meinon..·˙

ひきまわす。あらず　確かに　かれに　それ　よき道には　またあらず　すぐれたる道にも。

mē aga thōi per e onti ne messēth eōmen hoi hēmeis.

さけるべし、かれ勇者　いえ　なりとは　道にはずれたりとの　咎を受けることを　われらからの

kōphēn gar dē gaian a eikizei mene ainōn."

声失ないし　まことすでに　大地を　汚しつつある　ゆえ　激情の　なすままに"

『イーリアス』第24巻、49〜54行

神々の相談のすえ、アポローンの提案を実現するべき筋書きが整えられて、ゼウスは一方では虹の女神イーリスをトロイアーに遣わし、ヘクトールの屍体の受け戻しのために、ヘクトールの父、老王プリアモス自身がひとりで使いに立つべきことを伝える。他方では海の女神テティスをアキレウスの陣営に向かわせる。そして、ヘクトールの死骸をトロイアーへ返してやるべきことを、母親の口からアキレウスに告げさせる。神々の憐憫と同情、人間たちの畏怖と驚愕の気持ちが、基調となって交錯しつつ、各段落に浸透していく。

第一巻との対称性

第二十四巻の人物の動きと各々の動機は、実に『イーリアス』第一巻における筋の展開を、いわば対位法的にたどり直すような形で、組み立てられている。第一巻では、アキレウスの嘆願の言葉をゼウスの膝下に取り次いだテティスが、最終巻ではゼウスの命をアキレウスに伝える。さきには老神官が莫大な身代金を積んでもらい受けようとしたのは、若い娘の身柄であったが、今、老王プリアモスが巨万の財宝を代価にして求めたがっているのは、冷えきったわが子ヘクトールの死骸である。さきに老神官の懇願が入れられなかったとき、憤怒してギリシア人の屍を築いたアポローンが、今は、アキレウスの所行に怒り、ヘクトールの屍を返すようにと提案している。さらに細部におけるモティーフの対応や対照は、求めれば幾つも見いだすことができるだろう。

嘆願

このような一連の対位法的な反復や対照的置き換えによる前段が整えられたのちに、不幸な老人が、若く強力な支配者に向かって同情と憐憫を乞う場面となる（第二十四巻、四七一行以下参照）。『イーリアス』冒頭の場面の、数しれない死と悲嘆を生む最初の契機となった、老神官のあの嘆願の場と酷似した情景が、最終巻の、老王プリアモスと英雄アキレウスの対面において再現されることとなる。さきにはアガメムノーンの冷酷な拒絶が、悲惨な禍をよぶ口火となった——それをまざまざと思いだす聴衆たちの前で、ホメーロスはプリアモス嘆願の場を語り始める。

プリアモスとアキレウス

プリアモスは、わが子の生命を奪ったアキレウスの手に口づけして嘆願する。アキレウスは〝人殺しの血に汚れた人間に踏み込まれて、凝然と口もきけなくなった家人のように〟(四八〇行以下参照)、しばしぼう然とプリアモスの姿を見つめていた、とホメーロスは言う。アキレウスは悲嘆にくれる老王プリアモスの言葉を聞き、その姿のなかに、故郷にひとり老いをかこつ自分の父ペーレウスの姿を見いだす。わが子ヘクトールの死を泣き悼むプリアモスの涙は、無二の友パトロクロスを嘆くアキレウスの涙とまじりあう。二十四巻の初め、神々を揺り動かせた憐憫の情は、いまやアキレウスの身にも心にも浸透する。かれは、プリアモスの嘆願を入れる。身代金や財宝も受け取るが、ヘクトールの屍を包むための二枚の織布と外衣を残しておく。(なぜか、ここでホメーロスは一枚ではなく〝二枚〟がよいと思った。)アキレウスは女たちに命じて、ヘクトールの死体を丁寧に清めさせる。塗油を施し、美しく装わせる。そしてヘクトールを自分の腕に抱えて寝台の上に横たわらせ、馬車にのせる。私たちはホメーロスの聴衆にまじって、アキレウスの一々のしぐさに耳と目を奪われながら、いつしか深い安堵につつまれている。激しい怒りや容赦ない殺戮《さつりく》、そして狂乱の嘆きに生命も果てるかと思われた若者が、いま限りない優しさをとり戻していくさまを、ホメーロスの一語一語に感じることができるからである。『イーリアス』は、老王プリアモスと若い英雄アキレウスが、互いの姿の中に、言葉で表すことのできない美しさを感じつつ、和解し歓談するところで、終幕に近づく。ホメーロスは、ヘクトールの遺体がトロイアーに戻り、盛大な葬儀が催されたことを告げて物語を終わらせている。

アルファからオメガをつらぬく訴え

第二十四巻は、構成面でも、人間的情念が深い感動を誘うという面でも、始めあり中あり終わりある完結した一篇の悲劇に比すべきものをもっている。またこれは、第一巻で提示されたモティーフをもう一度、最終的に取りあげて、最終巻としてのまとめを心憎いばかりの手際でみごとに提示する。そして、始めと終わりの中心には、老いて不幸の極みにある父が、子をかばって必死の嘆願をくり返す姿が映しだされている。生命うせて屍となり果てた子であっても腕に抱きたい、――そのような父の心が、ホメーロスにとって、またかれの聴衆にとってどれほどに深い意味をもつものであったか、あらためて言うまでもないだろう。生命よりも深い父と子の絆《きずな》、それをいかなる英雄的行為よりも貴しとしたからこそ、大叙事詩『イーリアス』のアルファ（第一巻）とオメガ（最終巻）をつらぬくモティーフとして、これを用いたのである。また、その貴い絆は、姉妹篇『オデュッセイアー』の、基本構想に組みこまれており、またその中の数多いエピソードを彩る特色ともなって、新しい物語の世界を展開することになる。それについての委細は別書に記したこともあるので、興味のあるむきにはご参照願うこととして、ここでは省略させていただきたい。

4　ホメーロスの聴衆――「アキレウスの盾」を中心に

『イーリアス』は、どのような人々を相手にして語られたのであろうか。ホメーロスの詩句、筋立て、人物描写、そして人間の痛ましい訴えは、書斎の冥想によって描き出されそこに終わるという種類の文学ではなく、多数の老若男女の集いの場で弾き語られる、そしてその場でかれらの心の琴線《きんせん》に触れる調べとなり詩となるとき完成する。聴衆も、叙事詩の完成には必須の一役を買っているといわねばならない。

聴き手たちはホメーロスの中にいる

ホメーロスの聴衆についての問いに答えるための資料も、やはり作品そのものの中から抽出しなくてはならない。『イーリアス』や『オデュッセイアー』は、後に述べるヘーシオドスの教訓詩あるいはアリストパネースの喜劇とは異なり、語り手である詩人は、ミューズに呼びかけることはあるが、聴衆を相手に直接語りかけたり、問うたりはしない。

比喩

しかし、語りに変化と色彩を加えるためにその間にちりばめられた比喩《ひゆ》は、とくに『イーリアス』では多用されていて、戦闘場面のパノラマや一騎討ちの駆け引きを、聴衆にとって比較的卑近な事象に例えて語っている。そのような比喩の検討によって、間接的ではあるが、聴衆の身近な生活の断片を推知することができる。例えば、ギリシア勢の大軍がトロイアーの野に結集する有様が、しぼった乳が桶をうるおす春のころ、家畜の囲み一面に群がり飛びかう、ぶよの大群に比べられている。また、ギリシア勢の防壁を打ちこわすアポローンの姿が、海辺の砂で遊びの壁をつくったがんぜない子供が、足でまたそれを踏みつぶす様子に比べられたりする。

王たちと民衆——サルペードーンの言葉

またそれよりもやや複雑であるが、登場人物の背景や発言内容からも、ホメーロスの聴衆の興趣の断面を推察できる場合もある。例えば、さきに引用したサルペードーンの英雄的決意の言葉も（五二ページ参照）、ホメーロスによれば、実はその動機としては王としての対社会的配慮が強く働いていた。サルペードーンが言うには、自分たち王や貴族はリュキエーにおいて特上の土地を領有しているが、しかし一般の人間が、「さすがに王だ、見ろ、肥えた羊を食い特上甘美の葡萄《ぶどう》酒を飲んでござったが、立派の手柄を立てなさった。見ろ、力も強い。リュキエーの一番手の中で戦っている」と噂《うわさ》するだけの功名を立てることなくしては、王はつとまらぬ、と。ホメーロスの聴衆が王として認めてもよい、と考えていたのは、サルペードーンやヘクトールのような人物であって、独善的なアガメムノーンのようなタイプではなかったことは想像にかたくない。しかし他方で、そのようなアガメムノーンであっても、王は王であり、これに対して無礼な暴言を吐いた一兵士テルシーテースが、手痛い制裁をうけるのは、当然と（ホメーロスも聴衆も）見なしている。おそらく、王たち貴族たちの一団と、名もない大勢の一般市民たちからなる社会が、ホメーロスの聴衆たちの社会でもあり、そのような社会を形成している基本的合意についての暗黙の了解が、サルペードーンの発言を促し、テルシーテースの懲罰を招いている、と見ても大過はないであろう。その基本的合意については、後に再び論じることもあろう。

アキレウスの盾の世界

そのように叙事詩の随所に垣間見られる、聴衆の日常世界を、かなりよくまとまった形で提示しているのが、『イーリアス』第十八巻のアキレウスの盾の表《おもて》の図柄である。鍛冶《かじ》の神へーパイストスの作であるその図柄は、天地、日月、星晨をふちどりとした人間世界の営みを、青銅の地に黄金、白銀、錫などの象嵌《ぞうがん》によって描いている。

平和と戦争

まず平和な都市国家の図があり、そこでは盛大な祝婚の歌舞が渦巻く。周りからそれを見物する女たちの姿もある。しかし平和とはいえ国内では、とある殺人事件の賠償をめぐって訴訟が生じて、市民たちは二派に分かれて盛んに支援している。長老たちが裁判をつかさどり、両側の意見を聴取して裁きをおこなおうとしているが、議論百出の模様で、最もよい裁定案の提出者には多額の報賞金が与えられることになっている。

平和な国があれば、当然、戦争中の都市国家も描かれる。ホメーロスの聴衆にとって、――それ以後の数百年にわたってでも同じであるが――戦争は日常生活の一部となっていた。アキレウスの盾に描かれたのは、攻城戦の図であって、町をはさんで攻防の両軍勢が対峙《たいじ》している姿は、『イーリアス』の状況と似ている。城壁を守っているのは妻たち、子供たち、老人たち。攻め手は伏兵を配して、町の牛、羊などの家畜をねらい、牛飼い羊飼いなどを斬り倒す。騒ぎを耳にした城内の守備兵たちが騎馬で現場にかけつけるや、たちまち両軍入り乱れての戦闘がまき起こる。そこに争いの神、雄叫びの神、死滅の神の姿もまじり、死者や負傷者の足をひいて連れ去ろうとする――この最後の戦場の地獄絵図は、『イーリアス』第十七巻のパトロクロスの屍をめぐる凄惨《せいさん》な死闘を彷彿《ほうふつ》する。

生産の営み

平和と戦争の二つの都市国家の絵柄のあと、盾の表は、日常の規則的な生産の営みを映しだす。晩秋の休耕田に鋤《すき》をいれる農夫たち。夏、王領の収穫がおこなわれる様子を満足そうに見守る王の姿、樫《かし》の木陰では宴の支度が進められ、大きい牛が犠牲にささげられ、女たちは労働者たちのための食事の準備にいそがしい。葡萄畑では、葡萄の取り入れに余念のない娘たち息子たち、その中で音頭をとり、かれらの仕事に拍子をつけているのは歌の上手な若い子で、大竪琴《たてごと》を弾きながらリノスの調べを高い調子で歌っている。

牧畜

画面の一画にはまた、角を生やした牛たちの群が四人の牧童九匹の番犬に守られて、水音高く流れる川の岸沿いに、ゆらめく葦草の中を牧草地に進む様子が現れるが、その牧歌的情景もつかのま、先頭の雄牛が二頭の狂暴なライオンに襲われ食いちぎられる、牧童たちはただ犬をけしかけるだけ、犬どもはライオンに食らいつくことはできないが、ほえついて追い払おうとしている。続く画面には、牧場と銀色に輝く羊の群、羊小舎や、屋根のある幕舎、そして続く最後の場面には踊りの場が描かれ、そこには祭りの装いに身を飾り、頭に冠をかざした娘たち、腰に黄金の剣を吊《つる》した若者たちが、陶工のろくろのように回る円舞の輪になったり、縦横に駆けちがう列を作ったりしながら、舞踊に興じている。美しい踊りを嘆賞する大勢の人々、二人の軽業師が踊りの輪の中央にいて、音頭をとっている姿も見える。……

初期都市国家の世界

アキレウスの盾に精巧な工芸技術によって刻まれた人間世界の絵図は、トロイアー戦争時代の日常生活を描いているものではなく、初期の都市国家の時代を語っている。そこにはまだ王の姿も残っているが、農事に励む日傭《ひよう》労働者の姿もある。裁判沙汰は市民多数の関心事となっている。裁定には有識経験者と、長老たちがかかわる。これらの諸点は次章で私たちの出会うこととなる詩人ヘーシオドスの社会と近似している。つまりホメーロスの聴衆の多くが身近に知る自分たちの生活に似たもの、と考えてよいだろう。

映されていない半面

そこには、土地所有権や耕作権の問題、遺産相続や、貧富の差の生みだす政治的なせめぎあい、人口、移民など、初期都市国家の根底を揺るがした社会・政治・経済の現実的諸問題があったはずであることは、ヘーシオドスの詩やその他の間接的資料から推知できる。しかしそれらの深刻な現実的課題は、「アキレウスの盾」の図柄には投影されていない。かろうじて戦争下の城市の姿があるが、それも平和な都市国家との対として現れるにすぎない。画面は全体的には農耕、果樹栽培、牧畜、手工業によって平和な繁栄を享受している都市国家の像であり、その最初と最後を飾る祝婚と舞踊の絵が一層その印象を強める効果を放っている。

盾の絵は何を伝えようとしているのか

アキレウスの覚悟の出陣の前夜、鍛冶の神ヘーパイストスは何故このような図柄を選んで盾の表に刻んだのか。ホメーロスは何を語ろうとして、その図柄を一三〇行の長い詩で説明したのか。若いアキレウスが今や訣別を決意した、家郷での平和な人生の絵であったのか。あるいは、盾をもって守りに立つ人すべての願いの象徴であったのか。いずれにせよ、ホメーロスの聴衆たちが、自分たちの人生におけるよきもののほとんどすべてがそこに尽くされているのを感じたような図柄であることは確かであろう。ホメーロスの『イーリアス』は、人間の悲惨を語り尽くした叙事詩である。だが、それは人生においてかけがえのない価値をしっかりと見定めた詩人が、その歌に耳を傾ける聴衆たちに向かって、いま一度、人生の真実の価値について目覚めよ、と語っている詩でもある。そのようなホメーロスの願いをこめて、「アキレウスの盾」の表に描かれた世界は、像を結んでいるのではないだろうか。

〔参考文献〕

ホメーロスの『イーリアス』、『オデュッセイアー』の邦訳は、呉茂一訳（岩波文庫）、高津春繁訳（筑摩書房、世界古典文学大系）、『イーリアス』のみの訳は、小川政恭訳（神戸大学紀要連載）、『オデュッセイアー』のみの訳は、松平千秋訳（講談社、世界文学全集）などがある。なお、現代英語訳として高い評価を得ているものには、R・ラティモア訳（シカゴ大学出版局）、G・フィツジェラルド訳（アンカー・プレス）がある。

ギリシア語原典テクストとしては、T・W・アレン校訂本（オクスフード古典叢書）が一般に使われているが、『オデュッセイアー』は、P・フォン・デル・ミュール校訂本（トイプナー・古典叢書）もある。

本論では、『イーリアス』の概要一部を説明するにとどまったけれども、ホメーロス叙事詩の文化史的背景を含めての、『オデュッセイアー』について興味をもたれる読者は、拙著『オデュッセイア　伝説と叙事詩』（岩波書店）をご参照願えれば、本論の不足を多少は補っていただけようかと思う。

ホメーロス研究は日進月歩であるから、標準的研究書をあげることはむずかしいが、二十世紀半ばの諸大家の研究や見解をかなりよくまとめたものとして、次の書を記しておく。

Companion to Homer (edd. Wace & Stubbings). Macmillan, London, 1962, 高津春繁『ホメーロスの英雄叙事詩』（岩波新書）、藤縄謙三『ホメーロスの世界』（角川文庫）。

2　ヘーシオドス
――思想への道

1　詩人誕生

詩の女神たちとの出会い

ホメーロスと並び称せられるヘーシオドスは、自分が詩人となった由縁《ゆえん》を、次のような言葉で語っている。

〝さてかの女ら（詩の女神ムーサイたち）は、とある日、ヘーシオドスに美しい歌を教えた、神聖なヘリコーンの麓《ふもと》で小羊の群の番をしていたときに。そして私に向かって初めて、女神たち、オリュムポスの女神ムーサイたち、神盾《アイギス》の主ゼウスの娘神たちは、次のような言葉を語りかけた。

「野に宿りする羊飼いどもよ、人々の悪しき罵《ののし》り、ただ胃袋だけの（生き）ものらよ聞け、われらは真実に似た偽りを、次々と話す術を知っている、だが他方では、われらが欲するときには、真実を歌う術をも心得ている。」

このように、偉大なるゼウスの言葉巧みなる娘神らは言った。そして私に杖を与えた、あおあおと茂る月桂樹の、まばゆいばかりの若枝を折って。そして私の内にむかって神々しい声を吹き込んだ、やがて生じることや、かつて生じた事柄の栄光を伝えるために。そしてこの私が、永久《とわ》に生きている祝福された神々の種族を歌い称え、また、歌のたびにムーサイ女神らの栄光を、最初と最後にことほぐべしと命じ給うた〟と。

（ヘーシオドス『神々の誕生《テオゴニアー》』二二一～三四行）

自らを語る詩人へーシオドス

ホメーロスは自分自身については何一つとして語っていないのに、ヘーシオドスは自分自身の体験や、身の回りの状況について、語ることをはばからない。むしろ、右の引用部分からも充分うかがわれるように、自分がヘリコーン山麓で詩の女神から直接に、詩人の杖を授かり、神々しい声を吹きこまれたことを、作品『神々の誕生《テオゴニアー》』の初めに銘記し、これを強調しているのである。詩人とはホメーロスにおけるがごとく、かつては自らについては語ることをさけた、職業的語り手であったものが、ヘーシオドスにおいては、詩人の個性的な自己意識が初めて明確に表現された、と言われる理由もここにある。

ヘーシオドスの言語とホメーロスの言語

詩の女神ムーサイたちが、ヘーシオドスに直接に語りかけた言葉をもう一度、検討してみよう。そこに使われている単語、フレーズ、詩法が、いずれもホメーロス叙事詩の用例に密着したものであることは、容易に指摘できる。

〝野に宿りする羊飼いども〟は、『イーリアス』第十八巻の比喩の中にもあるフレーズであり、〝人々の悪しき罵り〟は、やはり『イーリアス』の第五巻などで、戦いにひるむ戦士を叱咤《しった》激励するとき、〝君の名には「人々の悪しき罵り」が寄せられるぞ〟、という言い方がなされているのと同じである。〝胃袋だけの生きもの〟という字句はホメーロスには類がないが、しかしそれと同一の考えを表す類似の表現は、『オデュッセイアー』の中に幾通りもある。次に、詩の女神らが言う〝われらは、真実に似たる偽りを、次々と話す術を心得ている〟という表現は、主動詞を別の動詞で置きかえた形で、『オデュッセイアー』第十九巻でも用いられている。主人公オデュッセウスが、自分の身分をかくして真実に似た偽りの話をして、妻ペーネロペイアーの本心を試す、あの有名な場面である。

真実を歌う

次の、〝真実を歌う《ゲーリユサスタイ》〟という表現は、ヘーシオドスの中世写本の一系統が伝えるもので、その読みの正統性は西暦二世紀および三世紀の、二通りのパピルス文書断片によって確認された。もし、それがヘーシオドス自身の用いた表現であるとすれば、これは後に述べるように、ホメーロス叙事詩には全く例のない動詞を用いての、新しい一つの思想表明であった、と言えるかもしれない。他のヘーシオドスの中世写本諸流は、〝真実を歌《ゲーリユサ》う《スタイ》〟ではなく、ホメーロスに類例の多い〝真実を語る《ミューテーサスタイ》〟という読み方をこの個所で伝えている。また、偽りと真実の二つの選択を示しているところの、〝われらは……する術も心得ている、また、……する術も心得ている〟という形の章句は、『イーリアス』では、戦場の名乗りで各種の武芸の手練であることを誇示するとき、使われている。『オデュッセイアー』では、第十二巻で、オデュッセウスの船を美しい歌声で誘惑して、座礁させようとするセイレーンたちが、やはり同じ形の呼びかけをしている個所があり、これ

歌う詩人(青銅製)、前8世紀末、クレータ島イラクリオン考古学博物館蔵(B. Schweitzer, *Greek Geometric Art*, London 1971, fig. 203)

もヘーシオドスにヒントを与えたのかもしれない。

詩人ヘーシオドスの位置づけ

詩の女神たちがヘーシオドスに語りかける言葉は、詩人ヘーシオドスの誕生にとって決定的な重要性をもつ。だがその言葉遣いは、ホメーロス叙事詩、とりわけ『オデュッセイアー』第三、第十二、第十八巻の章句と明白な類似性を示している。これはどのように解釈すればよいだろうか。

叙事詩人としての職業的訓練

第一には、ホメーロスもヘーシオドスも、基本的には同一の叙事詩技法の訓練をうけて、詩人としての基礎的技能を身につけたと思われる。そのことは、詩の女神らの言葉だけでなく、ヘーシオドスの『神々の誕生《テオゴニアー》』、『農と暦《エルガ・カイ・ヘーメライ》』の両作品全篇の言語についても、言うことができる。もっとも語彙や、音韻上の処理の面では、両人の間に多少の統計的な偏差があることは知られているが、基本的同類性に影響するほどの問題ではない。

ヘリコーン山における祭祀

第二には、詩の女神たちは、ホメーロスの叙事詩では、オリュムポスのゼウスの娘たちで、ギリシア北部のオリュムポス山上に住まいをもつ。その女神たちが百数十キロメートルも南にあるボイオーティアーのヘリコーン山とかかわりをもつという言葉は全く見当たらない。他方、ヘーシオドスにおいては、ホメーロス叙事詩の言語と基本的に同一であるという関係から、詩の女神たちもやはり、〝オリュムポス山頂に住まいを持つ〟ムーサイたち、という枕言葉＋固有名詞の、定形的表現が、しばしば用いられている。しかし、ヘーシオドスが詩人としての自己主張を示す三つの個所においては、詩の女神ムーサイたちは（オリュムポス山ではなく）ヘリコーン山の女神たちと呼ばれている。それは『神々《テオゴ》の誕生《ニアー》』冒頭の女神たちへの祈りの言葉、次にはさきに引用した詩人誕生の一節での出会い、いま一つは、『農と暦《エルガ・カイ・ヘーメライ》』の中で、ヘーシオドスが詩芸競演で得た賞品の耳つきの三足の鼎《かなえ》について語る段である。かれはこれを、ムーサイたちが初めて自分に澄んだ調べの歌の道を示してくれたその場所で、ヘリコーンの女神ムーサイたちへの捧げものとして奉納した、と言っている。ここではヘリコーン山という特定の場所における、ヘーシオドス自身の祭祀行為を語っており、特定の奉納品の縁起まで説明している。ここからみて、さきのヘリコーン山麓における詩女神たちとの出会いも、たんなる比喩的表現ではなく、ヘーシオドス自身の具体的体験を語っていたことがわかる。

詩女神たちの叱責

第三に、さきの引用文の最初にあるように、ヘリコーン山麓でヘーシオドスの凡々たる羊飼いの生活を咎《とが》めたのは、オリュムポス山の女神であるムーサイたち、つまりホメーロス叙事詩の女神らと同じ詩女神たちである。しかし詩女神らが、〝汝の名には人々の悪しき罵りが浴びせられるぞ〟という叙事詩風の叱咤激励の言葉を語りかける相手は、普通の羊飼いではない。それは悪しき詩人であり、ここでは職業的技能を有しながら懶惰《らんだ》な詩を作っていた詩人へーシオドス以外の何びとでもないだろう。古来、神話伝説の中で、詩女神たちが厳しい叱責や、処罰を下しているのは、詩の道を踏みはずした詩人たちに対してである、ということも、ここでは考慮にいれるべきだろう。

新しい詩人の自覚

第四としては〝真実を歌《ゲーリユサスタイ》う〟という表現の含む意味を明らかにする必要がここに生じる。基本的にはホメーロスと同一の叙事詩の言語と詩法を用いながら、詩女神たちの言葉の、正に要《かなめ》ともいうべき「歌《ゲーリユサスタイ》う」という動詞に、ホメーロス叙事詩では一度も使用例のない言葉をもって当てている――それは、新しい詩人の使命を授けられたヘーシオドスにとって、〝歌う〟行為の動機と目的が、特殊な自覚をともなうようになったことを表しているのではないだろうか。

ホメーロスとの違い――〝真実の歌〟

事実ヘーシオドスは、〝今後生じるであろうことや、今までに生じたことの栄光を伝え、神々の種族の賛歌を歌うように〟と詩女神たちに命じられた、と言っている。『イーリアス』、『オデュッセイアー』の主題がともに人間の行為であったことを想起するならば、ヘーシオドスの〝歌う〟行為の目的は、ホメーロス叙事詩の指す方向とは、異なる方向に踏みだそうとしているようである。その違いを意識している証しとして、〝歌う《ゲーリュサスタイ》〟という動詞が、とくに選ばれたと思われる。ホメーロスの叙事詩の特色は、物語の錯そうした筋を、ありうべき人間行為のせめぎあいとして織りあげていく、演劇技法の発見にある。それとは異なるヘーシオドスの詩の特色は、自らが意識して真実とするもの、自らが他の詩人たちとの〝違い〟として感得し見いだしたものを歌うことであり、それは、詩文が思想への道の第一歩を画そうとしていた兆しということができるだろう。

2　思想への道

神々の道と人間の道

ヘーシオドスの思想への道は、まずいかにしてオリュムポスの神々が誕生したかを語ることから始まる。ここで成立したのが『神々の誕生《テオゴニアー》』である。さらにその道を進めば、いかにして人間たちの世界が生じ、その世界を律している原則はどのようなものであるのか、どのようなものであるべきなのか――それを問う新しい道となる。オリュムポスの神々とは、人間の願望の窮極のもの、すなわち不老不死の権化であるからである。後者の道程を刻んだものが、『農《エルガ・カイ・》と暦《ヘーメライ》』である。その他にも、ヘーシオドスの作品としては、古代より伝わる『ヘーラクレースの盾』や、近年パピルス文書として再発見された『女の系譜』断片などもあるが、ここでは、主として右の二作品を取りあげよう。

一般に神々についての想念は地上の人間の苦楽の因果と切りはなして論じることのできないものである。ヘーシオドスの場合にも、かれが描きだす悪霊怨霊、醜怪な神々や、それらの間で二代三代に及んでくり返される王権争奪の闘争、神々の内乱や追放の有様は、ヘーシオドスが生きていた現実の社会や人間の生き方と、全く無関係ではなかったろう。

その意味では、『農と暦《エルガ・カイ・ヘーメライ》』の考察が先行するべきかもしれない。しかし両作品を比べてみると、『農と暦《エルガ・カイ・ヘーメライ》』は、至高神ゼウスとその一族の神々の成立を前提として語りすすめられている。それに対して『神々の誕生《テオゴニアー》』では、一、二の挿話を除けば、人間はまだ生まれていない太古の出来事が主筋となっている。作品中心とする立場からます、『神々の誕生《テオゴニアー》』に現れたヘーシオドスの言葉と思想を検討することにしたい。

『神々の誕生』——最初の神々

ヘーシオドスによると、最初に生まれたのは「カオス」。次には「胸ひろやかな大地《ガイア》」——〝雪をいただくオリュムポスを支配するすべての不死なるものたち（神々）の永久にゆるぎない座所とするために〟——。そして「エロス」、不死なる神々の中でも美しさひときわすぐれ、手足の力を奪いさる神、すなわち、すべての神々すべての人間たちの胸の中なる判断力やわきまえ、深いはかりごとなどを屈服させてしまう、性愛の神であった。

それ以前には、どのようなものがあったのかはわからない。またその最初の「カオス」についての説明もない。語源的には〝空隙〟とか、〝虚空〟とか、とにかく口を大きく広げた空間状態を表す言葉である。諸元素が未分化で混とんとした状態を、後世人例えばローマの詩人オウィディウスなどは、「カオス」に相当するものと考えているが、ヘーシオドスでは、それほどの内容をもつ言葉であったかどうか、判断しがたい。ともあれ、これら最初の神々の中の「カオス」からは「暗黒《エレボス》」と「夜《ニュクス》」が生まれ、その二つの結合から、「高空《アルテール》」と「日《ヘーメラ》」が生まれる。また「大地《ガイア》」はまず自分と同じ広がりをもつ「大空《ウーラノス》」を生み、不死なる神々の住まいとする。長く横たわる「山脈《ウーレア》」を生みニュンペーたちの美しい家とする。さらに「海《ポントス》」を生んだ、という。このような手順に従って神々の一族を迎えるための、空間と時間、地面と家がととのえられるのである。「エロス」は後世大いに名声を馳せることとなる性愛の神であるが、『神々の誕生《テオゴニアー》』の中では全く内容のない名前にすぎず、生殖活動をおこなわない。

第二世代の神々——ティターン族

次に「大地《ガイア》」と「大空《ウーラノス》」の間に大勢の子供神たちが生まれるが、これらは恐るべき子たちで、かれらは父神「大空《ウーラノス》」の生殖機能を破壊する。「大空《ウーラノス》」が、「大地《ガイア》」の腹から子供たちの生まれてくるのを許さず、母親の腹につめこんでおいたから、その復讐をとげたのだ、という。

次に、その恐るべき子供たち——かれらはティターンたちと呼ばれるが——の時代となって、かれらも数多い子神たちを生み殖やす。「夜《ニュクス》」の子たちは、「死の定業《モロス》」、「破滅《ケール》」、

「死《タナトス》」、「眠り《ヒュプノス》」、「夢《オネイロス》」、……「諍い《エリス》」の子たちは、「労苦《ポノス》」、「死《レーテー》」、「餓《リーモス》」、「痛《アルゲア》」、「雄叫び《ヒュスミナイ》」……「海《ポントス》」の子たちは海の老人ネーレウス、タウマース、ポルキュス、「鯨《ケートー》」……ネーレウスの子たちは、海のニンフたち、プロートー、エウクランテー、サオー、アンピトリーテー……（五十人の女性名はいずれも、海原や渚、入江、島嶼、岬などの姿を彷彿するものである）。……

クロノス、ティターン族の王の位を奪われる

この膨大な神々の系譜はここで尽くすことはできないので委細はギリシア神話の解説にゆずりたい。ティターン神たちの長となったのはクロノスであったが、この神も、己れの子によって倒されることを恐れて、生まれてきた子供たちをのみ込んでしまう。妻神レイアーは悲しみのあまり母親「大地《ガイア》」に相談する。かの女は策をめぐらし、生まれたばかりのゼウスをひそかにクレータ島で助け育てて、父親クロノスを王位から追放させる。父親クロノスを倒したゼウスは抑圧迫害されていた新旧の神々を助けだし、神界に君臨することとなる。

第三世代——ゼウスの支配

『神々の誕生《テオゴニアー》』は、その後なおゼウスと、その支配に盾ついたティターン神たちとの争いを物語る。

プロメーテウスの罪と罰

中でもプロメーテウスとゼウスとの拮抗は、人間界をも巻きこむ深刻な争いとなる。事の起こりは犠牲の肉の分配について、プロメーテウスがゼウスをペテンにかけ人間に有利なはからいをしたことにある。ゼウスは火をかくして人間に与えないようにした。プロメーテウスはこの火を盗みだして人間に与える。怒ったゼウスは火の代償として人間にとっての最大の悪となるべき——とヘーシオドスは言う——女性の原型パンドーラーを作って人間に与える。その結果人間は永劫の苦悩を背負うことになるが、それも実はゼウスをたばかろうとして策に溺《おぼ》れたティターン神プロメーテウスの所為だ、とヘーシオドスは言う。

新旧世代の争い

神界における新旧世代間の争いは、大規模な内戦にまで発展するが、ティターン神側に利なく、かれらは大地のはるか底のタルタロスに追い落とされ、そこに閉じこめられる。

この大争乱が鎮まってほどなく、最後の叛乱が起こる。「大地《ガイア》」と「タルタロス」の子テュポーエウスの乱である。テュポーエウスは、自然界、動物界の破壊力を一身に結集した超SF的怪物であったというが、ゼウスは一騎討ちでこれと対戦し、激戦のすえ打ちたおす。

ゼウス、妻をのみこむ

こうしてゼウスはオリュムポスの神々に君臨することとなったが、最後にゼウスが抱いた恐れは、やはり父親のクロノスが抱いた恐れと同じものであった。ゼウスと知恵の女神メーティスの間に生まれるべき子供は、父親をもしのぐ力と知恵の持ち主となるという予言を知って、妻神メーティスをのみこんでしまう。そうするようにと勧めたのは「大地《ガイア》」と「大空《ウーラノス》」であった、とヘーシオドスは記している。『神々の誕生《テオゴニアー》』は最後にオリュムポス神族、すなわちゼウスと他の女神たちとの間に生まれた神々の系譜を語り、また女神たちと人間たちの間に誕生した英雄たちの名譜を語りつくして終わりとなる。「大地《ガイア》」と「大空《ウーラノス》」のつくりなした家は、三代にわたる大争乱のすえ、オリュムポスの神々と人間たちの共存するゼウスの体制に落ちついたのである。

以上のような神話的な内容と構成をもつ『神々の誕生《テオゴニアー》』から、私たちがくみうるものをまとめてみよう。

太古の神々――かれらの断片的記憶と伝承

一、ヘーシオドスは、ホメーロス叙事詩に現れるオリュムポスの神々よりもはるかに古いギリシアの神々を、系譜的に整理した形で提示している。ゼウスがクロノスを地底に幽閉したことや、テュポーエウスを打ち倒したこと、また神々が離叛を試みたとき、ブリアレオースがゼウスを助けたことなど、ゼウスと古い神々との争いについては、ホメーロスも触れている個所はある。けれども、それ以前の神々の誕生や争奪についての言及はない。ギリシア本土においては、ミュケーナイ時代（前十六世紀―十一世紀初）にすでに各地において多様な神々の祭祀がおこなわれており、さらに古くはクレータ島を中心とするミーノーア時代の信仰も存在したことは周知のことであっただろう。また各地の各種の祭神や祭祀についての縁起神話が、太古より各地方で語り伝えられていたことも想像にかたくない。ヘーシオドスの『神々の誕生《テオゴニアー》』の中にも、それら太古の祭祀習俗の片影を指摘することができる。例えば、ティターン族の中に名を連ねている「ピークス」は、ボイオーティア地方におけるスフィンクスの称であることから推察しても、三二六行は古くその地に伝えられた祭祀と神話の断片的記憶をとどめるものと目される。また子供のゼウスがクレータ島で育てられたという伝説（四七七行以下）は、クレータ島の祭祀に固有のものである。それに対して、クロノスが吐きだした岩をゼウスがデルポイに安置した、というのは（四九七行以下）、デルポイ神域固有の縁起話である。また犠牲の儀式、火盗み、プロメーテウスの刑罰、最初の女性パンドーラーという四つの異なる説話を連ねた（五三五行以下）プロメーテウスの話は、太古の狩場の習俗や、アルゴ号冒険伝説、文明起源伝説などの複雑な背景をもつものである。しかし、ヘーシオドスの時代にはすでに特定の地域や時代から切り離されて、一般的な宗教習俗や人間の習性を説明する話となっていたのであろう。その他にも、今は痕跡がなくなってわかりにくいが、数多くの神殿、聖所、聖物などにまつわる古い祭祀や言い伝えが、『神々の誕生《テオゴニアー》』のいたるところに入りこんでいるであろうことは想像にかたくない。

系譜的発想に基づく整理

二、ヘーシオドスは天上、地上、地下のすべての神々やその子供たちのみならず、あらゆる霊、鬼、怪物ども、河や泉や波に至るまでも、系譜の中に場所を与え、名前を明示している。各々の神霊は各々の支配する領域をそのまま保持しながら、〝系譜〟という時間の座標の上に順序よく配列されている。そして、神々はみな不老不死であるから、人間の消長よりも長いスパンをもつけれども、それでもみな生成消滅の過程のなかにおかれている。そこで神々の世界においても、世代交代のサイクルが生じるのは、必然的といわねばならないだろう。

神々の世代

神々の間に古い神、新しい神がいる、という一般的了解が、ホメーロスやヘーシオドスより以前からあったことは間違いない。例えばミュケーナイ時代の祭祀遺跡や、若干の碑文資料からうかがい知ることのできるかぎりでは、さまざまの女神たちの祭祀はホメーロスの時代より幾世紀も昔から各地で盛んにおこなわれていた模様であるが、雷を振るうゼウスの祭祀の跡はほとんど知られていない。その後数世紀の間にゼウスを家長とする神々の系譜の再編成が——例えば、ホメーロスやヘーシオドスにおいてその最終的な形が現れているような——おこなわれたとしても、大古からの古い神々の記憶を消しさることはできなかったであろう。

神々の王権交替——オリエント伝説との類似

だが、新旧の神々の間に王権の争奪があったとする考えは、ヘーシオドス以前のものであろうか。「大空《ウーラノス》」の生殖能力を奪って倒したクロノスが二代目の天界の覇者となり、再びクロノスを倒してゼウスが三代目の王者となり、その後挑戦者を二度にわたって撃破して王権を確固ならしめると共に、妻の女神メーティスをのみこんで将来の禍根を絶つ——『神々の誕生《テオゴニアー》』の時間軸上に展開する王権争奪の形は、古代オリエントに広く伝わっているギルガメッシュ伝説の王権簒奪の話と基本的によく似ている。そのことから多くの比較神話学者や、古典学者たちは、その種の王権交替神話が、東方先進文化のいずれかの拠点から、何らかの経路によって、ミュケーナイ時代あるいはそれ以後の時代にギリシアにも伝わっていたことを想定し、その古い伝説の基本形を援用することによってヘーシオドスは『神々の誕生《テオゴニアー》』の枠組みを作ったのではないか、と考えている。ミーノーア、ミュケーナイ時代はもとよりその後のギリシア古典期に至るまで、東方先進文明は、ギリシア人に多大な影響を与えており、その一つとして、ギルガメッシュ伝説の骨格を伝える王権交替伝説があったと仮定しても、とくに不思議ではない。

ギリシアの神々、ギリシアの神話の誕生

三、かりに『神々の誕生《テオゴニアー》』の基本的な枠組みが、オリエント伝来の伝説に負うところが大きいと仮定しても、ヘーシオドスの独自の工夫がなくては、作品としての『神々の誕《テオゴニ》

生《アー》』がありえなかったことは間違いない。ここに登場する神々はみなギリシアの神々であり、新旧の世代配列は、おそらく当時の一般的通念に即したものとなるように工夫されたに違いない。さて、神々の中で、最終的支配者であるゼウスが、最も高い頻度で言及されているのは、作品の主旨からみても当然である。だが、ゼウスの次に重要な地位を与えられているのが、「大地《ガイア》」であることは、少々意外かもしれない。おそらく、ここにヘーシオドスの最大の工夫があり、ここにまた、かれの歩んだ思想への道が、はっきりとたどりうるのではないかと思われる。

「大地《ガイア》」女神の位置づけ

原初に生まれた「カオス」、「大地《ガイア》」、「エロス」の三柱の神々のうち、「カオス」からは、いわば時間の神々ともいうべき「夜」「暗闇」「高空」「日」などが生じ、その中の「夜」からは、地上における、また人生における諸悪の擬人化神たちが生まれることは、さきにも紹介したところであるが、「カオス」系譜に属する神々の生産力は、諸悪を生みだしたところで尽消する。「エロス」からは何も生まれない。全体的にみると、『神々の誕生《テオゴニアー》』における八百万《やおよろず》の神々は、実にただ一柱の「大地《ガイア》」の子供たち、孫たち、曾孫たち……であって、ここに新旧のギリシアの神々は、大地母神を始祖とする大母系家系の系譜にまとめあげられている。あの悪女の原型といわれるパンドーラーでさえも、その名前のもとは、“すべての贈りものをもつ《パーン・ドーラ》”大地女神の枕言葉だけを頂戴《ちょうだい》したもの、と言われている。「大地《ガイア》」は正しくすべての生命の源泉であり、その現れともいうべき森林、牧草地、農地、そこに人生のすべてを託した古代ギリシア人の崇敬の念が、このようなヘーシオドス系譜の形となって現れているのであろう。

空間と世代との統一的枠組み――「大地《ガイア》」

また、ギリシア各地に点在する社や聖域の神々を「大地《ガイア》」の子神たちとし、また陸地の周辺にある大河や海洋をも「大地《ガイア》」の子神たちとすることによって、神々の空間的位差を一つの発生的な原点に帰納・解消し、神々を系譜的時間軸に再配列することも、ヘーシオドスの思想の道のねらいであったのかもしれない。ギリシアの神々は「大地《ガイア》」と「大空《ウーラノス》」の生みなしたもの、というおおらかな神々の誕生の構想のもとに、大空と大地の間に生きとし生けるものはみな神であり、神々しい、という新しい包括的な考えが開けてくるのである。

「大地《ガイア》」のみが真の神――弱者の守り

「大地《ガイア》」はしかし、ただすべての神々の始祖というだけではない。「大地《ガイア》」のみが、『神々《テオゴ》の誕生《ニアー》』のなかではただひとり真の〝不老不死〟の神であることになっている。二度にわたる神界の王権交替の仕掛けを施すのは、いずれの時も「大地《ガイア》」であるが、それはいずれの時にも為政者から深刻な被害をうけているのが「大地《ガイア》」であるためである。正常な出産をさまたげられた母神の悲痛な叛乱が、「大空《ウーラノス》」の失墜をまねき、クロノス追放の原因となっている。ゼウスの政権樹立を神々が推唱したのも「大地《ガイア》」の指図による、とヘーシオドスは言う（八八五行）。ゼウスが将来自分より強力な神が生まれるのを恐れて、メーティス女神をのみこむのも、「大地《ガイア》」の指示によるが、実はメーティス女神から生まれるべきであった女神アテーネーは、ゼウス自身を母胎として生まれてくる。ゼウスは男神であるが、自ら母神となることによって、王権交替劇の敗者となることを回避する。

「大地《ガイア》」女神の働きを歌う

王権交替は、直接に戦う男神たちの立場からみれば、権力争奪であるが、しかし「大地《ガイア》」たち虐げられた母神たちの目からみれば、正常の回復にすぎず、「大地《ガイア》」の働きは、正常な生産がつつがなく健やかな実りをあげるよう、保護し慈しむことにある。その働きは、幾度交替劇が演じられようとも、永遠に維持されていく。ゼウス体制の安泰は、この母なる大地の慈しみを男神自らの体内に宿すことによって保証された、とヘーシオドスは言っているのであろうか。ヘーシオドスが「大地《ガイア》」に託している思想は、黎明期ギリシアの神話的色彩の強いものであるが、今日地球の将来を思うとき、私たちにも、皮相的な多様の価値観を超えて、なお深く迫ってくる根源的な力をもっている。

3 『農《エルガ・》と《カイ・》暦《ヘーメライ》』——人間の道

〝私〟が語る物語

ヘーシオドスの詩法の特色は、かれ自身が説明し、記述する部分が作品のほとんど全体を占めている点である。『神々の誕生《テオゴニアー》』のように、筋としては王権交替という中心をもち、物語としての要素を多少は有する作品の場合でも、登場人物が直接話法で発言するような場面設定は数カ所に限られており、発言も二、三詩行を超えることはほとんどない。系譜的な枝葉はみな詩人自身の語りによって埋められている。この点では、登場人物自身に直接語らせることに重きをおくホメーロスの演劇的手法とは、対照的である。

〝私〟から〝あなた〟へのメッセージ

語り手の主体性、ということはすなわち、詩人が自分自身の判断を自分の権威と責任において語ることである。これがさらに一人称単数〝私〟という表示を用い、かつ二人称単数〝あなた〟に語りかける言葉《メッセージ》ということになると、詩形としては叙事詩形（ヘクサメトロス）であっても、内容的には叙事詩からは遠ざかり、別種の文芸ジャンルを創りだすこととなる。ヘーシオドスのいまひとつの作品『農《エルガ・》と《カイ・》暦《ヘーメライ》』は、まさしくこの新しい文芸ジャンルであり、便宜的な名称であるが、「教訓詩」と呼ばれることが多い。

『農《エルガ・》と《カイ・》暦《ヘーメライ》』

『農《エルガ・》と《カイ・》暦《ヘーメライ》』という題名はヘーシオドス自身がつけたものかどうかは不明である。ともあれこの名は、作品の後半約三五〇詩行が、四季にわたる農耕の暦と、農事牧畜にかかわる吉凶の暦とから成り、同時にまたそれに基づく実施面での、忠言・訓戒から成っているところに由来する。しかし、この後半部分は全体から独立した別個の部分ではなく、作品の前半で説かれている一般的な訓言――すなわち人の分を犯すことなく自らの分を守り、ひたすら労働に精励することによってのみ、人間としての正道が開けてくる――それを、実践面において活かすための実際的な忠告として、全体構成の中に組みこまれている。

作品の〝時と場所〟

さて『農《エルガ》と暦《・カイ・ヘーメライ》』の前半は、一種の演劇的モノローグの形になっている。ヘーシオドスはあたかも法廷に立ち、財産相続をめぐって訴訟事件を起こした兄弟のペルセースに向かって正道にめざめ翻心するように語りかけ、また裁判をつかさどっている王たちに向かって、弱肉強食の習いを改めて、正しい裁きを下すように懇願しているかのようである。〝このたびの裁き〟という表現が数回使われていることも、臨場感を強める結果となっている。この語りの形式は、ヘーシオドス自身の個人的経験によって触発されたものかもしれない。しかし今日伝わる作品はとうてい一場の法廷弁論とは思えないほど、多彩かつ多岐にわたる内容にとみ、法廷陪審員以外の、一般の思慮深い人たちをも視野に収めた演劇的モノローグであるという印象が強い。

二つの「諍い《エリス》」の女神たち

詩の女神たちとゼウスの神威を賛える序詞のあと、まずヘーシオドスは「諍い《エリス》」(あの上記九九ページの「夜《ニユクス》」の生んだ娘神である)に言及して、実はこの「諍い《エリス》」の種族は一つではなく二つである、という。一方はただいたずらに悪しき戦いや抗争をひきおこし、人間世界の嫌われものである。もう一方の年かさのほうの「諍い《エリス》」は、人間たちに大きい福益をもたらすように、ゼウスが大地の根の間に住まわせた。役立たずな人間をも仕事にかりたてる。富める人を見て自分もやってみようと思わせる。隣人が蓄財に励むのを見れば、負けじと思う気持ちを抱かせる。人間にとってこの「諍い《エリス》」は貴いものなのだ。陶工は陶工に対して、大工は大工に対して、乞食《こじき》は乞食に対して、また詩人は詩人に対して、負けじと不機嫌な様子を見せるのも、そのせいなのだ、と言う。人間の動機は同じでも、それを行為として現す形は個人の選択によって異なることを、ヘーシオドスは言う。

ヘーシオドスの選択

この二つの対照的な「諍い《エリス》」の設定は、ヘーシオドスが『神々の誕生《テオゴニアー》』以後、さらに一歩、思想の道を進んだことを示す。そしてこのような対照的な二つのものの対による話の進め方、一対のもののどちらかを相手に選択させようとする議論の立て方が、その後の『農と暦《エルガ・カイ・ヘーメライ》』の内容の際立った特色となっている。冒頭で二つの「諍い《エリス》」をもちだしたのも、弟のペルセースに悪しき「諍い《エリス》」——すなわち裁判官である王たちを買収して遺産全部を一人占めにしようとすること——を止めさせ、善き「諍い《エリス》」の力に目覚めさせ、真摯な努力と勤労によって、正道を歩むよう、説得するためであった。

人間のうける災禍と選択とのかかわり

だがなぜ、人間は大地の根の間に活路を見いださなくてはならないのか、なぜ苦しい労働を宿命としてうけいれなくてはならないのか。これはペルセースならずとも、狭い農地をもとでに餓死線上での苦闘をくり返していた、古代ギリシアの農夫の大部分のものが、生涯問い続けた疑問であったに違いない。ヘーシオドスは『神々の誕生《テオゴニアー》』で物語った説話をもう一度ここで語る。人間の労苦の始まりは、曲った知恵をもつプロメーテウスが、ゼウスを欺き、ゼウスのかくした火種を盗みだして人間に与えたためだ、とヘーシオドスは言う。これを怒ったゼウスが、火に見あうだけの災悪を――パンドラーが壺《つぼ》の蓋《ふた》を開き、あらゆる心配ごとの種をまきちらすことによって――人間に与えたためだ、というのである。そのあたりの神話による因果関係の説明が、果たして当時の人々に納得のいくものであったのか。文明がもたらす緑地の荒廃、という見方がすでに一般に認められていたかどうか。とにかくプロメーテウスさえ誤った考えを立て余計な道を選ばなかったならば、人間は神罰をうけることなく昔の通り今でも労せずして楽園の生活を享受することができたはずだ、という因果を結ぶ考えだけは、ヘーシオドスの言葉からはっきりと読みとることができる（四三～四六行参照）。

人間の退歩――「五つの種族」

そもそも人間の種族とは、とヘーシオドスは歌う。黄金、白銀、青銅、英雄、そして鉄という五つの時代、五つの種類に分かれている。だが、ひたすら品質劣化の下降線をたどり続けた人類は、英雄の時代を迎えて一時は神々にもひとしい活躍を遂げたが、それも今は昔、人間は最も悲惨な鉄の時代を迎えようとしている。

鉄の時代

ヘーシオドスが悲痛なパトスをこめて予見する鉄の時代とは、神を畏れる殊勝な気持ちも失せ、人倫ことごとく地に落ちて、悪事をなすもの、人のものを侵す人間が繁栄を得るような時代、正義も裁きも強者の手に独占されてしまうような時代である。「恥《アイドース》」の女神も「義憤《ネメシス》」の女神も、輝く衣に美しい身を包みかくして、人間世界をあとに、天上の神々のもとへと、去ってしまう時代なのである。鉄の時代についての、ヘーシオドスの予言的な描写は細部にわたっているが、なかでも、子供は生まれたときから鬢《びん》の毛が白い、父は子と心同じからず、子供らも互いに心同じからず、客人と主人、友と友、兄弟同士も昔とは違い、心がしっくりと融けあわない、老いゆく親たちも悪しざまに罵られる――という段落は、家族、交友間の、信頼に基づく人間関係の崩壊を描きだす。

鉄の時代の構造

このような社会現象の背後には、どのような社会構造的な問題が生じつつあったのか。ゼウスは怒って生活の糧《かて》をかくしてしまった、とヘーシオドス自身も言っているように、当時、一般ギリシア人の間では農耕牧畜を生業とする家が、家族数の増加にともなって極端に細分化し、生産単位があまりにも小規模化したために、もはや各戸の生計を維持することが不可能という場合すら急速に増加しつつあったのであろう。一方、余剰を蓄積できるだけの耕地を所有し、牧畜を営むに足りる放牧地を所有する、少数の富める者たちがいたことも確かである。ヘーシオドスが叙事詩言語を用いて〝王たち〟と呼んでいるのは、この人々のことであろう。貧しい大多数の人間はますます窮乏化して飢餓線上をさまよい、富める〝王たち〟は自分勝手な行為をほしいままにしてそれを正当化する――そのような社会の構造的なひずみが、鉄の時代における人間関係の崩壊を生みだそうとしていたりではないか、と思われる。

追いつめられた人間の群

しかし農耕地の絶対的生産量が人口を糊《こ》するに足りないとすれば、どうすればよいのか、人間が共食い状態に——ヘーシオドスはすでにその危険を間近に予見して、弟のペルセースに向かって、人間は禽獣《きんじゅう》のごとき習性に堕してはならぬと説いているが（二七六行以下参照）——陥ることを防ぐ手だてはあるのか。遠方の外国に土地を求めて植民団を送ること、隣国を侵略してこれを搾取し、その手段と収穫とによって自国の窮乏者たちの生活を潤すこと、その二つの手段はギリシア各地方の大小の都市国家が、背に腹はかえられない打解方策として、次々に実施を試みたものである。ホメーロスやヘーシオドスの時代には地中海と黒海のほぼ全域に、処女地を求めるギリシア人の植民都市が築かれつつあった。

侵略か、植民か

ヘーシオドスはそのような方策の是非について、直接には触れていない。しかし海外植民や他国侵略について尋ねられれば、かれが否定的であったろうことは明らかである。かれの父は植民団に加わったが成功せず、危険な渡海業に身を落とした人間であった（六三三行以下参照）。ヘーシオドス自身、自分は海も船も知らないと言っている。また、他国に攻めこみ、他人の穀物や家畜を奪うことを是認すれば、いつかは自分のものが他国に奪われても、やむをえないことになろう。それでは正邪のけじめは失われ、弱肉強食の掟《おきて》のみとなり、人倫の崩壊は必至である。これこそ悪しき「諍い《エリス》」以外の何ものでもなく、ヘーシオドスがこれを非とすることは明らかである。

第三の道――内からの出発

『農と暦《エルガ・カイ・ヘーメライ》』は、人間の足もとからの、人間の内面からの再出発こそ、真の打解策である、と説く。一つでは足りぬから二つを、と他に求めるのではなく、〃一つ全部より半分ずつのほうが大きいこと〃を知り（四〇行参照）、奢侈《しゃし》のみを人生の甘味とせず、〃草根木皮にこめられた自然の恵みのいかに大なるか〃（四一行参照）を心に刻むことに、出発点を定めている。自分に与えられた〃分〃を知ること、社会の一員としての分を守り分を忠実に果たすこと、ひとの分を侵さないように慎むこと――ヘーシオドスがくり返し弟のペルセースに説く正義の教えは、抽象的な平等や公正の概念に立脚するものではなく、全く実践的な日々の行動学の要項である。一つではなく半分が自分に与えられた〃分〃であれば、それを残りなく活かす道を求めることこそ、真の問題解決に至るのだ、と説く。草根木皮の恵みは一つの例えであろうが、そこには厳しい現実認識だけではなく、あの限りない生命の源「大地《ガイア》」を、真に不老不死の神とした『神々の誕生《テオゴニアー》』の思想と、どこか深いところで――つまり人間がさぐることのできる自らの心のどこかで――流れを一つにしているものである。自分の土地では足りないから人の分をも欲しがる、というのではなく、もう一度自分の畑地に立って、そこに、自分の血と汗をそそいでみよう。「大地《ガイア》」の根のところに埋められたという善き「諍い《エリス》」の女神を思い出そうではないか。そしてそれが徒労に終わらぬようにするためには、もう一度、農耕の定めをよく知らなければならない。

正義は大自然のリズムのなかに

ヘーシオドスが語る農事暦は、スバルの昇り沈み、シリウス星の位置、渡り鳥の声、草花の開花や蟬《せみ》の声など、季節の折り目を告げる自然の整然とした兆しに合わせて、鍬《すき》入れ、種播き、収穫の作業の調整を怠るな、と説く。また農具の準備や手入れ、日傭労働者の使い方、自分の家の整え方、果樹の剪定《せんてい》など、広範囲にわたる生産生活全般の指示を含んでいる。四季の兆しに合わせた農事の指示は、古今東西の諸邦の民間伝承暦として数多く知られているが、ヘーシオドスの農事暦は、その中でもすぐれて内容豊富なものの一つであろう。人間の足もとからの、内面的覚醒からの新しい生活のリズムが、実は幾世紀もの経験の蓄積を現在によみがえらせる貴い契機となっているからである。ヘーシオドスが人間の目覚めを語るとき、あたかもそれが天地自然の生命のリズムと合致しているものであるかのような、清々しい感動を誘う。「大空《ウーラノス》」と「大地《ガイア》」の子らによって満たされたこの神々しい空間の一隅に、己れの分を守り、己れの分を忠実に果たしながら生きることができれば、――ヘーシオドスの農事暦が語りかける深い願望は、人間が人間であろうとするかぎり、消えることなく伝えられていくことだろう。

ギリシアの歴史とヘーシオドスの教え

ヘーシオドスの訓戒が、怠けものの弟ペルセースを救ったかどうか、知るよしもない。またかれの正義に目覚めよという訴えが、現実の貧農救済や、〝王たち〟の奢侈の抑制に効果をもちえたかどうかも疑わしい。いくら勤勉な労働に労働を加えてみても、施肥の技術すら未開発であった古代のことである。やせた耕地すら極端に不足していた都市国家においては、次の時代も、また次の時代も、鉄の時代の構造的危機にみまわれ、植民活動と侵略戦争が交互に、相互間でくり返され、破綻をきたした。そして野望の砕かれるそのつど、第三の道に目覚めよ、一つより半分を大とせよ、草根木皮の慈しみを知れ、というヘーシオドスの内面的覚醒を呼びかける声が、識者の間によみがえったのではないだろうか。ホメーロスとならんでヘーシオドスが、ギリシア人の神々を創った詩人、と言われている本当の理由も、実はそこにあったのではないか、と思われる。

〔参考文献〕

ヘーシオドスの邦文翻訳としては、『神々の誕生』(〝神統記〟という訳題で)は廣川洋一訳(岩波文庫)、『農と暦』(〝仕事と日〟という訳題で)は松平千秋訳(岩波文庫)があるので参照されたい。

ヘーシオドスのすぐれた思想的研究としては、広川洋一『ヘシオドス研究序説』(未來社、昭和五十年)があり、それとは比すべきものではないが、簡単な説明を試みたものとして、拙著『ギリシア思想の素地』(岩波新書)がある。

またヘーシオドスの措辞、詩法ならびに、『神々の誕生』、『農と暦』以外の諸作品については、拙稿『アルクメーネーの系譜』(東京大学文学部研究報告第五号、昭和四十九年)に私見を記してある。

3 抒情詩人の再発見
——その1

1 『サッポーの手紙』

西洋古典学の基本的使命が、古代ギリシア・ローマの文学作品をできうるかぎり〝原本〟に近い形に復原することにあるという主旨は序論で述べた（三四ページ参照）。そのような古典学あるいは古典文献学の歴史において、ギリシア抒情《じょじょう》詩人たちの作品探索は、十五世紀に始まり、今日もなお最も劇的な展開を示しつつある一例と言わねばなるまい。

ホメーロスの両叙事詩、とりわけ『イーリアス』は、古代ギリシア文学中でも、とくにすぐれた写本伝承の経過を経てルネサンス期のイタリアに伝えられた（五〇ページ参照）。ヘーシオドスの『神々の誕生《テオゴニアー》』、『農と暦《エルガ・カイ・ヘーメライ》』（そして誤ってその作とされている小叙事詩『ヘーラクレースの盾』）も、ホメーロスほどにすぐれた古い写本ではないが、十三世紀、十四世紀書写の数多いビザンチン写本によって本文が伝わっている。ところが、同じ古典作家といっても、九人のギリシア抒情詩人と呼ばれた人々——前七世紀スパルタのアルクマーン、前六百年ごろのレスボス島のアルカイオス、同じころ同じ島で活躍した女流詩人サッポー、前六百年ごろのシシリア島ヒーメラのステーシコロス、前六世紀南イタリア、レーギオンのイービュコス、前六世紀テオース島のアナクレオーン、前六世紀末から前五世紀にかけて活躍したケオース島のシーモーニデース、その甥のバッキュリデース、そして前五世紀前半のテーバイの詩人ピンダロス——またイアムボス詩やエレゲイア詩という短詩のジャンルの創作にたずさわった数多い詩人たちなどの場合は、作品伝承にかかわる事情が、ホメーロス、ヘーシオドスの場合と全く異なっている。

ギリシア抒情詩の特色——リズム構造

ここでは九人の抒情詩人たちについて話を進めたい。まずごく簡単に、かれらの詩作の性質について説明する。古代ギリシアの抒情詩とは、竪琴を伴奏楽器として歌われた歌詞である。叙事詩形に比べれば、より一層変化に富んだリズム構成をもつ数行ないしは十数行を一つの連とし、同じ構成の連が幾つか重ねられて一篇の詩が出来上がる。歌の歌い方は独唱、合唱いずれの場合もある。現存するピンダロスやバッキュリデースの抒情詩は、みな合唱のためのものである。抒情詩の音曲を記した楽譜は伝わっていない。

言語的特色

言葉は、ホメーロス叙事詩の言語が古期イオーニア方言を基調としながらも、特定地域の方言というわけではなく、叙事詩に共通の言語を形成しているのに比べて、抒情詩の言葉は地方的な方言色が濃い。抒情詩人アルクマーン、アルカイオス、サッポー、アナクレオーンなどは各々の地方固有の、方言色の濃厚な言語を用いて歌詞を書いている。ステーシュロス、イービュコス、ピンダロス、バッキュリデースらは、特定の方言ではなく、文芸的ドーリス方言ともいうべき比較的相互の共通性の大きい言葉で、合唱抒情詩を書いている。シーモーニデースは文芸ジャンルに従って言葉を使い分けており、エレゲイア詩ではイオーニア方言を、合唱抒情詩ではピンダロスらと基本的な共通性の強いドーリス方言を、別々に使っている。要するに、古代ギリシアの抒情詩とは、各々の時代、地域、演奏の形態・場所・目的などに細かく即応して、形も内容も個別的な変化に富み、各地方各都市そして、さらに各祭祀や祝典固有の特色を表しているもの、ということができる。

サッポーの『ヘクトールとアンドロマケーの結婚』（本文140ページ参照）のパピルス断片（Papyrus Oxyrhynchus xvii（西暦１〜２世紀初））（E. G. Turner, *Greek Manuscripts of the Ancient World*, 1971, fig. 18）

抒情詩人の作品伝承

次に、作品の伝承と伝播について説明する。抒情詩人たちの作品は、叙事詩作品と同じように紀元前三世紀〜二世紀のころアレクサンドリアの文献学者たちの手で集められた。かれらがとくにすぐれていると考えた九人の詩人たちの作品は綿密な校訂に付され、詳細な注釈が記されて、ヘレニズム、ローマの世界に流布した。前一世紀のローマでは、詩人カトゥルスは熱心にギリシア抒情詩を研究して、サッポーの詩をラテン語に訳し、ギリシア抒情詩の複雑なリズム構成をラテン語の詩に再現する試みに情熱を傾け、成功を収めている。ギリシア抒情詩の強い刺激をうけて成立したラテン抒情詩は、やがてホラーティウスにおいて完成の域に達する。サッポーのリズムや、アルカイオスのリズムは、なお一層洗練された形でホラーティウスのラテン詩のリズムとなり、古代ラテン語世界に広められ、さらに中世・近世に至るまでラテン詩のリズムとして生き続ける。また、西暦一世紀末、ローマの修辞家クインティリアーヌスは、すぐれた修辞家弁論家となるためには、

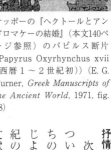

弁論術だけではなく、詩文にも通じていなくてはならない、と説き、九人のギリシア抒情詩人のうち、ピンダロス、ステーシコロス、アルカイオス、シーモーニデースをあげて、とくに学習に値するものであることを強調している。アレクサンドリアの校訂本を源とする多数の流布本が、当時のローマ世界の文化的主要拠点地であれば、どこにおいても容易に入手できたことが推察されよう。

作品詩巻の湮滅

ところが九人のうち八人の詩人たちの詩巻は、西ローマ帝国においては古代末期の学問・文芸の凋落《ちょうらく》とともに、完全に姿を消してしまった。十二世紀末まで東ローマ帝国に伝わっていたのは、九人の抒情詩人のなかでただひとり、ピンダロスの詩巻写本のみであった。ピンダロスの祝勝歌四巻（全集十七巻の残りは失われたが）のみが、十三世紀〜十四世紀になって数多くの紙あるいは絹紙の写本に転写され、今日の校訂本の基礎となっている。しかし、それでも今日私たちは、一時は完全に湮滅《いんめつ》したはずの他の八人の抒情詩人たちの個別の言語的特色や詩法について、また時にはかれらの詩作の内面的特色についてすらも、かなり具体的な知識をもつことができる。それは、十五世紀の文芸復興以来、イタリアをはじめ西欧各地の古典文献学者たちの営々たる努力の集積と、十九世紀以来のパピルス文書研究の飛躍的進展によって、初めて今日可能となったことである。

サッポーの姿を求めて

例えば、ギリシア随一の女流詩人サッポーの作品探究の端緒はどのようなものであったろうか。十五世紀イタリアの人文学者たちは、ローマの詩人ホラーティウスやオウィディウスが各々の詩の中で記しているサッポーについての言及や、ギリシアの歴史家ヘーロドトスの記したサッポーとその浪費家の兄カラクソスの話、地誌家ストラボーンやビザンチン時代のスーダ百科辞典の中の、サッポーにかかわる事項など、そのころ知られていたさまざまの間接的資料から、女流詩人の伝説的生涯の輪郭を思い描いていたことは確かである。しかしサッポー自身の詩は一篇も伝わっておらず、また、サッポーの有名な〝かの人は神々さながらに〟という詩を引用している『崇高論』の存在を、知りえた者は当時はまだひとりもいなかった。十五世紀の人文学者たちはサッポーの詩に直接触れることなく、かの女の姿を想像していたにすぎない。

『サッポーの手紙』の発見

そのような時、かれらのサッポー探究熱がにわかに燃えあがった。そのきっかけとなったのは、意外なことに一篇のラテン語の書簡詩の発見であった。ローマの詩人オウィディウス作といわれる、ラテン詩『サッポーの手紙』がそれであって、当時の学者たちの間に論争を呼ぶこととなったのである。

『サッポーの手紙』というのは、若く美しい恋人パオーンに捨てられたサッポーが、相手に翻意を促し再び自分のもとに帰ってくるように哀願する言葉を、書簡形式の詩に綴ったもので、オウィディウスの『名婦の書簡』の形式に酷似しているが、はたしてかれの真作か否かについては、現今の専門家の間では、判定は否定的に傾いている。この『手紙』の写本が、とある中世写本の中から発見されたのは一四二〇年ごろとされるが、それまではそのような作品が存在していることすら、全く知られていなかった。発見以後約五十年の間に同作品の写本は急速に増加し、その詩の成立の由来についてもさまざまな意見が交わされたものと思われる。しかしその経過を伝える確かな記録はまだ発見されていない。

ルネサンス人文学者たちのサッポー探究

今日判明している限りでは、この『手紙』について初めて研究的な注釈書を著したのはG・メルラというヴェネチアの学者であるが、一四七五年にヴェネチアで公にされたその注釈書の序言において、『手紙』が、サッポーのギリシア語原作をローマの詩人オウィデイウスがラテン語詩に翻訳したものだ、という先人もいるが自分はそうは思わない。これはサッポーの詩を材料としてオウィディウスが創作したものに違いない、と記している。この時点ではメルラは自分の推測を裏づけるような証拠を示していない。サッポーの詩を材料として、と言っても、そのサッポーの詩がどこにあるのか、当時はだれも知らなかったのであるから、証拠のあげようがなかったのである。

カルデリーニ、サッポー断片を発見

ところが、メルラの注釈を読んで、ギリシア語もろくに読めないくせに、とこれを冷笑したのは、D・カルデリーニという、年若くしてすでに学者として当世随一の名声を博していた人物であった。メルラとカルデリーニは、つとに何かと角つきあわす不仲であったらしい。カルデリーニはメルラの注釈刊行とほとんど同年のうちに、はるかに正確かつ詳細な自分の『サッポーの手紙』釈義を著し、メルラが提示できなかった証拠を自分の目で発見し、その注釈書に記載した。『手紙』の一節に、美青年エンデュミオーンに恋した月の女神の話が比喩として使われている。この神話の出典として、カルデリーニは古代より伝わる証言に基づき、サッポーの詩作をあげている。カルデリーニは（ヘレニズム時代の学者詩人アポローニオスの中世写本の欄外余白にギリシア文字で付記されていた）古代の注釈書からの抜粋の中に、その貴重な証言を発見したのである。これによって、『手紙』の作者オウィディウスがサッポーのギリシア詩を材料として利用している可能性は、飛躍的に増大した。カルデリーニが根拠とした写本の該当個所を見ると、欄外注記の筆跡は肉眼読解が全く不可能に近い難筆かつ細字である。ここにこの証拠を追跡発見したカルデリーニの眼力と学識と情熱は特段のものといわねばなるまい。

メルラの文体的着眼

しかしメルラは、これを見て黙っていることはできなかった。三年後、あらたにカルデリーニの注釈に対する反駁論』（一四七八年）を著した。『サッポーの手紙』の一節に、一見単純なリフレインのような表現が使われている。カルデリーニは自分の注釈書のなかで、これはリフレインではなく、ラテン語文法の統辞的必要性がしからしめたもの、として説明している。メルラは『反駁論』のなかで、このカルデリーニの解釈に対して異議を唱え、このリフレインこそは、サッポーの特色といわれた、反復句による雅美なる詩趣を『手紙』の作者オウィディウスが範として取りいれたもの、と主張した。その証拠としてメルラは、修辞学者デーメートリオスの『文体論』の一節と、そこに引用されているサッポーの断片的詩句をあげ、これは自分が探索して得たものである、と記している。今日使われている簡明な活字印刷の刊本ではなく、中世書写の混とんたる各種の写本状態の書物の山のなかから、古代抒情詩の隻言片句の引用句を見つけだすことの困難さは、筆舌に尽くしがたく大きかった。ルネサンス期のカルデリーニとメルラは、それ以後五百年にわたってギリシア抒情詩研究が歩くこととなる至難の道に、互いに先をきそって第一歩を画したのである。

抒情詩人の断片探究

カルデリーニがメルラの〝発見〟を知ることができたかどうかは不明である。メルラの『反駁』が公にされたと同じ年に、カルデリーニは二十七歳の若さで病いのために世を去った。その後も『サッポーの手紙』の著者問題や、サッポーの原作との関係をめぐってのさまざまの議論は、引き続き十五世紀イタリアの人文学者たちの間で、いつ果てるとも知れない「諍い《エリス》」をひきおこす。この善き「諍い《エリス》」こそ、サッポーの断片集成と、やがてはその言語と文体の研究に初めて学問的情熱の火を点じたのみならず、その他の抒情詩人たちの探索と研究をも促す大きいきっかけとなったのである。だがその道はなおきわめて遠く険しかった。近世ヨーロッパにおいて最初の古代ギリシア抒情詩集が世に現れたのは、最初の「諍い《エリス》」から実に八十年後、M・ネアンデルの編纂によるもの（一五五六年）であり、そこに収録された全抒情詩断片はかろうじて三十篇を数えるにすぎなかった。引き続きH・エティエンヌの集成になるもの（一五六〇年）、F・ウルシーヌスの編纂したもの（一五六八年）が刊行される。ここに及んで、古代末期の文法書、百科辞典、随筆集、古典注釈書、弁論術関係の著述、など多岐多方面にわたる数多い文献の中に、砕けた玉のようにちりぢりになりながらも、なお光を放ち続けていたギリシア抒情詩の断片の所在範囲が、ようやく明らかとなり始めたのである。

抒情詩の言語とリズムの復原を求めて

十七、十八世紀にわたって各国の先端的文献学者たちは断片の発見、集輯に多大の功績を残した。しかしまた同時に、諸種の文献中に散在する断片の数が増すに従って、新しい幾つかの学問上の課題が、抒情詩研究のまえに現われた。引用されている断片は、引用者が依拠した原典《テクスト》の性質や、引用者自身の考えや理解の程度、また引用が含まれている文献の伝承状態などの、各種の可変的因子によって、原作者の抒情詩人が記したであろう文言や詩形からかなりデフォルメされて伝っているのがつねである。ギリシア語研究が、精緻の度合いを高めつつ急速な進歩を遂げつつあった十八世紀末から十九世紀前半にかけて、ギリシア抒情詩集も、ただ収録された断片数の多さを誇るだけではすまされなくなった。

各断片の言語の形は引用どおりでよいのかどうか、詩行のリズム構成は、引用の形どおりでよいのか。そのような、方言学や韻律学の面からの出典批判を慎重におこないながら、引用されている断片を、できうる限り〝原本〟記載の形に近いと思われるところまで、復原する必要に迫られることとなったのである。

さきにも簡単に触れたように（一二三ページ参照）、抒情詩人たちはいずれも、自分が属する都市国家、自分の歌詞が歌われる時、場所、目的、歌われる際の歌唱の形式、などさまざまの要素によって条件づけられた詩歌の、作詩者であった。今日私たちは、アルクマーンがラコーニア地方固有の神話素材と、方言的色彩の濃い言葉を用いて、その地の少女たちの祭りと競技の歌を残していることを知っている。アルカイオスがレスボス島固有のアイオリス方言で、その地の政治的なせめぎあいの渦中にある心境を歌っていることや、同じ島同じ町のサッポーが、アルカイオスとほぼ同じ言葉と詩法を用いながら、その中心的関心は政治ではなく、娘たちの詩芸音楽の指導であり、恋の喜悦や別離の悲哀を歌うことであったことを知っている。しかしそれは、実に二十世紀になって、初めて発見読解された確実な資料に基づいて、知ることができるようになったのである。

アーレンス、ヘルマン、ベルク

十八世紀あるいは十九世紀前半においては、言語的考察の直接資料は、増えたとは言え数の限られた引用断片、古代の文法家の証言、他のジャンルの諸詩人たち、とくに、中世写本の形で作品が残っているピンダロスの措辞、詩法であった。これらを精査検討し、比較対照しながら、ギリシア抒情詩人各個の言語の基本的特色を明らかにするという、至難の業をなし遂げたのはH・L・アーレンスというドイツの古典学者であった。また、抒情詩人たちのリズム構造や詩法の基本的解明をおこなったのは、やはりドイツの歴代古典学者の中でもとくに高い評価を得ているG・ヘルマンであった。そしてこれら両人の基本的研究に支えられて成功したのが、Th・ベルクの『ギリシア抒情詩人』の第三部「歌唱詩《メーリキ》人」（初版一八四三年、第四版一八八二年）である。これは、十九世紀半ば以降になって膨大な量のパピルス文書巻の中からおびただしい数の抒情詩断片が発見される以前の、集成がほとんどの部分を占めているが、十五世紀ルネサンス以来の抒情詩研究の金字塔であり、そこに編みこまれた数しれぬ碩学《せきがく》たちの研究成果の蓄積は、今日もなお高く評価されている。

2　抒情詩人たちの世界

パピルス詩巻に抒情詩人の作品再発見される

一八五五年、ナイル河中流の廃虚に埋もれていたパピルス書巻の中から、アルクマーンの数十行の連続した抒情詩断片が発見されるに及んで、研究事情は一変した。ナイル中流のギリシア人の諸都市国家の廃虚から、とくにオクシュリュンコス市の幾つかの記録文書館から、腐蝕を免れた古代末期のパピルス書巻（パピルス草の繊維を縦横に貼り合わせて作った筆写材料、古代地中海世界では〝紙〟として多用された）のおびただしい量が発見され、その中には、多くのギリシア、ラテン文学作品が混っていた。そして完全に湮滅したと思われていた作品も数あり、なかでも抒情詩人たちの詩巻の再発見は、正に劇的な変化をもたらしたのである。

西暦二世紀編の抒情詩人作品集

これまでは伝承状態のわるい中世写本の中から引用断片を発見・修復するほかには道のなかった抒情詩研究であった。しかし今や、中世写本よりも千年も古い、ローマ帝政期の詩巻が――かなり破損を蒙った状態であるとはいえ、続々と発見、公刊されて、抒情詩人たちの華麗な創作活動の全体像が、二十世紀人の前に姿を現すこととなった。以下にその概略を、各詩人別に紹介したい。

最古の抒情詩人アルクマーン

九人の抒情詩人たちのなかでも最も古いアルクマーンについては、これまでにも幾度か言及してきた。かれの『乙女歌』を収録したパピルス詩巻からの断片（一）は、英国の古典学者D・L・ペイジ（一九五〇年刊）によって精密に校訂された。これによってアルクマーンの言語や詩法のみならず、ラコーニア地方の宗教、神話伝説、習俗、文化に至るまで、初めて解明されるにいたった。しかしその後さらに、アルクマーンの詩作断片のみならず、かれの作品注釈書からの断片が数多く発見された（二一〜三二）。とくに、古代の文献学者が残した注釈書断片によって、アルクマーンの語彙、措辞が一層明瞭に理解されることとなったのみか、これまで知られていなかったアルクマーンの創作内容まで明るみに出されたのである。

アルクマーンの天地創造神話

かれは、天地創造神話をも歌った。注釈断片によると(三)、かれの神話では最初は文字どおり造型以前の混とんたる万物の素材《ヒュレー》があったが、やがて万物の整理配合をおこなう、ある存在者(男性一人称単数形)が現れた。さらに後になって「道《ポロス》」が生まれ、その「道《ポロス》」が過ぎ去ったときに、その後を「到達点《テクモール》」が追い従っていった。注釈者の説明によれば、この「道《ポロス》」は始源《アルケー》のごときもの、「到達点《テクモール》」は目的《テロス》のごときもの、と言われている。それからさらに日と月、三番目には暗闇《スコトス》が、生まれたらしい。注釈者の説明用語はアリストテレース風であるが、アルクマーン自身の天地創造神話においては、万物の未然状態の混とんたる素材は、ひとりの創造主の手によって収まるべきところに収まり、その創造行為は、順序を踏んで、ある目的の到達を意図するものであったらしい。

抒情詩人の思想的広がり

ヘーシオドスの『神々の誕生《テオゴニアー》』には、創造主は現れず、宇宙創造神話の要素は比較的に稀薄である。それに比べると、アルクマーンの話は、もとより想像力をたくましくしすぎるのは禁物であるが、神話的というより偶意的な傾向がはっきりと見とられるし、目的意識のかなり明確な創造神話であったのではないだろうか。それよりも大きい驚きは、アルクマーンといえばアルテミス女神の祭祀に集う乙女たちの歌や、容姿比べの競技歌の作者という印象が強い詩人であったのに、実はヘーシオドスに劣らぬ独創性をもって、思想への道を歩んだ人であったという発見であろう。また、そのような宇宙論的な思想をもる器として、ヘーシオドスのような叙事詩形の教訓詩ではなく、複雑なリズム構造をもつ合唱抒情詩の形式を用いていることも、注目に値する。古代ギリシアの抒情詩が表す世界は、単純な抒情に限られたものではなく、思想の及ぶ限りの広さをもつことができたのである。

サッポーとアルカイオス

さて、いま一つの詩人のグループを紹介しよう。それは女流詩人サッポーと、かの女と同時代、同地方の詩人アルカイオスである。かれらのおびただしい数の詩巻断片は、イギリス屈指のパピルス文書研究家E・ローベルの手によって編輯され、集積された資料をもとに、両詩人の言語的特色はほとんど余すところなく解明された(『サッポーの歌詞《メレー》』一九二五年、『アルカイオスの歌詞《メレー》』一九二七年)。そしてその両詩人についての基本的研究の上に立って著されたのが、E・ローベルとD・L・ペイジの共著『レスボス島詩人断片集』(一九五五年)と、同じく『サッポーとアルカイオス』(一九五五年)である。

古代文献の中に伝わったサッポーの作品と令名

しかしサッポーの超一流の抒情詩人としての令名は、そのような現代の学者たちの厳密な学問的成果をまつまでもなく、それ以前から世界の人々の間に知れわたっていた。〝玉の御座にまします不死なる女神アープロディーテー〟という呼びかけに始まって、愛の女神との語らいに触れ、愛の女神の来迎と援助を念願する七連二十八行の美しい祈りの歌(一九一)は、ローマ帝政期初期の修辞家ディオニューシオスの『措辞論』の中で、磨かれて玉の輝きを放つ文体の、典型的一例として引用され、現代人の知るところとなって久しい。また同じころに著された『崇高論』の著者(不詳)は、恋情にもだえるサッポーの自己の心情描写を綴った四連余りの詩を引用して、こういう評釈を下している。「この詩の中では、魂も肉体も、耳も舌も、目も皮膚も、みな各々異なるものでありながら感応し、また互いに反する冷たさや熱におそわれ、狂気かと思えば正気にもどり、自分自身の生死すらおぼつかない——それによってサッポーは一つ限りの情感ではなく、幾つもの感情が奔流のように駆けていく有様を表している。これらは恋するもの一般の兆候であるが、この詩をとくに秀逸ならしめている点は、それらの中の最も尖鋭《せんえい》なるものを組み合わせ、一体化し一つの体験として語っているからである」と(一九九)。これは恋愛抒情詩なるものに下された最高の定義といってもよいが、その典例として引用されているサッポーの詩も、パピルス詩巻の発見以前に、近世ヨーロッパの人口に膾炙《かいしゃ》していたのである。またそれほど長い詩でなくても、〝夕星はすべてのものを連れていく〟（二一二三）、とか、〝私にはクレーイスという美しい娘あり〟（二三九）のような一行半句の引用文のなかにも、詩情の漂う断片があり、サッポーをサッポーならしめてきた。

パピルス詩巻からのサッポーの世界

パピルス詩巻からの長短数多くの詩が、私たちのサッポー像の形成に寄与したものは、言語的特色の確認という重要な学問的成果もさることながら、それだけにとどまるものではない。サッポーが親しい愛情を抱いていた女性たちのなかには、アナクトリア、ゴンギュラ、アッティスなどの名前の娘たちがいたことは、中世ビザンチン期のスーダ百科辞典にも記載されている。パピルス詩巻からの断片中には、実際にかの女たちにあてられた、幾篇かの長篇の詩が発見されたのである。例えばある詩は、サッポーのもとから去ったアナクトリアにあてられている。その姿はサッポーの心を離れない。アナクトリアが歩みを運ぶ美しい姿や、光り輝くような顔《かんばせ》にいま一度まみえることができるなら、――そのほうが自分にとってはリューディア人の戦車だとか重装兵だとかいうものよりずっとうれしかろう、と歌っている（一九五）。同じように、サッポーの手もとから去って遠くにいるゴンギュラに向かってはいま一度の再会を願う詩も発見された（二一七）。また、アッティスという娘にあてられたと推定される一篇の詩の中では、今はリューディアに去ったアッティスは、リューディアの女性たちの間では、星影の間のバラ色の指さす月さながらであろう、塩濃い海原のおもてや花咲き乱れる畑野の上に、光を投げかける月さながらであろう、と歌っている（二一八）。これらの親しい女性、恋しい娘たちにあてた書簡詩風のなかのサッポーは、愛の女神に対する祈りや恋に狂わんばかりの自己の描写に現れるかの女とは、やや別の趣きを見せている。かつての恋しく懐しい日々の追憶や別れた人の現況を思いやる、パトスに満ちた言葉を、優雅な詩文に託して歌いあげる。そのようなサッポーの姿が浮かんでくる。

叙事風の歌も

これらのパピルス詩巻からの作品はレスボス島ミュティレーネーの、日常言語に近いひびきをもつ言葉で記されている。しかしまた別のパピルス詩巻から発見されたサッポーの詩の中には、きわめてホメーロス叙事詩の言語に近い、技巧的文芸語で綴られているものもある。例えば『ヘクトールとアンドロマケーの結婚』という仮題で知られている三十数行の詩である（二〇三）。トロイアーの王子ヘクトールが、花嫁のアンドロマケーをトロイアーに連れてくるという知らせが届くと、トロイアーの老若男女が車を連ねて出向き、二人を城に喜び迎える。『イーリアス』が語る戦乱以前の、トロイアーの幸せな一画面である。この叙事風の短詩は、他の多くの作品の詩風・文体とは大層異なって絵画的で想像力の豊かな物語風の詩であるが、サッポーのまた別の詩的才能を示す好例である。

アルカイオス——内乱の詩

サッポーと同時代の同郷の詩人アルカイオスについても、ここで少々異なる角度から簡単に触れておきたい。サッポーの断片からは、かの女の周辺の身近な女性たちの姿をうかがうことはできるが、当時のミュティレーネーの政治や社会の動きを察知することはほとんどできない。しかしアルカイオスの詩は、ローマの詩人ホラーティウスが記しているように、〝船旅のきつい苦難や、亡命生活のきつい苦労や、戦いのきつい難儀〟を歌うものであり、しかもそのような辛苦をはねとばすような豪快な酒の歌、恋の歌も残している。そのような詩人アルカイオスの輪郭は、ホラーティウスの詩もあり、ローマ帝政期のアテーナイオスの百科辞典や、その他の文献に引用されている多数のアルカイオス作の酒宴歌によって、イタリア・ルネサンスの時代からよく知られていた。またかれが、ギリシア七賢人の一人に数えられるミュティレーネーのピッタコスと政見を異にして激しく争ったことも、アリストテレース『政治学』の一節（一六三）や、ディオゲネース・ラエルティオスの『哲人列伝』ピッタコスの章に伝えられている。このような形で各種の二次資料が間接的に伝える抒情詩人アルカイオスの世界に対して、パピルス資料が伝えるかれの詩そのものは、どのような色彩を加えることになったのか。

パピルス詩巻が映しだすアルカイオス像

難関に直面している一つの国の状態を、荒波に揉《も》まれ難破に瀕《ひん》している一隻の船に例えたアルカイオスの詩からの一節は、すぐれた比喩の一例として、古代のホメーロス研究家によって引用されている。アルカイオスはミュルシロスという人物による僭主《せんしゅ》政樹立の画策に反対して、嵐（＝ミュルシロス）と船（＝ミュティレーネー）に偶している、という。引用されている部分だけでは必ずしも、ミュティレーネーの政情が偶意されているかどうか不明であるが、パピルス詩巻からは、その引用部分からさらに後に続く部分の詩句が発見され、この詩全体（一〇七）が、〃地下に眠る誇り高い親たちの名誉を辱めてはならない〃という主旨をこめた、ミュティレーネー市民全体に対する激励の意図をもつものであることが判明した。パピルス詩巻からはその他にも、吹きつのる嵐を描写しているもの、船乗りの守神であるカストールとポリックスの双子神への祈禱《きとう》を記したもの（一〇九）、激しい嵐を切りぬけるためには積み荷を投げ捨てよと忠告しているもの(一一九)、など、ホラーティウスのいう〝船旅のきつい苦難〟を語っているようにみえるものが幾篇も発見されているが、それらがすべて、政情不安のさまを偶意していたかどうかは不明である。

アルカイオスの政治活動

パピルス詩巻に付記されていた注記の断片(一一三)によれば、ミュルシロスは僭主となり、アルカイオスの一派はこれを謀略によって倒そうとしたが(おそらく逆に自分たちが危くなったのであろう)、捕らえられて裁判にかけられる前に、レスボス島北岸の町、ピュラに亡命した。それが第一回の逃亡生活であった。その折の作かどうかは不明であるが、パピルス詩巻の中には、アーゲシラーイダースという仲間にあてて、次のように告げている断片が発見されている。〝私はじっと耐えている、野人の運命を、集会《アゴラー》の呼集をつげるなつかしい響きを耳にできれば、評議会《ボルラー》の声が聞こえれば、と。父のもの、父の父のもの……それらのものから私は追われ、辺境の地の亡命者だ。オニュマクレースと同じように、ここで、独りで、狼の暮らしだ……〟(一一八)。

ピッタコスのこと

このときには、僭主ミュルシロスを倒すために、ピッタコスと結んでいたらしい。しかしその後、ミュティレーネーの市民たちはピッタコスを僭主に立てる。〝あの下賤な生まれのピッタコスを、うぞうむぞうがほめそやし、腑《ふ》ぬけ不運のこの国の、僭主どのにたてまつる〟という詩（一六三）は、そのときのアルカイオスの憤激の詩である、と哲学者アリストテレースは『政治学』のなかで引用している。

そして再び争いが生じ、かつての盟友ピッタコスとアルカイオスは仇敵の仲となった。そのいきさつは、パピルス詩巻が伝える二十八行に及ぶ長い断片（一二七）が次のように物語る。ここでまず、アルカイオスは、レスボス島市民全員が共同に一つの神域を設け、そこに祭祀した三柱の神ゼウス、ヘーラー、ディオニューソスに向かって、どうか自分たちの祈りを心よく聞きいれ、今の難渋な苦労と亡命生活から救いだしてくれるようにと、祈願する。そして〝あのヒュラースの子（ピッタコス）に対して、自分たちがかつて犠牲をささげ誓った言葉のとおり、かのものたちの復讐の女神が追跡するように〟と懇願する。その誓いとは、〝われらの同志はひとり残らず、……の者たちの手にかかって殺され、土の衣を装い死の床に横たわるか、さもなくばかれらをば斬り倒し、市民らを苦難から救いだすか〟そのいずれかに徹しよう、ということであった。〝ところが、あの狸腹の男はあの誓いを心にもかけず、誓いの言葉を足もとに踏みしだき、われらの国を食いものにしている……〟。レスボス島市民たちはミュルシロス打倒の決起集会で、僭主制打倒の誓約を交し、ピッタコスもこれに加わっていたのに、今度は自分が僭主の座を手に入れるや、誓約を無視してしまったのみか、これに反対する立場のものたちを追放したのであろう。

ピッタコスは、アルカイオスらの一派には寛容な扱いをした、という『哲人列伝』の中のピッタコス伝の一節もあるが、パピルス詩巻中にも、おそらくこのときの詩であろう、アルカイオスのほうからの、戦争を止めようという詩（一一七）が発見されている。〝このたびの怒りを忘れよう、もう止めよう、腸《はらわた》をくいちぎる争いや、同族間の戦いは。これもどなたかオリュムポスの神さまが巻き起こしたもの、市民らを破滅に導き、ピッタコスには欲しくてたまらぬ名誉をみやげに〟。

アルカイオスの政治詩の特色

パピルス詩巻に見られる数多いアルカイオス断片は、生色に満ちた詩人の言葉を伝え、そこに現れるアルカイオスは、自分の政治的立場を貫こうとして苦しみ敗れ、時には成功を収める。そのつど、人を励まし我を励まし、敵に向かっては極彩色の悪口を投げつける。アルカイオスのパピルス断片中には、酒の歌はわずかしかなく、恋の歌はほとんどそれらしいものがないが、ミュティレーネーの内乱的なせめぎあいのなかでの、一人の行動人としての剛直な個性を存分によみがえらせるだけの中身がある。〝星がすすむぞ、飲もう〟、〝ランプがつくのを待つことはない、飲もう〟、〝酒は鏡〟、〝酒は真実〟など、古来有名なアルカイオスの名句が生まれた人生のコンテクストが、ここに再発見されたのである。興味ぶかいあるパピルス断片（一六二）では、アルカイオスは、〝まず腹を酒に漬けろ〟という——もちろんかれ自身の金言とする——言葉から始まって、夏の風物を歌ったヘーシオドスの『農と暦《エルガ・カイ・ヘーメライ》』の一節（五八二—五八五）を、イオーニア方言ではなく、レスボス島の方言で語り直している。ヘーシオドスがこれを知ったら、どのようなたまげた顔をするだろうか、と楽しんでいるかのように。

内乱の詩の語らぬ半面

しかし残念なことに、ミュルシロス、ピッタコス、アルカイオス、などの人々の間に、当時のミュティレーネーの政治問題についてどのような認識の差異があったのか——その点について、アルカイオスのパピルス断片が語るところは皆無にひとしい。ミュルシロスとピッタコスは、僭主政治という、憲法で規定されない権力を杖とした統治をおこなった。そのことをアルカイオスは非難糾弾しているのか、それとも二人の個人的性癖を攻撃しているのか、また自分自身がどのような政策によって、内乱で麻のように乱れたミュティレーネーの事態を収拾しようとしていたのか、それらの点は明らかではない。またミュルシロスの僭主政治の成立や経過がどうあったにせよ、ピッタコスの方は、アルカイオス自身の言葉によれば、〝うぞうむぞう〟がこれを好しと認めて僭主となり、『哲人列伝』によれば、十年この職を務めたのちミュティレーネー市民の自治を回復させ、さらに十年後に世を去った。両者の政治は明らかに性質の異なるものであったはずであるが、その点についても、アルカイオスの断片から知りうるところは少ない。

貴族・民衆・僭主

サッポーやアルカイオスは、ミュティレーネーの社会の上層部にあって権益の大部分を占有した少数者のグループに属していたことは間違いない。また、そのような少数者が国内統治の全権を牛耳る体制が、当時ギリシアのほとんどすべての都市国家において深刻な危機に直面していたことも、散在する幾多の資料が告げている。ミュティレーネーのアルカイオスが、嵐の海に揉まれている船という比喩をつうじて語ろうとしているのも、おそらくその一つの現れであり、その根源には他の諸々の都市国家の場合と同じく、富める少数者と大多数の貧しきものたちとの間の、アンバランスが醸成するあつれきや分裂、分極化した争いがあったと思われる。ミュティレーネーのみならず、ギリシア各地における僭主の台頭も、困窮した市民たちの、何らかの打解策を求める願望を背景としていたであろう。それに対して少数特権者たちが、既得権を犯されるまいとして、結束して僭主政に抵抗したことも想像にかたくない。

内乱の別角度からの観察

アルカイオスら抒情詩人の世界が直面していた問題は、ヘーシオドスの『農と暦《エルガ・カイ・ヘーメライ》』が鉄の時代の災禍として予見していたものと同質である。これを歴史的、政治学的問題として扱うことは、本論の主旨から外れている。しかしこの問題についても、エジプトの砂中から発見された一つのパピルス文書文献が、解明の糸口となっていることや、またそこに含まれていた、一ギリシア詩人の作品が、アルカイオスの立場からではなく、ピッタコスに近似した立場からの発言を含んでいることは、ここで触れておくことは必要であろう。

ソローンの詩――内乱に直面して

その文献とは、アリストテレースの『アテーナイ人の国制』である。その中に現れる詩人とは、アテーナイの大政治家でもあったソローンである。このアリストテレースの著述の第一章から第十七章までは、ソローンの時代とその前後に、アテーナイが直面した政治上の諸問題と、それに対して打ちだされたソローンの実際的解決策について、整然とした簡潔な記述を残している。ごく簡単に紹介しよう。前六百年ごろ――つまり前述の詩人アルカイオスや僭主ピッタコスの時代であるが――アテーナイにおいては少数の貴族や富めるものたちが広大な土地を領有し、市民人口の大多数を占める貧農や手工業者たちとの間に極端なアンバランスを生じていた。貧しい者たちは身体を抵当にして借金していたが、日照り、飢饉、戦争、疫病などに見まわれれば返済不能に陥り、たちまち奴隷状態になり、ついには国外に売られていくものも数しれない有様であった。このために、市民間の不和、分裂割拠、党派争い、そしてついには内乱、殺し合い、追放、財産没収など、アテーナイでも、アルカイオスの内乱の詩さながらの、政情不安がくり返し醸成された。抗争の収拾がきわめて困難な段階に至ったとき、ソローンは、貴族派、民衆派の双方から調停を懇望されて、改革を断行した。すなわち債務奴隷の解放とその制度の廃止、度量衡の改工、所有する財産の多寡《たか》に応じた四階級の制定と、各階級に認められるべき政治(統治)機構への参加形態の制定、市民総会と裁判所(陪審制)における全市民平等の投票権の付与、が改革の主軸であり、これに基づいて制定された法文は、木柱に刻まれて全市民に公示された。

この改革に対して、両派から激しい不満の声が上がったといわれるが、ソローンは毅然として譲らなかった。またかれは、立法者として自分に付与された権限を利用して、僭主におさまることも潔しとしなかった。かれは自分の所信を次の詩にしたためて世に知らしめた、とアリストテレースは言っている。

「大地」女神の証言を求めて

〝私はこれを目標として市民を導いてきたのだから、それを達成するまで止める理由はないだろう。時の裁きの庭において、このことの誠の証人として立つよう、私がお願いしたのは、オリュムポスの神々の最大にして至高の母神、黒き「大地《ゲー》」である。つとに私はその女神の体のいたるところに突きさされていた抵当標の石をぬきとった。それまでは奴隷の、今は自由の女神（こそ私のよき証人）なのだ〟。

〝私はまた多くの人々をアテーナイへ、神が築きたもうた祖国へと連れ戻した、みな売られたものばかり、あるものは非道に、あるものは法の定めにしばられて、またあるものたちは、借財の強制取り立てから逃れていたが、もうアッティカの言葉を口にできなくなっているものもいた。あてどなく放浪の日々をおくればそうもなろう。また国の中にも奴隷の屈辱にまみれ、主人たちの機嫌を恐れて暮らすものたちもいたが、みな自由の身に解き放った。これらのことは、強制と正義を一つに結び、法の権力を手段として、私がなし遂げた。そして私は、約束のとおり貫徹した。私はまた、身分卑しきものにも高きものにも同じようにあてはまる法文を、一人一人に対して真直な裁きとを一つに結びつけ、これを刻んだ。私と同じような牛追い棒を、悪をたくらみ財を欲する他の人間が手に入れていたならば、市民を制することはできなかったろう。またもし、対立党派があのとき各々に快としたことや、対立者に対して企てた事柄のいずれかを、私が進んでおこなっていたならば、私たちのポリス（都市国家）は、多くの市民たちを失うことになっていただろう〟。〝そのためなのだ、私が前後左右、四方に防御の盾を構えながら、犬どもの群に囲まれた狼のように、周りを巡り続けたのは〟。

ソローンの詩は、九人の抒情詩人たちの玉のような輝きを放つ作品に比べると、ぎこちなく素人じみている。しかし、自分が属する社会の深層部の病巣を探しあて、取り除くことを眼目とした英察を語っている。そして、真の政治家の証しである衿恃《きょうじ》と、勇気のほとばしりを、私たちに知らしめる。

神話と政治とは別ものではない

時の裁きがおこなわれるとき、自分の行為の証言者としてあの「大地《ガイア》」に——ソローンはアテーナイ人だからアッティカの言葉で「大地《ゲー》」と呼んでいるが——臨席を求めるソローンの心のうちは、察するにかたくない。虐げられたものたちの訴えを、正しい政治の誕生に結びつけようとした、神々の中の真の神——それがヘーシオドスの「大地《ガイア》」である（一〇七ページ参照）。ソローンは、政治によってその「大地《ゲー》」の体から束縛を取り除き、自由にしたのである。ソローンの言葉は、神話的な深い想念と、現実における自分の革命的施策が一つに結びついて実現した喜びを語っており、それを歴史にむかって解き明かすことのできるのは、黒土の「大地《ゲー》」のみ、と観じたのであろう。

　ギリシア七賢人のひとりソローンは、内乱に苦しむアテーナイでそのように考え、行動し、詩文に自分の行動の軌跡をとどめている。もうひとりの賢人ピッタコスも、おそらく同様の内乱状態のレスボス島ミュティレーネーにあって、すぐれた展望のもとに考え行動したればこそ、賢人の名を冠せられたのであろう。かれの足どりを執拗に追い攻撃と非難を浴びせたアルカイオスの詩は、すでに私たちの知るところとなっている。しかしピッタコスの思いを綴った、かれ自身の言葉は、残念ながらパピルス文書の中からも、まだ発見されていない。

〔参考文献〕

ギリシア抒情詩人の邦訳として高い評価を得ているものとしては、呉茂一『花冠』紀伊國屋書店、昭和四十八年刊があるのでご参照願いたい。

本論で引用したアルクマーン、サッポー、アルカイオスなど抒情詩人の断片番号は、D・L・ペイジ校訂の『ギリシア抒情詩選』*Lyrica Graeca Selecta*（オクスフォド大学出版局、一九七三年）の、断片通し番号によっている。

ギリシア抒情詩人のリズム構造、言語等についてのなお詳しい説明は、呉茂一『ぎりしあの詩人たち』（筑摩書房）、ならびに高津春繁『ギリシアの詩』（岩波新書）を参照されたい。

作品伝承についての古典的研究としては、U. von Wilamowitz-Moellendorff. *Textgeschichte der griechischen Lyriker*, Berlin 1900 があるが、その後発見された厖大なパピルス資料の整理刊行が、現在もなお進行中であるために、右の研究をアップトゥデイトにする試みはしばらくまだ先のことにならざるをえないだろう。ピンダロスの作品ならびに作品伝承については、今、本論では触れないが、いずれ別の機会に説明したい。

ルネサンス期のサッポー研究の一端については、拙稿「Ex Sapphus Poematis」『西洋古典学研究』第34号一九八六年刊をご参照いただければ幸甚である。

アリストテレースの『アテーナイ人の国制』の邦訳ならびに秀逸な研究注が付せられた好著として高く評価されているものとして、村川堅太郎訳（岩波文庫版）があるので、ご参照願いたい。

4 抒情詩人の再発見
——その2

1 ステーシコロス誕生

古代パピルス文書の発見と研究によって、最も劇的な脚光を浴びることとなった、といっても過言ではない抒情詩人が二人いる。シシリア島ヒーメラーの詩人ステーシコロスと、ケオース島の詩人バッキュリデースである。

年代の順でいえば、ステーシコロスはサッポーやアルカイオスと同世代か、あるいはやや後（ヒーメラーの僭主パラリスと同年代）とされるので、もう一人の抒情詩人バッキュリデースより一世紀以上も古い。しかしその主要作品の発見と公刊は、『英雄帰郷《ノストイ》』（一九五八年）、『ガーリュオナーイス』（一九六七年）、そして〝リールのパピルスに記されたイオカステーの独白〟（一九七七年）など、いずれも二十世紀後半であり、今後もなおステーシコロスの新しい断片の誕生が続く可能性はなしとは言えない。作品の発見ということでは、ステーシコロスは、九人の抒情詩人たちの中でも、最も年若いといわれねばなるまい。

ステーシコロス、名のみの大詩人

古代におけるかれの名声はホメーロスに次ぐほどに高く、またその作品の影響は、前五世紀の抒情詩人ピンダロスやバッキュリデースはもとより、アイスキュロスやエウリーピデースらのアテーナイの悲劇作品、アリストパネースの喜劇作品に及び、さらに下って前三世紀ヘレニズム時代の牧歌詩人テオクリトスにまで影を落としている。ローマ時代になってもその評価はかわらず、ちなみに、ローマ帝政期の修辞家クインティリアーヌスは、かれこそは〝すぐれて雄大なる戦いや、すぐれて英名高い王たちを歌い、叙事詩の重厚さを竪琴にて支えたものである〟と語っている。

作品湮滅──影響といわれるもののみ

ところがその作品伝承は古代末期において完全に絶たれてしまった。十六世紀に入ってから、サッポーたちの場合と同じく、ステーシコロスの断片集成が始まり、十八世紀後半

ヘーラクレースとゲーリュオーンの戦い（本書163ページ以下参照）アッティカの黒絵式土器壺絵（６世紀）（Nigel Spivey and Michel Squire, *Panorama of the classical world*, Los Angeles 2004, fig. 139）

には『抒情詩人ステーシコロス断片集』も現れたが、二十世紀に入っても、追跡発見された引用断片は皆無にひとしく、集めえたものは詩人にかかわる間接資料の類ばかりであった。

題名つきの作品十三篇

ただ一つ、それらの資料から抽出できた特色がある。それは他の抒情詩人たちと異なり、かれの作品には、後の悲劇・喜劇作品のように、個々の標題で知られていたものがあり、判明したものだけでも十三を数える。『ペリアースの葬礼競技』、『ガーリュオナーイス』、『ヘレナー』、『ヘレナー・悔悟の歌《パリノーディア》』、『英雄帰郷《ノストイ》』、『オレステイアー』（二巻）、『スキュラー』、『猪狩り』、その他であり、その他に二作、真偽がつまびらかでないものもあったとされる。

叙事詩とのかかわり

これらの題名はいずれもホメーロス、あるいはその周辺の叙事詩人が、主題としてきた英雄伝説を表している。ステーシコロスの作品にそのような題名が付されていたことは、かれが叙事詩のテーマを、語りというよりも合唱歌という形式で扱うことを、自分の技芸の特色としていたことを表すものだろう。

『ヘレナー・悔悟の歌』

しかしその中で内容的特色が比較的わかりやすい形で伝えられていたのは、わずかに二作のみであった。一つは『ヘレナー・悔悟の歌』で、これについては哲学者プラトーンが、対話篇『パイドロス』の一節で次のような話を伝えている。〝神話創作で誤りを犯したものには、古来その罪を清める儀式がある。それについてホメーロスは気付いていなかったが、ステーシコロスは知っていた。ヘレネーに対して悪口をついた咎《とが》で視覚を失ったとき、かれはホメーロスのように鈍感ではなく、ミューズの従僕にふさわしくその咎を見てとり、直ちに次の詩を作った。

あの話は、本当の話ではない、あなたは漕座の揃った船には乗らず、トロイアーの城に行きつくことも、なかったのだ。

そして『悔悟の歌』と呼ばれている全曲を仕上げると、たちどころに目が見えるようになった〟、と(プラトーン『パイドロス』二四三A、ステーシコロス断片六二)。

ではヘレネーはトロイアー戦争の間、どこにいたのか、という問題は別にして、ステーシコロスがホメーロス叙事詩とは異なる筋立てを考案したことは確かであろう。学者たちは、ステーシコロスはエウリーピデースの悲劇『ヘレネー』のように、かの女の幻影だけがパリスに誘拐されてトロイアーに行き、かの女自身はトロイアー戦争が終わるまで、エジプト王プローテウスのもとに身をかくしていた、という筋書きを作ったのであろうと推定した。けれども、それを裏づける作品は湮滅していた。

『オレステイアー』の残影

いま一つは、ステーシコロスの『オレステイアー』についての部分的言及が、アイスキュロスの悲劇『コエーポロイ』や、エウリーピデースの悲劇『オレステース』、またアリストパネースの喜劇『平和』などの、中世写本欄外の古代注釈本抜粋に散見される。そのことから、ステーシコロスの作品が、後世の悲劇作品のモデルとなっていたことや、その曲中には喜劇の喜びの歌にも通じる、明るい雰囲気の歌詞が含まれていたことが、推察されたのである。『オレステイアー』は二巻のパピルス詩巻であったと伝えられるところから、二千行ばかりの規模をもつ大作であったに違いないが、これも中世の間に完全に失われた。

いったい、ステーシコロスの言語、措辞、詩法、話の筋立ては、どの程度まで叙事詩に依存し、近似していたのか。またかれの作品は、悲劇芸術の成立にどのような具体的寄与をとげたのか。叙事詩と演劇詩という、古典ギリシア文学の二つの代表的ジャンルを結ぶ、重要な役割をとげたとおぼしき、幻の大詩人ステーシコロスの実像はどのようなものであったのか。学者たちは古代文献に現れるわずかな間接的な証言や、文脈不明の引用句をもとに、現像力を酷使し続けた。

パピルス詩巻——『英雄帰郷《ノストイ》』発見

ステーシコロスの『英雄帰郷《ノストイ》』からのパピルス断片の発見によって、かれの実像がにわかに鋭い焦点を結ぶこととなった。『英雄帰郷《ノストイ》』というのはトロイアー戦争の英雄伝説群の最後の一個まで、トロイアーを攻略した後、ギリシア側の英雄たちが悲惨な苦境に耐えて帰郷した話や、帰りついた英雄たちが故郷で遭遇した苦しみの物語からなっている。同名の叙事詩作品が、アルクティーノスという詩人によって作られたという伝えがあるが、作品自体は伝存しない。

『オデュッセイアー』のエピソードをもとに

ステーシコロスの『英雄帰郷《ノストイ》』からの断片約二十八行は、言葉はドーリス方言、合唱抒情詩のリズム構造をもつが、その内容は、ホメーロスの『オデュッセイアー』第十五巻の、テーレマコスの別れの場面の叙事的な語りを、ほとんどそのままといってもよいほどに、近似した形で、抒情詩の形に移しかえている。ホメーロスの『オデュッセイアー』では、行方しれずの父オデュッセウスの消息をもとめて、その子テーレマコスが、父のトロイアー戦争の戦友である、スパルタのメネラーオス王を訪ね、歓待をうける。第十五巻では、テーレマコスは再び故郷に帰るために、メネラーオス王とその妻ヘレネーに、いとまごいをする、とその時、吉兆の方、右手から鷲が飛来して、大きい鵞鳥《がちょう》をわしづかみにして、出発直前の馬どもの前を右手から近づき飛び去って行く。メネラーオス王は、その兆しの意味を解こうと思案している間に、妻ヘレネーが――『オデュッセイアー』では、メネラーオスは好人物、だが頭の回転が早いのはヘレネー、という対照的な描き方が、再度なされている――メネラーオスに先んじて、その吉兆の意味を解く、オデュッセウスの帰郷と復讐の日は間近である、と（『オデュッセイアー』巻十五、一六〇～一七三参照）。

ステーシコロスの場面処理

ステーシコロスの断片（七九）は、このときのヘレネーの言葉を、直接話法で表している。〝神からの兆しをにわかに目のあたりにした王妃《ニュンパー》は、次のように……ヘレナー（ヘレネーのドーリス方言形）はオデュッセウスの子に向かって言う、「テーレマコスよ、……いま私たちの前に、大空からの使者として、虚空の高空をかけおりてきました……血をしたたらせ、啼《な》きながら……　……あなたの家に姿を現し……　……そのお人はアテーナー（アテーネー）女神の計略によって……　……私自身、むなしい鳥のおしゃべり……　……またあなたを引きとめておくつもりはありません、ペーネロパー（ペーネロペー）は、愛しい父の息子であるあなたの姿を見て……　……　……　……〟（……は欠字部分あるいは訳出不可能な、不完全な語を示している）。またこの断片の第二欄には、〝黄金の……白銀の……ダルダノスの……からの……プレイステニダース（アガメムノーンあるいはその弟メネラーオスの父称）……その一部を……黄金の……〟と言った字句が並んでおり、これらは、『オデュッセイアー』でも列挙されている、テーレマコスへの餞別の品々を記述している言葉の断片と推定されている。

ホメーロス叙事詩を合唱抒情詩へ

私たちが今、手にしているのは前二世紀中ごろに校訂されたホメーロス本の写しを〝原本″としていることはさきにも述べた（五〇ページ参照）。ステーシコロスが手本として用いることができた『オデュッセイアー』本は、それよりも実に四百五十年以上も古い時代の″原・原本″である。したがって私たちの『オデュッセイアー』と比べてみると、語彙の面では、ホメーロス叙事詩には使用例のない、二、三の単語がステーシコロスの中に認められても、驚くことはない。基本的語法において、ホメーロス叙事詩との類似性は明らかである。むしろ驚くべきは、『オデュッセイアー』第十五巻における場面設定と登場人物、発言の主旨がそのままステーシコロスの中で再現されていることであろう。そして『オデュッセイアー』のヘレネーの言葉が、そのまま抒情詩の中でも、ヘレネー自身が直接にテーレマコスに語りかける形で、使われていることも、重要な点である。ただし、この部分が合唱隊《コロス》のリーダーが歌う独唱によるものであったか、どうか。ステーシコロスの作品『英雄帰郷《ノストイ》』の、起承転結はどうなっていたのか。発見されたパピルス断片は、その全体構成のどの部分を占めていたのか。私たちが知りたく思うそれらの問題については、現在のところ資料が欠けている。

合唱英雄詩『ガーリュオナーイス』

一九六七年に発表された『ガーリュオナーイス』（『ゲーリュオーンの歌』のドーリス方

言の形）の長短さまざまの六つのパピルス断片は、ステーシコロスの手法について、別の角度からの解明を与えている（『ギリシア抒情詩選』補遺二六二―二六八ページ参照）。

パピルス断片以前――ヘーラクレース伝説の一エピソード

ゲーリュオーンというのは、ヘーシオドスの『神々の誕生』のなかでは、「海《ポントス》」の系譜の末裔《まつえい》で、「大洋《オーケアノス》」の流れのかなたの、潮に洗われた離れ島エリュテイアーで牛を飼っていた、三頭の異形の怪人で、英雄ヘーラクレースに退治されたことになっている。ステーシコロスの作品題名十三のなかで、ヘーラクレースの武勇談からのエピソードと認められるものが、四篇あるいは五篇あるが、なかでも『キュクノス』とならんで、明らかにヘーラクレースを主人公とする物語風抒情詩と見なされてきたのが、『ゲーリュオーンの歌』である。この作品については、古代の諸文献における言及も比較的に多く、ステーシコロスは、大西洋の孤島にサルペードニアー（〝サルペードーンの島〟）という名をつけているとか（五三）、ゲーリュオーンの島の対岸近くにはタルテーッソス河（タルテーッソスは古代スペインの都市、現在のエル・ロカディルロ）が流れていると言っている（五四）、とか、かれが前六百年ごろ、ギリシア人の勢力圏に入りつつあった西地中海や大西洋近海の地理的な知識を、ゲーリュオーンの伝説に織りこもうとしていたことがわかる。

またゲーリュオーンの容姿も、ヘーシオドスの話より一層異様なものに仕立てあげ、六本の手と六本の足、それに翼まで生やしているものとした、という伝えもある（五六）。そこまでヘーラクレースはどうやってたどりついたのか。アテーナイオスの百科辞典が伝えるその方法も実に奇想天外で、ヘーラクレースは太陽神を脅迫して、太陽神が夜、西に沈んでから、夜中に東の空に戻るために乗り物として使う巨大な黄金製の盃を借りうけ、太陽神がそれを使っていない間、つまり昼間にそれに乗って、ギリシアから日の沈む西海の果てまで、やってきた、というのである（五五）。そのいきさつの一部を語っている断片も、引用句として伝わっている。

以上が、パピルス断片発見以前に『ゲーリュオーンの歌』について知られていた事柄の概略である。これから想像されることは、この作品は、正にファンタスティックな登場人物と道具立てを特色とする愉快な娯楽作品であったに違いない、ということであろう。しかしながら、パピルス文書から発見された『ガーリュオナーイス』（『ゲーリュオーンの歌』）断片は、それとは全く異なった様相を見せている。一篇の〝悲劇〟としての様相を見せている、と言ってもよい。

リズム構成

作品の詩形式は九詩行一連のリズム構造が二度くり返され、そのあと八詩行一連のややリズムの異なる連が従うという三連一組の単位が、幾度か反復されて全体を構成する。リズムそのものはきわめて単純で、後年アイスキュロスの悲劇では合唱隊《コロス》の登場歌のリズムとして用いられるものと近似している。これは、ホメーロス叙事詩の定形的言語の使いやすいリズムでもある。

神々の集会——筋書きの指示（？）

断片の最初のグループに映しだされているのは、全く叙事詩風な、神々の集会である。〝輝く眼《まなこ》のアターナー〟が、〝心たくましい、馬を駆る伯父の神（＝ポセイドーン、一部補修句を含む）〟と何やら、議論している。〝ガーリュオーン（＝ゲーリュオーン）を死から〟という言葉があるところから、海の神と女神アターナーとの意見は、ゲーリュオーンを死の運命から守ってやるべきかどうか、という点で対立しているらしい。この場面は、ホメーロス叙事詩でオリュムポスの神々が集まって、筋立てを検討する段を彷彿する。ステーシコロスのこの作品は、やはり叙事詩のように、まず筋立てを明示した物語詩であったという可能性を、強く示唆する断片グループである。

夢の島への場面移動

第二の断片グループは、複数のものが、〝深い海の波間を……わけても美しい島に到着したが、そこでは夕星《ヘスペロス》の娘たちが、黄金づくめの屋敷に住んでいる〟ことを告げている。このあたりは、極端に神話的色彩が濃い。しかしまた、神々の集会のあと、夢のように美しい島に語りの場面が移っていく例は、『オデュッセイアー』第五巻冒頭の場面展開にもみられる。

母親の嘆願

第三の断片グループは、ゲーリュオーンの母親（ヘーシオドスではカリロエーと呼ばれている）が、息子に嘆願する言葉を伝えている。〝……忘れがたい痛みを受けて。ですから、おまえに、ガーリュオーン、膝を折ってお願いするのです、私がおまえに乳をふくませた母親であるのなら……〟。この言葉は、『イーリアス』でトロイアーの城壁の上から老王妃ヘカベーが、戦場へ戻ろうとするヘクトールに向かって、どうかアキレウスとの一騎打ちを思いとどまってくれ、と嘆願する言葉と酷似している。もしこの断片が、ヘカベーの訴えと類似の状況を現しているとすれば、カリロエーは、ゲーリュオーンに向かって、ヘーラクレースとの対決を避けるようにと、必死の懇願をおこなっている、と見なすこともできる。

ゲーリュオーンの決意のことば――サルペードーンとの類似性

第四の断片グループは、二十八詩行の長いものであるが、かなりの幅の、欠字部分が含まれていて、意味のとりにくいところもある。〝両の手で……そして答えて……言った〔不死なるクリューサーオールとカリロエーの〕(補修部分)たくましい子は。「どうか、私に死や……の恐怖をおしつけたり、また……しないでください。もし私が〔不死なる種族〕となり、不老の……オリュムポスの……であるのなら、…… ……しかし、愛しい母よ、〔私の定めがいとわしい〕老いの境にたどりつき、かげ〔ろうのごとき人間として〕祝福された神々から遠く〔はなれて〕生きる、ということならば、今ここで何であれ、死の定めとされているものを……ほうが私にとっては、はるかに好ましい、そして蔑みや……あらゆる……クリューサーオールの息子の後に。どうか、そのようなことが起こることだけは、神々の御心が遠ざけてくださることを祈りたい。……私が所有する牛をめぐって……名誉……〟。パピルス断片を翻訳すると、思わせぶりの〝……〟(欠字部分)が読者の誤解を招くことも避けられないかもしれない。ともあれ、ここでゲーリュオーンは、母親の嘆願を退けて、危険と死を選んでいることは、間違いない。そしてその理由として述べるところは、人間不老不死でありえない以上は、少なくとも、より良い死を選びたい、という考えであり、これは私たちが最初にホメーロス叙事詩のなかで出会った、サルペードーンの言葉（五二ページ参照）と、ほとんど異なるところがない。ステーシコロスが（五三）、はるか西の果てに浮かぶ（ゲーリュオーンの）島を〝サルペードニアー〟と名付けたいわれも、このあたりにあったのであろうか。この局面で母親と対話して己れの選択を明らかにするゲーリュオーンは、手足十二本で翼つきの怪物ではない。より良き死を願うかれは、悲劇的な死を見すえている一人の叙事詩の英雄である。

作戦の方針

第五の断片グループは、〝ひそかに戦いを挑むほうが、……であるから、……はるかに有利である〟という言葉を含むが、ヘーラクレースの言葉であるのか、ゲーリュオーンの考えであるのか、判然としない。その直後、一騎打ちとなり、〝ゲーリュオーンの頭から、馬のたてがみを飾った兜《かぶと》が打ち落とされた〟。

死の比喩――三度ホメーロス叙事詩を手本に

第六の断片グループは、ゲーリュオーンの死の模様を語っている。一点注目すべきは、ここでかれの頸がぐったりと斜に折れる様子を、〝けしの花が柔らかい……を傷めてはなびらを散らし……する〟さまに例えている比喩である。これは、例えば『イーリアス』第八巻(三〇六〜八)で、プリアモスの子ゴルギュティオーンが倒れるさまを描いた、けしの花の比喩の残影が、ステーシコロスの記憶にあったためであろう。この断片からうかがうことのできる限りでは、醜悪な怪物の死という描写は、どこにも現れていない。

小叙事詩『ゲーリュオーンの歌』

以上のごとく、ステーシコロスの『ゲーリュオーンの歌』は、語彙、詩形、結末の比喩などの細部の道具立てが叙事詩風であるだけではない。神々の集会による筋の予告と明示は、ホメーロス叙事詩の基本線にのっとっており、危機的事態に直面したゲーリュオーンの選択も、英雄叙事詩の定石に従って下されている。『ゲーリュオーンの歌』は、いわば一つの叙事詩ともなりうる主題の、劇的中心部分を、抒情詩的な形に凝縮し歌曲として提示したもの、と言ってよいだろう。ちなみに百年後の、例えばアイスキュロスの悲劇『アガメムノーン』の最初の合唱歌が、王女イーピゲネイアーの犠牲を中心とする一篇の抒情的叙事詩の観を呈していることを思い浮かべるならば、その芸術的原型は、はやくもステーシコロスの『ゲーリュオーンの歌』において完成されていることに、気付くであろう。

直接話法部分の重要性

ステーシコロスの抒情詩において、劇的な対話が中心的な役割を果たしていたことは、すでに明らかとなった。同様に、登場人物のモノローグ（独白）も、大幅に活用された。それを証明しているのが、フランスのリール大学図書館所蔵の、長大な「イオカステーの独白詩」である。これは一九七七年印刷公刊された資料であるが、私たちとしてはこれについては今、詳説することをひかえ、いつかエウリーピデースとの関連についてあらためて取り上げる機会を待ちたい。そしてここでは、ステーシコロスの抒情作品と、百年後アッティカで生まれいでるべき演劇詩との関係を考察してこの項を閉じたいと思う。

〝劇詩〟と〝演劇詩〟との違い

ステーシコロスの『英雄帰郷』や『ゲーリュオーンの歌』は、〝劇的〟である。しかし後日のギリシア演劇詩との間にはなお大きい開きを残している。ステーシコロスの詩のなかで、物語の人物は、予言をしたり、決定的な選択を、直接話法で語ったりして、緊張感を高めている。しかもこれは伴奏をともなう歌曲であり、合唱でもあったろうから、歌物語の情緒的高揚は、独演詩人のひとり語りだけを主体とする叙事詩に比べて、より一段と聴衆の心をまきこむところが大であったと思われる。しかしステーシコロスが、扮装した役者を登用して、ヘレネーやゲーリュオーンの言葉を科白として語らせたり、あるいは扮装した合唱隊に歌曲を歌わせた、と考えるべき証拠はどこにもない。そこに、演劇詩との決定的ともいえる差異がある。現存する最古のギリシア悲劇はアイスキュロス作の、『ペルシアの人々』である。ここには多くの歌曲部分が含まれているが、登場人物たちが、合唱隊《コロス》を含めて全員、特定の役割に応じて、仮面・衣装で扮装して、役を演じたことは間違いない。

能曲との比較

ステーシコロスの叙事的な抒情詩をより身近に理解するために、少々大胆ではあるが、あるタイプの日本の能曲と比べてみよう。白髪を黒く染め、若武者のいでたちで合戦に臨んで最期をとげた、斎藤実盛という武将の話が、『平家物語』の「実盛」という段で語られている。『平家』の語りではこの段は、木曾義仲と、実盛を打ちとった手塚光盛、そしてかねてより実盛と親しかった樋口次郎との三人対話で構成され、事の次第についての報告と、義仲のコメントという組み合わせになっている。叙事文学の中の、叙事的報告が主体となっている一段である。したがって当然のことながら、実盛は三人称に置かれている。

能曲における叙事詩の演劇詩化

これを材料とした能曲の『実盛』では、実盛の亡霊という役割の扮装をしたシテが登場してくる。役者の登用という意味では、これは抒情詩でもなく歌曲でもなく、正真正銘の演劇である。ギリシアに話を戻せば、能曲の『実盛』は、ステーシコロスの場合に認められるよりも、アイスキュロス劇の方向にむかって、はっきりと決定的な境界を越えている、ということができる。

『実盛』の言葉

しかしながら、能曲『実盛』の言葉の構成はどうであろうか。シテの実盛の亡霊は、『平家』の「実盛」の叙事的報告を、そのままの形で語る。自分は三人称の位格のままであって、実盛の亡霊の口から語られる言葉は、実盛自身の選択や体験を、直接話法形で語るところがきわめて少ない。このような叙事的報告をそのままの形で亡霊が語るということは、約束ごとであったのかもしれない。あるいは、ここに現実から乖離した別の言葉と映像の世界を作ろうという、作者世阿弥の意図と工夫があったのかもしれない。いずれにせよ、歌詞の問題として見たときには、能曲のシテ実盛の口上は、叙事詩『平家』に文字どおり密着しており、演劇的科白としての調整は、最小限にとどめられている。再びギリシアとの比較を試みるならば、能曲『実盛』のシテの口上は、ステーシコロスがホメーロスに近似しているよりも高い密度で、叙事詩のテクストに密着しており、アイスキュロスの演劇科白の進んだ方向とは全く逆の抒情的傾向を示している。

叙事詩から演劇詩への中途点へ

このような、いささか乱暴な比較を試みた理由は二つある。まず第一には、古典期ギリシア詩文の流れは、叙事詩、抒情詩、演劇詩という三つの段階を経て展開していくといわれる。演劇詩の成立に重大な寄与をとげたことが伝えられるステーシコロスの場合、『ゲーリュオーンの歌』の例を見るならば、この作品では叙事詩的技法がホメーロス叙事詩のような語りの文芸形態ではなく、新しい吟唱の文芸形態を創出するために活用されたことがわかる。しかし他方で、異文化とはいえやはり叙事的素材から演劇的吟唱文芸を創りだしている『実盛』の例と比べるならば、ステーシコロスは、扮装役者の登用には踏切っていないが歌詞、とりわけ登場人物の直接話法形の発言を中心としている点では能曲よりも、演劇詩に近いところに、対話構成を組み立てようとしていたことがわかる。扮装した役者の登用——パントマイムにせよ科白を語るにせよ——という決定的な、演劇への道へまだ歩みを進めていないという事実は、ステーシコロスの叙事的吟唱文芸の、上演形態上の制約がしからしめたものであった。演劇詩の全盛期に入ってから後も、ステーシコロス風の叙事的抒情詩人は活躍しており、このことについては、後にバッキュリデースの項で触れることにしたい。

ステーシコロス・能曲・ギリシア演劇詩

第二の理由は、蛇足《だそく》かもしれないが、能曲とギリシア悲劇の類似性は、ごく限られた部分でしか認められないことを指摘するためである。明治初期、アメリカの東洋美術史家E・フェノローサが、日本の能楽は、生けるギリシア悲劇であると言って、絶えなんとするその伝統の保護と育成に尽くした功は、まことに多とすべきである。しかし今日、パピルス文書から再発見されたステーシコロスの『ゲーリュオーンの歌』と比べてみるとき、能曲は、演劇的吟唱芸術としては、アイスキュロスなどの悲劇作品よりも、それより約百年古いステーシコロスの叙事的抒情詩に近いと思われる要素を、多分に含んでいると思われる。扮装役者の登用という、演劇への決定的一歩においては、能曲はステーシコロスに先んじているが、役者が語るべき科白の、演劇的工夫においては、なおステーシコロスとの比較に甘んじなくてはならない段階にとどまっている。後年のギリシア悲劇に匹敵する科白場面の演劇性を追求することなく、能曲は謡・舞いとしての芸術的完成を遂げているのである。

2　バッキュリデースと抒情詩の演劇的展開

十九世紀末以来の、古代ギリシア抒情詩作品の再発見の多彩な経過を、残りなく記述するには、ホメーロスの言葉のように、「百の口、百の舌をもってしても」完全には尽くしえない。ごく短い断片であっても、その発見に至る苦労は筆舌に尽くしがたいものがあったり、また欠字の多いパピルス片であっても、それが含む情報量はゆうに一巻の著述に値する場合もあった。

バッキュリデース詩集、パピルス書巻の中から現る

十九世紀末に、千数百年ぶりに人間の目に触れることとなった抒情詩人バッキュリデースの作品は、その量、質ともに抜群であった。巻頭と末尾の各々の詩には欠損があるものの、ほとんど完全な形の十四篇の運動競技祝勝歌集《エピニキア》、古代の編者が『ディテュラムボス詩集』という名のもとに一巻にまとめた、七編の物語風の合唱抒情詩、その他、頌歌《エンコーミア》・パ

イアーン（アポローンの祭祀歌）、などからの数多い断片が続々と発見され、ケニョンによって編輯公刊されたのである（一八九七年）。

バッキュリデースについての伝承

前五世紀前半に活躍したバッキュリデースの作品も、他の七人の抒情詩人たちの場合と同じように、古代末期を境に伝承の経路を絶っていた。その作風の特色とか、後代への影響について記した古代の文献も皆無にひとしい。ただ一つ、ローマ帝政期初期に著された『崇高論』（一三八ページ、サッポーの項参照）の一節に、〝バッキュリデースや、キオス島の悲劇詩人イオーンはたしかに欠点はない、洗練度も高い、文体流麗である。けれども、君自身、ピンダロスやソポクレースであるよりも、かれらでありたいとは思わないだろう〟とある。つまり二流である、というこの評価の意味を、再発見されたパピルス資料を用いて検証するのも一興であろう。しかし、ここでは、バッキュリデースの再発見という ことが契機となって、初めて具体的に明らかになった事柄を取り上げてみたい。つまり、「ディテュラムボス」という名で呼ばれている、叙事詩的色彩の濃い、物語風の合唱抒情詩の構造に、焦点をしぼることにしたい。

ディテュラムボスの詩人、バッキュリデース

ディテュラムボスという名称が何に由来するのかは明確ではない。しかしディオニューソス神が〝ディテュラムボス〟という名で呼ばれることもあったことから、この神の祭祀と何らかのかかわりがあったと思われる。語源はともあれ、バッキュリデースの七篇からなる『ディテュラムボス詩集』は内容的にはディオニューソスと関係づけることはできない。またディオニューソス祭における上演曲であったわけでもない。

七篇それぞれの題名は神話・伝説のエピソードからつけられている。『アンテーノールの子たち、もしくは、ヘレネーの受け戻し要請』、『ヘーラクレース、デルポイ市民のために』、『若者たち《エーイテオイ》、もしくはテーセウス、ケオース市民のデーロスにおける奉納上演のために』、『テーセウス』、『イーオー、アテーナイ市民のために』、『イーダース、ラケダイモーン人のために』、『(題名不詳)』の七つである。〝もしくは〟とあるのは、古代においてすでに二つの異なる名で知られていたことを示す。副題の、〝……市民のために〟とあるのは、依頼主を示しており、各国のさまざまの国家的奉納行事として、そのディテュラムボス詩曲の上演がおこなわれたことを告げている。

規模、形式上の特色

七篇は、短いもので三十詩行、最も長いものでも百三十詩行くらいで、その規模は一定ではない。リズム構造も各篇各様の変化にとみ、ステーシコロスの『ゲーリュオーンの歌』に比べると、隔段に複雑化している。同一のリズム構造の連を重ねて一篇としたものもあり、三連を一組として一篇を構成したものもある。詩のリズム構造や外面的形式から、ディテュラムボス詩としての特徴をとらえることはできない。

七篇の共通性は内容的特色に限られている。まず、当該の作品が上演されるべき時、場所、目的について触れる言葉が皆無に近い。この点で、バッキュリデース（そしてピンダロス）の他の諸作品と異なっている。したがってまた、内容的根拠によって作品の年代を推定することもできない。次いで、その内容が、詩人の個人的心情吐露ではなく、叙事的物語に終始している。これは、ステーシコロスの『英雄帰郷《ノストイ》』や『ゲーリュオーンの歌』とも相通じる、七篇の間の共通性である。古代ギリシアの合唱抒情詩の形式・内容は、上演の時・場所・目的によって定められることが多いが、ディテュラムボス詩にかぎってそうではなく、物語詩としての独立性が、大きい特色となっていたのではないかと思われる。次に、完全にきわめて近い形で発見された二つのディテュラムボス詩を紹介しよう。

『若者たち《エーイテオイ》』の物語

『若者たち《エーイテオイ》、もしくは、テーセウス』は、ケオース市民がデーロス島のアポローンに奉納した歌曲であるが、そのことはこの詩の最後の三行で簡単に触れられているだけで、詩は冒頭から、前置きなしで物語調で始まる。

〝さて舳先の黒い船は、ものおとに動じないテーセウスと、七人・七人のイオーニア人の美しい少年少女を乗せて、クレータ海の波を切っていた〟。七人の少年、七人の少女は、クレータ島クノーソス宮殿にひそむ怪物ミーノタウロスにささげる人身御供として、アッティカから船に乗せられていた。その中にはアテーナイの王子テーセウスも混ざっていたのだ。しかしそのような当時周知の伝説的背景は省略されて、話はいきなり〝舳先の黒い船〟から始まる。実は、この狭い船が、文字どおりの舞台となって以下の百三十行ばかりのディテュラムボスの筋が展開する仕組みとなっている。

修飾性の大きい言語

歌詞のなかの名詞には必ず、といってもよいくらいの頻度で飾りの形容詞（傍点）がついている。これはホメーロス叙事詩以来の伝統でもあるが、その一見過度ともみえる修飾性は、この時代の合唱抒情詩のきわだった特色でもある。

〝それというのも、その遠目にもしるき帆布には、北風の息吹きが吹きこんでいたのだ、誉れも高い、神盾《アイギス》を振る女神アターナーの指図によって〟。

船上の出来事

この狭い舞台の上では、要約すると次のような事態がもちあがる。船に乗っていたクノーソスの王ミーノースは、かたわらの少女エリボイアーに恋情をいだき、その白い頰に触れた。かの女は王子テーセウスの救いを求める。テーセウスは眉をよせ黒い目を光らせて、——ここで、このディテュラムボス詩の、最初の直接話法が始まり、二十五行にわたってテーセウスの、鋭い制止の口上が続く。

テーセウスの警告

〝ミーノース王よ（バッキュリデースの修飾性の濃厚な言葉を簡単に言いかえると）、君の心は汚れている。神々が運命と定め、正義の女神がはかり分けたものであれば、何であれわれらは耐えていく覚悟だ。君はゼウスとエウローパーの子で、人間のだれにも勝るかもしれぬ、しかし私だってピッテウスの娘アイトラーが海神ポセイドーンによって生んだ子だ。君が思いとどまるならばよし、さもなくば、私は明日の暁を手をこまねいて待っているつもりはない。君がいやがるものに強いるとあれば、腕の力で争うほかない。勝負は神の御心のままだ〟、と。テーセウスの大胆きわまる発言に船乗りたちはあきれてしまう。ミーノース王の心は激怒にかられるが、王は途方もない悪だくみをあみだして、こう言う。

ミーノース王の挑戦

〝おお父なるゼウスよ、私が真にあなたの子供なら、その明らかな証しとして大空から、いま、目の前に、焔の髪を散らして疾駆する稲妻を、送りたまえ。だがテーセウスよ、アイトラーとポセイドーンがおまえの真の親だというのなら、さあ、この美しい黄金の飾りを深い海の底から拾ってくるがよい。その勇気で、その体を、父親の屋敷めがけて投げ入れてみよ〟、とテーセウスに挑む。

テーセウス、挑戦に応じる

神ゼウスはミーノース王の祈りを聞いて、稲妻を送る。ミーノースはかさにかかってテーセウスに迫る。〝さあ跳びこめ、このごうごうと鳴る大海原へ。おまえの父親とやらが、美しい森におおわれた大地の隅々にまで、おまえの名声をいやがうえにも高めてくれるだろう〟、と。

テーセウスとミーノースの、直接話法のやりとりは、テーセウスが絶体絶命の窮地に追いこまれるところまで続き、そこで終わる。そしてそのあとは、詩人バッキュリデースの華麗な語りによって引きつがれる。

詩人の語りによる場面展開——船上の哀愁

テーセウスの心はひるみを見せず、しっかりと組んだ甲板の上に身構えると、跳びこむ。すると、——これをバッキュリデースの言葉遣いどおりに言えば——〝海原のやさしい神域がかれを迎えた〟。ミーノースはひそかに仰天する、だが、その美しい飾りのついた船が、満風を帆にうけたまま進むよう、命令をくだす。テーセウスの仲間のアテーナイ人の少年少女たちは、英雄が海へ跳びこんだのを見て、おそろしい死の必然を予測したものだから——また、次ぎもバッキュリデースの特徴的表現であるが——、〝百合のような目〟から涙をそそぐ。

詩人の語り——海底への場面展開

そつなく、洗練され、美文的、と『崇高論』がいっていたのは、このような特色をさしていたのかもしれない。だが、船上の驚愕《きょうがく》、恐怖、悲嘆をよそに、海底では、思いもかけない情景がくり広げられている。海の住人であるいるかどもが現れて、背丈も高いテーセウスをかるがると海神ポセイドーンの屋敷に運ぶ。恐れを知らぬテーセウスは――これもバッキュリデースである――、海の老人ネーレウスの娘たちの四肢が、焔のような閃光を放つのを見て、またその髪には黄金を編んだリボンが渦のようにはためくのを見て、〝恐怖におそわれた〟、という。父神ポセイドーンの海底の配偶者アンピトリテーは、テーセウスに紫貝で染めた麻の着衣を着せ、アプロディーテーが結婚の祝いにとかの女にくれた、バラの花のぎっしりとついた美しい花冠をテーセウスの柔らかい髪にかぶせる。――〝すぐれた心の持ち主であれば、神々がなさろうとするどのようなことにでも、疑いの念を抱くはずがない〟――これはバッキュリデース個人の考えではなく、この時代でも常識をあざむくような神話を詩人が話すときの、言い訳の口上である。そしてこの一句で、竜宮城の描写には終止符がうたれる。

生きている枕言葉の表現性

そして次の行で、テーセウスは、〝ほっそりとした艫《とも》の船のわきに浮かび上がる〟。最初の行の〝黒い舳先《へさき》の〟という形容詞が、いつの間にか〝ほっそりとした艫の〟という、がらりと印象の異なる別の言葉によって置きかえられている。船上で黒く醜い渦をまきふくれ上がっていたドラマは、波間にテーセウスの姿が現れたその瞬間に終わったのである。〝ああ〟、――ここでバッキュリデースは、初めて感嘆詞を用い、感嘆文を挿入する。〝いかばかりの驚愕の思いがミーノース王をとらえたろうか〟。〝海の潮の合間から一滴のしめりも帯びず現れた、その姿にみな度肝《どぎも》をぬかれたのだ、その体には神々からの贈りものが光り輝やく。美しい座に座っていた娘たちは、いまや確かな安堵の思いで喜びの叫びをあげると、海の面もこだまを返した。かたわら近くの年若い若者たちは、聞きほれるような声で、アポローンへの祈りを歌った〟。

ディテュラムボスの最後の三行は、〝デーロス島の神（アポローン）よ、どうかケオース市民たちの合唱を嘉《よみ》したまい、幸せをもたらす神々のご配慮を賜わりますよう〟という奉納者一同の祈願を言葉短く記して終わっている。

重なりあう情景――『イーリアス』第一巻

申し分ない完結性をもつ一篇の叙事的抒情詩である。強力で邪な王、虐げられて救いを求める美しい少女、身をもってかの女をかばう若い王子、王と王子との対立、あわやという瞬間の悪だくみ、さらなる危険に身を賭する王子、竜宮城、王子の帰着、仲間たちの安堵と喜びの歌――申し分なく終始の段落の整ったメールヘン的筋立てである。しかし伽話《おとぎ》とか劇画とはいささか別次元の、詩人の芸術性が感じられるのは、バッキュリデースの叙事詩的言語のためであろう。そのせいか、この一篇のディテュラムボスの筋立ての原型としては、むしろ、『イーリアス』第一巻の状況設定と筋の運びが近いことを、読みとることができる。海の女神アンピトリテーがテーセウスを迎え、その名誉が回復されるよう手だてを尽くす場面の印象が、いたずらに装飾的ファンタジーに終わることがないのも、アキレウスの母となるべきもうひとりの海の女神、ネーレウスの娘テティスの姿が、名ざされないままに、画面に登場していることを、私たちが感じているためかもしれない。

叙事詩的言語の変容と活性化

しかし、そのようなデリケートな類似性はあっても、バッキュリデースの詩的世界は、ホメーロスのものとは、また別次元のものである。かれの装飾的な形容詞は、ホメーロスの定形的な枕言葉のごときでありながら、実はそれとは完全に異なる効果を放っている。時には悲劇的対立のインパクトをそっと和らげる。時には恐怖と悲嘆の涙に、白百合の連想をそえる。時には〝黒い舳先《へさき》の〟が〝ほっそりとした艫《とも》の〟にかわるときのように、劇的対立の終熄を知らしめる。そのようなさまざまの効果を考えに入れたうえで、修飾語を選び、所期の効果を確実に反映する形で使っているのである。

美を恐れる英雄――バッキュリデースの審美観

しかしホメーロスの構造的発想に比べて、あまりにも優美な効果のみを考えた皮相的工夫にすぎない――そのような批判が浴びせられることも、バッキュリデースは知っていたように思う。テーセウスは勇気によって自分の名誉を全うする。しかし真の勇者とは恐れを知るもの、勇者テーセウスは、〝祝福多きネーレウスの誉れ高い娘たちを見て、恐怖を感じた〟というバッキュリデースの言葉は、この優美なディテュラムボスの流れの中で、一点だけ鋭く鮮明な、審美的主張を感じさせずにはおかない。英雄が畏怖するような美の世界――それを現すのもまた物語抒情詩人の仕事ではないか、と言っているように思われるのである。

悲劇詩との構造的比較

『若者たち《エーイテオイ》』が書かれた年代は不明である。しかしバッキュリデースの盛時（四十歳）が前四百八十年であったにせよ、前四百五十一年であったにせよ、あるいは実はその中間のいずれかの年であったにせよ、そのころすでにアッティカの悲劇詩は、完成した基本構造をもつに至っていた。では、『若者たち《エーイテオイ》』と、アッティカの悲劇詩、とりわけその合唱歌《コロス》との間に、何らかの直接的な関係があるのか。たしかに、合唱抒情詩であるというひとつの形式的な点では共通性がある。しかしながら初期の悲劇詩の中の合唱歌《コロス》は、つねに一つの劇作品という、全体の中での有機的一部である。それだけで独立して、一つの筋立てをもった物語風の歌ではなかった。そこにバッキュリデースの詩と悲劇詩の合唱歌《コロス》とを分かつ基本的な分水嶺がある。加えて、ディテュラムボスの合唱隊《コロス》は、仮面による扮装をしていない五十名の歌い手たち、これに対して悲劇詩の合唱隊《コロス》は、十二名ないしは十五名の集団で、テーバイの老人たちとかトロイアの女たちとかの配役のもとに、仮面と装束で扮装して登場する。これが視覚的にも特定の悲劇詩の世界の登場人物であることを明らかにする。悲劇詩の合唱詩《コロス》と『若者たち《エーイテオイ》』とは作品目的を全く異にするといわねばならない。『若者たち《エーイテオイ》』の筋立てや構成要素、狭い船上の舞台設定など、すでに指摘したようにそこにはすぐれて〝演劇的〟な工夫が凝らされている。ギリシア悲劇詩からの間接的な刺激や、影響があったことは、可能性として認められよう。しかしながら、叙事的な合唱抒情詩という芸術形式そのものが、ステーシコロス以来バッキュリデースまでの間、少なくとも百年に及ぶ発展と成熟の伝統をもっていたことも忘れてはならない。バッキュリデースの演劇的工夫を含めてのさまざまの創意と洗練は、かれがその伝統の継承者として培ってきたもの、と見るほうが妥当であろう。

『テーセウス』の場合——特異な対話構成

バッキュリデースのもう一つのディテュラムボス詩、『テーセウス』も、同じような見方によって位置づけることができるだろう。『テーセウス』は、ギリシアの合唱抒情詩の中でも、全く例外的な形式をもっている。十五詩行が一連となり、その四連が一篇を作っているが、詩人の語りによる説明的部分や結びの言葉は全くない。全篇が、二人（あるいは二組）の登場人物の間の、一連ずつの質問と答えだけからなる形をとっている。

アテーナイ王アイゲウス対質問者

第一連は、アテーナイの王アイゲウスに向けられた問いである。〝神々しいアテーナイを治める王よ、雅た暮らしのイオーニア人たちの長よ、なぜいまにわかに、青銅の口もつ合図のラッパが、戦いの歌を吹き鳴らしているのか〟と、最初から修飾の多い言葉で尋ねかける。敵軍の国境侵入か、それとも山賊海賊の家畜荒しの所業なのか、と。尋ねている人間がだれであるのか、複数か単数か、などの点はどこにも明示されていないが、合唱抒情詩であるからにはおそらく複数人物が、異口同音に、王に尋ねかけている、と見てよいだろう。そして、王に向かって直接に、緊急の合図の理由を尋ねている複数者は、おそらく合図を聞いてかけつけたアテーナイの長老たちではないかと思われる。ある緊急事態の発生についての問いかけは、ギリシア演劇の冒頭の部分で、合唱隊《コロス》の登場と発言の動機に用いられることがよくある。例えば、アイスキュロスの悲劇『アガメムノーン』の合唱隊《コロス》（アルゴスの老人たち）が、登場して、王妃クリュタイメーストラーに招集の理由を尋ねる場合がそれである。

アイゲウス王の答え――怪しい男の出現

第二連では、アイゲウス王は、イストミア（コリントスの陸峡地帯）から、布告使がただごとならぬ知らせを届けてきたことを説明する。大層な力もちの男が、聞いたこともないような武勇の数々を働いて、そのあたりに住む狂暴なシーニスやスキーローンなどの山賊や、野獣を次々と攻め平らげ、その勢いはいつ果てるとも見定めがたい有様である、と。英雄叙事詩の常套《じょうとう》的な枕言葉や、複合形容詞がふんだんに散りばめられている。

怪しい男についての問い

第三連は再びアイゲウス王に対する質問で、その恐るべき男の生まれは、装いは、また戦いの支度を整えた軍勢を率いているのか、それともわずかな従者だけをつれた旅人風情であるのか、などと尋ねる。第一連の質問者と、第三連の質問者が同一であるのかどうかは、不明である。同一であれば二者の対話、同一でなければ、王の答えは左右から各々別個の質問を放つ二人のあるいは二つのグループの、質問者に対して、交互に与えられていたことになる。

怪しい男の装束、風態

第四連は、王の答えで、二人だけ従者がいること、輝くようなその肩には〔象牙《ぞうげ》の柄のついた〕（補修部分）長剣を負い、手にはよく磨かれた二本の投げ槍、燃えるような頭髪の上には、ラコーニアの細工すぐれたる兜をかぶっている。胸のあたりには紫貝染めの外衣、テッサリアの柔毛の肌着をつけ、その両の目からは、レームノス島の火山の焰がぎらぎらと光る。だがその年格好はまだ子供じみた若者で、武器も、ものの具のうちとどろく合戦も、遊びであるかのように心得ている。そして、輝きみてるアテーナイへの道を尋ねている——とアイゲウス王は、知らせを伝えた布告者の言葉を、再びそのままに伝える間接話法で、質問に答える。

判じものの形で明かされていくテーセウス伝説のエピソード

十五行ずつ四回のやりとりで、このディテュラムボス詩『テーセウス』は終わっている。シーニスやスキーローンという名前の背景に浮かぶのは、アテーナイの王子テーセウスの武勇伝説の最初の一こまである。そこには、英雄テーセウスがコリントス地峡での最初の手柄を立てて、アテーナイへの道を進んでいる姿がうかがわれる。しかしこれはテーセウスのデビュー的エピソードであったから、その年若い英雄がアテーナイの王子テーセウスであることを、コリントス地峡地帯の人々はまだだれも知らない――というのが、バッキュリデースの巧みな状況設定である。そのうえで、変事を告げるコリントスからの使者の知らせがアテーナイに伝わったことになっている。アテーナイの王アイゲウスも、それがまさかわが子テーセウスの晴れ姿であるとは思いもかけない。そこで緊急のラッパが吹きならされたわけである。このような背景伝説の事情は、合唱歌が始まったとき、一つの判じ絵の形で聴衆に投げかけられ、聴衆は『テーセウス』の中の質問者と同じように最初はその謎《なぞと》解きのスリルに巻きこまれる。だが直ぐに作品内の質問者より数歩先んじて、第二連が終わるころ、謎の若者がテーセウスであるということを知って、そのあとは、アイゲウス王と質問者のやりとりから生まれるアイロニーを単純に楽しみながら、最終的には、自分たちの解答が正確であったことに満足する。

演劇的対話技法の応用

状況設定の巧みさと、聴衆の心理的機微をとらえた展開の妙は、以上のごときものである。これは、語り手の詩人の叙述技法のみの工夫によっても、ある程度の効果を奏しえたものであることは、さきの『若者たち《エーイテオイ》』のテーセウスの姿からもわかる。しかしいま、『テーセウス』は、その方法にはよらず、全篇が、このただならぬ緊迫した事態の発生に驚き、対策の糸口もつかめないままに心気動転している二組（ないしは三組）の、登場人物たちの直接にかわす対話的発言だけを組み合わせる、というさらに一段と演劇技法に近づいた手段でまとめられている。事実、ここでは、質問者は、アイゲウス王の緊急ラッパの音を聞いて駆けつけた者（たち）であるから（役割に応じた扮装をしていたわけではないが）、一つの役割をもつ役者群に類する扱いとなっている。もし、アイゲウス王の歌詞が一人の歌手の独唱によるべきものであったと仮定すれば、『テーセウス』は、演劇的手法に基づくオペラの冒頭部分にきわめて近い印象を与えるものであったかもしれない。

構造的差異

バッキュリデースの『テーセウス』ほどに、演劇詩的技巧を全面的に取り入れている合唱抒情詩作品は、現存文献の中に例を見いだすことはできない。しかしその反面、この小品ほどにまた、ディテュラムボス詩と演劇詩との間の違いを、はっきりとさせている作品も他にはない、と言うべきであろう。それは各々の、「筋立て」に対する考え方の違いであり、「作品目的」の違いでもある。すなわち演劇詩においては、一つの出来事、あるいは一連の行為が、その最終的な局面まで明らかにされて、作品としての終わりを迎えるのが常道である。ステーシコロスの叙事的な合唱抒情詩もそうであったと考えてもよい充分な証拠もある（一六九ページ参照）。だが、バッキュリデースの『テーセウス』はそうではない。王子テーセウスは覆面の怪童のままなおアテーナイを目指しつつある段階で歌詞は終わっている。アテーナイ王アイゲウスは、ただ人々を呼び集めただけであって、何らの対策決定には至っていない。つまり、何らかの一つの行為あるいは出来事が、最後の局面まで提示されることなくして、作品としては完結している。筋立ての完結性は二の次になっている。

作品目的の差異

『テーセウス』の作品目的は、叙事詩的展開のもとに出来事を語ることではない。突如としてコリントス地峡一帯に興奮の渦を巻き起こした怪童の正体は何か——その答えを作中人物に対してではなく、作品を外から観客聴衆として見ている人々に対して、巧妙な仕組みをつうじて徐々にわからせることである。その謎解きが終われば、作品の目的は達せられたことになる。それは四連の質疑応答と無関係ではないが、聴衆は神話的背景を知悉《ちしつ》しているから、作中人物たちの対話のペースよりかなり早いスピードの理解が生まれ、アイロニーとユーモアを生じ、〝かれが栄光みつるアテーナイへの道を求めている〟という最後の言葉が、アイゲウス王の口から不安げに語られた瞬間に、聴衆は自分たちの推察が正しかったことを知る。聴衆に投じられた問いは、作品の筋立てがたどる推移とは、異なるレベルで解答を引きだし、作品の目的は遂げられる。作品の基本的構成が、伝説的出来事の叙事的完結性を目的とするものではないことは、さきに見たディテュラムボス詩、『若《エー》者たち《イテオイ》』の場合にも現れている。そこでもバッキュリデースは、テーセウスのミーノタウロス退治の伝説の最初の一こまだけに、軽く触れているにすぎないからである。船上のテーセウスの勇気ある行為は一こまの輝きを放つエピソードではあるが、全体の事の運びには、何らの変化を与えるものではないことも、バッキュリデースは言っている。テーセウスの海底探訪のあと、ミーノース王の船は何事もなかったように、クレータ島を目指して進んでいる。一刻の少年少女たちの喜びや安堵は、かれらの行く手に待っている人身御供の陰惨な運命の影をかえって大きく映しだす。

再発見されたバッキュリデースのパピルス断片、とりわけそのディテュラムボス詩二篇が、私たちに告げていたことをふり返ってまとめてみよう。ディテュラムボス詩についての解釈は、実は現在もなお誕生と再発見の過程にあるステーシコロスの、叙事的性格の強い合唱抒情詩との関係において検討されなくてはならない。

ステーシコロスからの一つの発展と完成

第一に、バッキュリデースの二つのディテュラムボスは、ステーシコロスの『ゲーリュオーンの歌』などが開いた境地から発する、幾筋かの道の一つを示している。しかしながら、ステーシコロスの『オレステイアー』二巻が有したはずの規模や、『ゲーリュオーンの歌』から推知できる整った叙事詩的道具立てなどを考えあわせると、バッキュリデースのディテュラムボス詩では、規模がはるかに縮小されている。その反面で言葉遣いや、作品の構成にはきわめて繊細な配慮が行き届いている。合唱抒情詩を大叙事詩の規模に合わせて構成しようとする意図はない。そうではなくて、英雄伝説や叙事詩からの一小場面を選び、これに入念な彫琢を試みて『若者たち《エーイテオイ》』のような作品を編みだしたり、あるいはその一局面に斜からのアプローチを試みて、劇的風味をともなう『テーセウス』を創りだしている。つまり、バッキュリデースはある一つの、合唱抒情詩独自の手法を確立しており、これによってステーシコロスとは肌理《きめ》の細かさの異なる抒情詩の風を表現しているのである。

ディテュラムボスと悲劇詩は双生児的関係

第二に、悲劇詩との関係である。ステーシコロスの壮大な合唱抒情詩から流れいでたもう一筋の別の道、それがやがてギリシアの悲劇詩に至るべきものであることは、すでに先触れしたとおりである。（一七三ページ参照）。とすれば、ステーシコロスという一人の親から、二人の子供たちが生まれ、一方の末にはバッキュリデースのディテュラムボス詩のような、叙述的要素を含み会話的部分が中心的位置を占めながら、なお独自の抒情詩構造をもつ文芸が成熟し、いま一方の末流にはアイスキュロスの悲劇詩のような、大きい抒情詩部分を構成要素にもちながら、明確な演劇構造をもつ文学が実を結んだ、と言うことも可能かもしれない。少なくとも、私たちが二つのディテュラムボス詩の考察から得た結果は、そのような仮説の可能性を否定するものではない。

パピルス写本に現れる古代の校訂家たちの姿

第三は純粋に文献学的な発見である。バッキュリデースのパピルス写本は西暦二世紀ごろの書写であるが、きわめてまれなることに、二つのディテュラムボス詩は欠字、欠行もほとんど皆無に近く、しかも同一作品が複数の写しから発見された、という幸運な伝承状態にある。現在ロンドンの大英博物館に収蔵されているパピルス写本は当初の時点で、早くも四回の校正が加えられたことが、校正者の筆跡から判明している。とくに第三番目の校正者は、すぐれた学者であったらしく、櫛ですくような綿密さで先人の見落としを逐一修正している。改めて〃原本〃との照合を行ったり、さもなくば別系統の伝本との比較照合を行ったり、いずれかの手続きを厳密に踏んでいることが判明している。私たちが検討した『テーセウス』のパピルス写本には、最初は、五十五行目から五十七行目までの三行（……レームノス島の火山の焔が……武器も遊びと……の部分）が、筆写されていなかったが、この欠落に気付いて、それらの三行を上欄空白部分に付記したのも、この〃第三の校正者〃であった。こうしてバッキュリデースと取り組んだ西暦二世紀の学者たちは、一シラブルでも一文字でも、より正しい本を残そうとして骨身を削る思いをしていたことが、数多い訂正のあとからうかがうことができる。

しかしこれは必ずしも一般的に言えることではない。一般にパピルス写本は、完全に誤りなしという状態からはほど遠い。誤写、欠落、錯簡等々の、中世の羊皮紙写本等と、全く同じ性質の誤りが指摘されている。中世写本の誤りや異読の中のかなりのものは、古代パピルス本にさかのぼるものである。またそれと同時に、やはり一般的可能性としてではあるが、多くの場合、中世写本の伝承の忠実さは、決してあなどるべきものではなく、古代のパピルス文献よりも往々にしてすぐれた伝承を保持しているものがあることを、付記しておきたい。

〔**参考文献**〕

ステーシコロスの再発見の過程が現在進行中であるために、この章の参考文献として手ごろなものを挙げることはむずかしい。いささか専門的に過ぎるかもしれないが、好学者のために次の書名を挙げておく。

ステーシコロスの断片は、D・L・ペイジ校訂『ギリシア抒情詩選』ならびに『ギリシア抒情詩補遺』、〝イオカステーの独白〟原文とパーソンズの注釈は、Zeitschrift für Papyrologie und Epigraphik 七十七号に掲載されている。M・デイビスの『ステーシコロス断片集』が近々出版される予定とのことであるが、現在のところ諸断片はまだ完全に整理された状態でまとめられていない。

バッキュリデースのディテュラムボスについての考察は、B・スネル校訂本（トイプナー古典叢書）に基づくものであるが、最後の、パピルス原本の校訂者たちの諸問題について詳しくは、メーラーの『バッキュリデース祝勝歌集』第一部（一九八二）の序説をご参照願いたい。

5　ギリシア悲劇の基本構造
――アイスキュロスの『ペルシアの人々』

1　悲劇の誕生

ゼウスの頭より

女神アテーネーがゼウスの頭から生まれたという神話は、ヘーシオドスの語るところであるが、これは物事が萌芽や育成などの形成期を経ることなく、突如として壮大な完成像となって出現する有様の例えとされることがある。古代ギリシア・ラテンの文学史においても、正しくアテーネー女神のように出現したかのように見える大著述がいくつかある。まずはホメーロスの壮大な大叙事詩、また歴史家ヘーロドトスの『歴史』もそのように見える。ラテン文学では、キケローの演説も、突如として信じがたいほどの規模の壮大さと完成度の高さをもって後世人の眼前に聳《そび》えたって見える。それらは――ホメーロスの場合に私たちの知るところとなったように——いずれも、実は、それまでに厚い層をなして蓄積された、先行詩人や文人たちの試行錯誤の経験を吸収しつつ、天才的創造の才によって変容をとげたものであるが、その輝きによって先行者たちの姿が、後世人たちの目から消されてしまう結果となり、よけいに女神アテーネー誕生を彷彿するものとなっているのである。

ステーシコロスからギリシア悲劇へ

ギリシア悲劇の誕生もやはり例外ではない。叙事詩からやがて生まれ出ずるべき新しい形の詩への道は、前六百年ごろより着々と切り開かれていったことは、すでに説明してきた。その道がバッキュリデースの二つの詩作において、合唱抒情詩という基本的枠組みの中では、一つの完成の域に達していることも、見てきたところである。しかしまた、ステーシコロスの作品群からは、もう一つの別の道が開けていた。古代の注釈家たちはステーシコロスからギリシア悲劇につうじる道があったことを、つとに指摘している。かれの『オレステイアー』が、百年後のアイスキュロスの『コエーポロイ』の演劇的細部にまで影響を及ぼし、さらに次の世代のエウリーピデースの『オレステース』にアポローンの弓が登場するのも、やはりその影響である、と古代の注釈家は証言している。

ステーシコロスからの二筋の道は、それぞれの里程標に刻まれた作品群を比べてみると、全く別の方位を指していたことがわかる。今日伝存する最古のギリシア悲劇作品は、アイスキュロス作の『ペルシアの人々』で、前四百七十二年春の上演であったことが、伝承ならびに碑文の両資料によって確定されている。ステーシコロスより約百年後であり、バッキュリデースとほぼ同時代のものである。この時すでに、ギリシア悲劇は、ステーシコロスからバッキュリデースへとつうじるもう一つの道とは根本的に異なる方向に向かって、独自の展開をとげていた。

古代悲劇役者の像、南イタリア、タレント出土の壺絵、ヴュルツブルグ博物館蔵（M. Bieber, *The History of the Greek & Roman Theatre*, Priuceton, 1961. Fig. 306-b）

アイスキュロス悲劇の規模

まず第一に規模の点である。『ペルシアの人々』は、千七十七行からなり、ヘーシオドスの『神々の誕生』や『農と暦』と同じぐらいの長さがある。バッキュリデースの作品の平均的長さを約百行とすれば、その約十倍に当たる。しかもアイスキュロスはこの春、『ペルシアの人々』と並べて『ピーネウス』、『グラウコス・ポトニエウス』、『火を燃すプロメーテウス』の三作をもって、上演番組四曲を編成していたと伝えられており、全部合計すれば約四千行前後にのぼったであろう。ギリシア悲劇は合唱抒情詩の作品規模に比べると、すでに桁《けた》違いに大きいものとなって現れている。

悲劇合唱隊《コロス》の誕生

第二には、一作品を構成する要素の複雑・多様化である。ギリシア悲劇の中には、ステーシコロスやバッキュリデースと同じような合唱《コロス》部分はふんだんに取り入れられている。十二人、あるいは後には十五人編成の合唱隊《コロス》は、悲劇の中では登場歌《パロドス》、合唱歌《スタシモン》、退場歌《エクソドス》、などを吟唱する。各歌のリズム構造も、基本的には合唱抒情詩のものと同じであるが、組み合わせにおいて複雑さを増している。言葉は、合唱抒情詩と同じひびきのドーリス方言を基調としている。

吟唱者から演技者へ

しかしながら、さきにも触れたように、ギリシア悲劇の合唱隊《コロス》はただ舞台に並んで歌を吟唱する、例えば第九交響曲の合唱隊のようなものではない。またバッハのコラールのように会堂に集う一同が斉唱するようなものでもない。ギリシア悲劇の合唱隊《コロス》は、劇作品に登場する演劇的役柄の一つであり、劇中人物の役割を演じる。『ペルシアの人々』では、ペルシア王宮殿の留守居をあずかる、王の信頼の厚い長老たちが、合唱隊《コロス》を構成する。またかれらの中の一人はコリュパイオス（コロスの長）と呼ばれ、仲間一同を代表して、他の登場人物たちとも会話をかわす、純然たる役者の働きもする。『ペルシアの人々』ではコリュパイオスはとくに興味ある会話をしているが、それについては後に述べたい。登場人物であるから、合唱隊《コロス》のメンバーは、その役柄にふさわしい仮面装束に身をつつんでいる。

自らが作りだす演劇の場

悲劇の合唱隊《コロス》が、基本的には合唱抒情詩の言語やリズム構造を保ちながら、ステーシコロスやバッキュリデースの合唱抒情詩と大きく異なるものとなった、最大の契機は、合唱《コロ》隊《ス》の扮装にあった。つまり、かつて仮面を着用していなかった合唱抒情詩は、悲劇の合唱《コロ》歌《ス》となったとき仮面・衣装の制約のなかに〝取りこまれた〟と言ってもよい。悲劇の合唱隊は、演劇という、より大きい一つの場のなかで、その場がその役割に要求する反応を歌詞として吟唱したり、会話の言葉をかわす。時にはそれ以上の働きをする。『ペルシアの人々』の場合、劇の最初にペルシア人の長老たち十二人が合唱隊《コロス》として登場する。かれらが最初の場面で吟唱する言葉は、不安に閉ざされた前四百八十年夏のペルシア王宮の様子を描きだす。ここに演劇の場としてのペルシア王宮を、観客の前に創りだすのであるが、このように、演劇の中にとりこまれた合唱隊《コロス》が、実は演劇の場をつくりだす積極的な役割を負う場合もまれではない。

演劇のリズム・合唱隊《コロス》のリズムの相互補完

また悲劇の合唱隊《コロス》の歌詞やリズム構造も、演劇という大枠の状況の推移や、各場面の感情の起伏との間にあって、相互に影響しあうものとなる。簡単に言えば、不安なときは不安な歌とリズムを、楽しいときは明るい言葉とリズムを用いる。しかし、アイスキュロスの悲劇において、合唱歌《コロス》はすでに、そのような単純なものではなくなっている。ちなみに一つの合唱歌《コロス》の、構成にも、歌詞にも、リズムにも、細かい演劇的配慮がうかがわれる。リズムについてみると、ステーシコロスやバッキュリデースのリズム構造は、一定の同じ形の連が幾度も反復使用されるという、固定的な音曲枠の中に閉じこめられている。ところがアイスキュロスなどの悲劇詩の合唱歌《コロス》では、同一形のリズム構造の反復は、原則的に一回限りである。長い合唱歌《コロス》の場合には幾連もの構成をもつが、そこでは二連ずつ、次々と別形のリズム構造に転移しながら調子を変化させていき、一つの合唱歌《コロス》の楽曲としての編成が、構造的に始めあり中あり終わりある、動的な形にまとめられている。言語と個々のリズム構造は、ステーシコロス、バッキュリデースと基本的に類似するものでありながら、異なるリズム構造の組み合わせによる動的変形の原理を、はっきりと意識して使っている作者の意図が見られるのである。

役者登場

異なる組み合わせと動的変形の原理、つまり演劇詩としての構成原理を、さらに一層明らかに打ち出すものが、第三の要素すなわち、役者の登場である。『ペルシアの人々』は、最古の現存作品であるが、ここには、長老たちの合唱隊《コロス》という役柄のほかに、ペルシア太后アトッサ、ペルシア人使者、先王ダーレイオスの亡霊、現王クセルクセースという四人の登場人物が、各々の役割を表す仮面・装束に扮装して現れる。かれらは、合唱歌《コロス》が叙述したり吟唱したりする際のパントマイムではない。かれらは独立人物として、各々、幾十行もの科白を幾度も語り、こみいった会話をかわす。ダーレイオスの亡霊といっても、『実盛』の亡霊のように幽幻の境に舞う影ではなく、英明な王として登場し、ペルシア帝国盛衰の実相を明晰《めいせき》な言葉で解き明かす。女神アテーネーの誕生さながらに、完全装備の演劇役者が突如としてギリシア詩文のなかから出現してくるのである。

視覚的要素の出現

ここに言語的、音曲的要素に加えて、演劇における視覚的要素が重要性を占めることとなる。狭義の文芸には含まれない、仮面、装束、小道具などから始まって、やがては背景の書き割り、ついには大がかりな劇場構造の工夫までが、演劇詩の誕生とともににわかに文学作品の側面を支えるものとなり、言葉の芸術と視覚的造形芸術とは、補完的関係を深めていく。

演劇仮面の機能

ここでギリシア悲劇の象徴ともなっている仮面について、少々説明しよう。

タイプと組み合わせ

ギリシアの演劇仮面が宗教祭祀に起源をもつことは知られているが、その詳細は不明である。考古学資料によれば、古くはアルクマーンの時代（前七世紀）に、顎《あご》の部分が動く（日本の翁面のような）構造の仮面が存在していた。しかしアイスキュロスのころまでに、演劇仮面がどのような発展変形の過程をたどったものか、つまびらかではない。だが『ペルシアの人々』のころには、王、使者、女王、亡霊、召し使いなど、幾種類かの仮面のタイプが成立していた。その中の五つの男女のタイプが『ペルシアの人々』では使われている。当時、役者は男子、科白をこなす役者の数は一曲に二名と限られていたのに、大勢の登場人物を幾通りかに組み合わせ、幾場面もの構成をとることができたのは、一人の役者が場面ごとに仮面をかけかえて、登場することができたからである。『ペルシアの人々』では、皇太后アトッサは終始同一の役者、使者、ダーレイオスの亡霊、クセルクセース王は第二の役者がかけもちで演じている。コリュパイオス（合唱隊の長）は長老会議代表の役を担っている。仮面は、演劇詩の基本構造（役者の登場と退場）の要《かなめ》を占めており、演劇の規模の拡大と筋の複雑化をはかるために不可欠の役割を果たしているのである。

仮面と科白

仮面を含めての視覚的道具立ては、役者の科白構造にも、影響を及ぼすものとなっている。例えば、皇太后アトッサの前半登場の装束と後半登場の装束とは、異なるものであったことは、かの女の科白（六〇七行以下参照）に反映されている。敗戦の王は、矢種の失せた箙《えびら》を、その身に残った唯一の武器として指し示しながら（一〇二〇行以下参照）、全軍潰滅の悲惨を嘆く。ここで、どの程度に写実的な装束や仮面、小道具が用いられていたか、ということはさしたる問題ではない。各々の役者が、身に帯びた視覚的装いに言及することによって、演劇上重要な、あるいは本質的な事柄を、言葉の画像ないしは絵が語る言葉として伝える瞬間が大切なのである。この問題は後ほど、ソポクレース悲劇『エーレクトラー』において、再び私たちの関心を誘うことになるだろう（二六九ページ参照）。

演劇科白の言語とリズム

第四の要素は、役者が語る科白のリズムと言語である。この点において、演劇詩は、合唱抒情詩の伝統とは、全く異質のものを打ちだしている。『ペルシアの人々』の役者たちは、イアムボス詩形とトロカイオス詩形というリズム構造の言葉を話すが、これらは、合《コ》唱《ロス》歌の合唱リズムとは全く異なり、連単位ではなく、一行単位で定格のリズム構造がくり返される詩形である。その意味ではホメーロス叙事詩のヘクサメトロスに似ているが、ヘクサメトロスは基本的に一行十七シラブルという長いもので、リズムは重厚である。これに比べて、トロカイオス詩は、十五シラブル、イアムボス詩は十二シラブルで、一行が短く、両方とも軽快な、刻みの早いリズムをひびかせる。これは歌のリズムとも、物語風叙事詩のリズムとも、異なる。これは話し言葉、日常会話のリズムにもっとも近いひびきをもつ、と後世の哲学者アリストテレースは言っている。『ペルシアの人々』では、合唱隊《コロス》の長（コリュパイオス）と太后アトッサとのやりとりや、ダーレイオス王の亡霊と太后アトッサとの間の会話にはトロカイオス形が使われている。しかし、アトッサが長い夢告げの話をしたり、ダーレイオス王がペルシア帝国の興隆を語り衰亡の来たるべきを告げる段に入ると、リズムはイアムボス詩形に移る。またサラミース海戦の悲報を告げる使者の場面は（二九〇行以下五三一行まで）、合唱隊《コロス》の長、アトッサ、使者、すべての登場人物の科白は、その間にはさまる会話部分を含めてみなイアムボス詩形で語られている。このように、登場人物の科白は、やや早い調子のトロカイオスのリズムと、ややゆるやかなイアムボスのリズムとの間を往復する。大別すると、言葉のやりとりが幾重にも交錯する質問応答などの会話的局面ではトロカイオス詩形が、告知、報告、予言など、一人の役者の一方的かつ重大な発言が主となる場面ではイアムボス詩形が、各々使い分けられている。

このように科白はリズムも独特のものを持つが、言葉の方言的なひびきも、アッティカ方言固有の特色をはっきりと打ち出している。それは、合唱抒情詩ならびに悲劇の合唱歌《コロス》では長音のＡ《アー》で表されるものを、長音のＥ《エー》で表すことを最大の特色とする。例えば、アターナーとは言わずアテーナーと言う。またその他細部の音韻的な特色や、文法的語尾の特色をともなって、役者の科白を彩っている。

B. C. 700	ホメーロス『イーリアス』『オデュッセイアー』
	ヘーシオドス『神々の誕生』『農の暦』
	アルクマーン，アルカイオス，サッポー
B. C. 600	ステーシコロス『英雄帰郷』『ゲーリュオーンの歌』
	イービュコス，アナクレオーン
B. C. 500	シーモーニデース，ピンダロス
	バッキュリデース『若者たち』『テーセウス』
	アイスキュロス『ペルシアの人々』(B. C. 472)
	〃　『オレステイアー』(B. C. 458)
	ソポクレース，エウリーピデース，アリストパネース
B. C. 400	ヘーロドトス『歴史』，ソークラテース
	プラトーン

二つの文化・二つの伝統

悲劇詩の言語的特色が表す文化史的意義は大きい。第一に役者の科白という、独特のリズムと言語をもつ文芸形式は、アッティカ方言を母胎として創造された、ということである。サッポーやアルカイオスの抒情詩は、その生まれ故郷の色彩の濃いアイオリス方言に染まっており、合唱抒情詩の言葉はその発祥の地であるドーリス系諸邦の言語、すなわち、ドーリス方言を基本的要素としている。ちょうどそのように、悲劇・喜劇の役者の科白は、演劇形式の発祥地、アッティカの方言的ひびきを持つことになったのである。第二には、アッティカの悲劇や喜劇の演劇詩には、合唱詩《コロス》の言葉と役者の言葉という、全く背景を異にする二つの方言系の言語が一つの文芸形式の中に併立共存しているわけだから、ここに、異なる二つの文芸的伝統の融合状態を見てとることもできる。

悲劇の誕生を促した力は、なお深くふくそうしているのでにわかに全容をつかむことはむずかしい。しかし文献的証拠が語るかぎりでは、一方において、ホメーロス叙事詩のもつ、直接話法の劇的な高まりを、合唱抒情詩の形で展開し凝縮して、一層磨かれたものにしようとしたステーシコロスからバッキュリデースへの文学的流れがあり、他方では、それと併行する展開として、叙事詩の直接話法の担い手を、叙事的語り手から役者に移し、役者の科白という新しい文芸様式の創造がおこなわれた。アッティカ方言によるイアムボス詩形は——演劇の科白としてではないけれども——、ソローンの時代にすでに確立しており、この言葉とリズムを媒体として、より劇的な迫真性をもつ、成熟した演劇形態に近づく道が、アッティカにおいて求められていたことは間違いない。

二つの流れの合流・融合

二つの流れの始源には、ホメーロス叙事詩の英雄たちがかわす直接話法の形と、そこに盛りこまれた劇的なるもの——意図と選択との交錯する火花——があったことは、私たちの見てきたとおりである。そして合唱抒情詩と演劇にいたるべき二つの流れは各々、異なる地域で、異なる社会や文化のもとに、異なる表現様式を生みだしてきたことも、古来、断片的に伝存する資料や、パピルス文書から新しく発見された資料が、私たちの前に明らかにしてきたところである。そして、その間の中途の発展段階のすべてをつまびらかにすることはむずかしいが、私たちが、伝存する最古のギリシア悲劇作品である『ペルシアの人々』にたどりついてみると、二つの流れはすでに、新しい融合をとげ、〝演劇詩〟という形で完全に一体化している姿に出会う。合唱抒情詩は登場人物の一役を表すものと化し、劇的出来事の場をつくり、その進展と同じリズムを刻む。演劇仮面という視覚的要素は、合唱抒情詩と役者の科白を一つの世界にとりこみ、演劇詩の規模を大きくし、複雑な組み合わせを許すこととなっている。そして役者たちは、新しいリズムと方言色をもつ言葉を与えられて、英雄たち自身が直面する選択を、わが選択の結果として、観客の前に現出する。二つの流れの始源にあったものは、ここにおいて再び一つの力に合流して、より一層、力強い姿を文芸の形に刻み現すこととなったのである。

演劇活動を支える力

私たちは、『ペルシアの人々』の、規模、合唱歌《コロス》、視覚的要素、役者の科白、という四つの観点から、前五世紀の早いころに台頭した悲劇詩がもつ特色を検討し、それらの要素の背景や、相互に及ぼしあった力の働きをさぐってみた。そして右のような大まかな輪郭をつかむことができたのであるが、しかしなお、大きな謎として残っている問題がある。それは、このような雄大な融合、一体化を具現化した、飛躍的な創造力の性質についての問いである。さきに現れたホメーロスも、やがて現れる歴史家ヘーロドトス、哲学者のプラトーンやアリストテレースにしても、やはり同じような、創造的総合を遂げており、演劇詩の創造も要するに、アイスキュロスの天才的資質に多くを帰するべきであるのかもしれない。しかしながら、それらの大天才たちの歩みと、演劇詩の誕生とは、やはり根本的に異なるといわねばならない。プラトーンは現実社会から身を遠ざけて哲学に沈潜することができたかもしれない。しかし演劇は、社会的営みである。大勢の登場人物、合唱隊、伴奏者などの表方や、仮面・小道具、その他さまざまの世話をする裏方、また費用を賄うものが必要であることはいうまでもない。三人の代表的作者が各四曲ずつ総計十二篇の悲劇詩を、同一の演劇祭に上演する場合に、延べ幾百名の（あるいは幾千名の）人員が必要であったのか。また悲劇のみならず喜劇もあり、それとは別の合唱抒情詩の競演もあったことを考え合わせれば、上演に必要であったろうと思われる人数は、天井しらずに膨れあがる。しかも、上演費用は市民の負担で賄われたし、すべての演目の合唱隊《コロス》は、一般市民によって編成されたから、成年男子の人口数万というアッティカの都市国家アテーナイの演劇祭の行事は、全人口のかなりの割合のものの直接参加がなくては、成り立たなかったと思われる。そのうえ、演劇祭は、毎春二度は挙行されていたのである。今日、私たちの想像を絶するばかりのアッティカの都アテーナイの演劇祭の規模は、アテーナイ市民の、熱狂的といってもよいほどの支持があって、初めて維持されたものであろう。表方から見ても、裏方から見ても、賄い方から見ても、また、観客の側から見ても、かれらの演劇は、全市民あげての社会的な営為であった、と言わざるをえない。

悲劇・喜劇の製作・上演は社会的現象

『ペルシアの人々』のような、またそれ以後続々と上演される悲劇・喜劇の名作は、いずれもそのような、全市民あげての社会的営為を前提条件としている、という点で、ホメーロスたち叙事詩人たちとも異なり、歴史家や、哲学者の著述ともかけはなれている。また合唱抒情詩の場合とも、規模において大きい差がある。これはまた、そのような社会的営為を可能ならしめた、一つの社会の政治的仕組みとも深くかかわりあっていたから、その点でも、演劇詩は、古代ギリシアの他の諸々の文学的な営みとは大きく異なっていたといわねばならない。

国家の行事としての演劇祭

アッティカの政治的仕組みと、演劇祭施行の取り決めは、事実、直結していた。演劇祭は都市国家アテーナイの国制上に位置づけられた行事であったし、またそれゆえに、劇作品の保存も行き届いた配慮のもとにおかれたのであるか、その詳細についてはここでは触れない。しかし、およそ考えられることとしては、アルカイオスの内乱の詩からうかがわれるような国情では、演劇祭は無理であろう。また同じアッティカの国でも、ソローンのイアムボス詩が語るような、貴族と一般市民が対立し、内紛のために疲弊しきっていた時代には、とうてい考えられなかったに違いない。また、戦争はなくとも、ヘーシオドスの鉄の時代のように、わずかな農地に労働の上に労働を注ぎこんでもなお、飢餓線上に浮沈する、余裕のない生活では、全市民あげての演劇祭の企画が、活気を帯びることになったとは思われない。

アテーナイ民主政治の申し子

前五世紀初めのアッティカにおける社会と政治的仕組みは、それらの構造的障害をかなり抜本的に取り除くことに成功していたのであろう。富める者も貧しき者も、各々にほどほどの暮らしが維持できるようになり、国全体の政治に、市民各層の利益がほどほどに反映され、その決定が実施される仕組みが社会のなかに定着しつつあった、と考えてもよいであろう。かれらの中でこれをよしとするものは、このような政治体制を〝公平の国制〟(イーソノミア)、〝公平の政治〟(イーソクラティア)、と呼んでいたが、これに対して批判的な者たちは、これを〝民衆政治〟（デーモクラティア）と呼ぶこともあった。両者の見解の隔りは、解消されることなく続く。しかしその間の調整のための手続きが、政治的なせめぎあいを経過しながらも、整えられつつあったことは間違いない。古代の英雄たちの対立、葛藤、没落をテーマとする演劇詩の大規模な上演に、全市民あげての営為が傾けられたという現象の背景には、そのようなアッティカ社会の政治構造の大改変が着実に進行しつつあったことが、はっきりとうかがわれるのである。

そのような社会のダイナミズム（活力）を踏まえて、アイスキュロスはどのように発言しているのか。再び『ペルシアの人々』に戻ってみよう。

2　『ペルシアの人々』の基本構造

唯一の歴史事件をテーマとしたギリシア悲劇

アイスキュロスの『ペルシアの人々』が、私たちにとって重要であると思われるのには、幾つかの理由がある。一つは、すでに触れたとおり最古の作であり、先行あるいは併存の他の諸文学作品との接点をなしていること、二つは、ここに悲劇詩としての形態上の特色がほぼすべて、すでに基本的に出来上がった形でうかがわれることで、この点についても、すでに述べたところである。そして、第三としては、この作品は、現存する三十二篇のギリシア悲劇作品のなかで、ただ一つ、神話伝説を素材とはせず、実際に生じた、しかもほんの七年ばかり以前に生じた歴史事件を主題として取り上げている点である。ここでは、この第三の点を中心に論を進めることにしたい。歴史事件を、悲劇作者はどのような視点からとらえ、どのような表現手段と筋の構成によって一つの演劇作品としているか、それを構造の問題として問うてみたい。

題材となったペルシア戦争の概要

古代のオリエント世界をくまなく版図に収めた大ペルシア帝国と、ギリシアの山間や津々浦々に分散割拠する数百の都市国家群の、離合集散を常とする同盟軍との、二度にわたる対決については、ヘーロドトスの史書に詳しい。第一回は、前四百九十年アッティカの東岸マラトーンの戦いである。ここではペルシア側は準備不足のまま船団を組みギリシアに侵攻したが、水際で撃退された。しかし第二回の前四百八十年には、ペルシア側の軍備は、前回の比ではなかった。ヘレースポントス海峡に陸橋をわたし、ペルシアの陸上部隊は洪水のように北部ギリシアになだれこむ。巨人と子供の争いにも似たこの対決を前にして、当時だれの目にも、その帰結はこっけいと思われるほど自明に映っていた。

ペルシア王クセルクセース王自ら統帥するペルシアの陸海の大軍勢の接近を知ると、北部ギリシアの都市国家群は先を争って、和を請いその命令に従った。デルポイの神アポローン自らの神託も、ペルシア側の有利を宣してはばからなかった。大波のようにギリシア半島を南下するペルシアの数十万の大軍勢を前に、スパルタ王レオーニダースは四百の手勢で死闘を挑み、全員玉砕を遂げたが、ペルシア側大軍勢の侵攻はこともなげに続き、ボイオーティア全土はその勢力下に伏した。その南のアッティカでも、抗戦はかなくアテーナイのアクロポリスはたちまち攻略され、町は全域焦土と化した。アテーナイの市民たちは、女子供、老人たちを近隣の安全地帯に疎開させたのち、戦闘力のあるものは全員軍船に分乗して、他の諸都市からの軍船とともにアッティカの沿岸近くのサラミース島の島影にかくれて待機する。その数は総数約三百艘《そう》、しかし島をとり巻くペルシア側の軍船は、ギリシア側の約四倍、完全に袋のねずみを押さえた猫という有様であった。

サラミースの海戦

しかしギリシア側はアテーナイの将軍テミストクレースの知略によって、この絶体絶命の窮地を有利に転じることに成功する。かれは、自分たちが夜の暗闇にまぎれて逃亡する、という偽の情報をペルシア側に送る。ペルシア王は水軍に命じて船をつなぎ合わせて、ギリシア軍の逃亡をさえぎる障壁とする。また他の船隊を一晩中就航させて水路を看視する。テミストクレースはまた、例のごとく意見百出で軍議のまとまらないギリシア軍作戦会議で、夜間逃亡策はすでにペルシア側に通報済みであると告げて、他の指揮官たちの弱腰を挫く。そして残された唯一の道としては、早暁の総攻撃あるのみと説き、これを全員に認めさせる。テミストクレースの作戦はみごと大成功を収める。ペルシア水軍は全滅の悲運をなめ、ギリシア側は戦局の挽回を図るきっかけを奇蹟的につかんだ。

翌春、奮起したギリシア側陸上勢は、ボイオーティアになおも残留していたペルシア側の大軍に対してプラタイアの野で決戦を挑み、これを大破する。ここに至って陸海でペルシア側の戦闘力は失われ、戦の帰趨は正に奇蹟的に、ギリシア側に圧倒的勝利をもたらす。このあと戦場はギリシア本土から、小アジアの被占領地域に移り、アテーナイはやがて、ギリシア諸都市解放戦争の旗頭となって、イオーニアへ、キュプロスへ、さらに後にはエジプトへと、ペルシア軍追討作戦をくり広げていくこととなる。

サラミース海戦から七年余りのち

アイスキュロスの『ペルシアの人々』が上演された前四百七十二年早春は、サラミース島海戦の劇的な戦局挽回から、わずか七年半ほど後のことである。現実には戦闘状況はなお続いており、ペルシア勢追討の作戦は、イオーニアの被占領地域全域に広がっていた。悲劇詩人の目には、この思いがけない歴史の展開はどのように映っていたのか。

ペルシア戦争とくにサラミースの海戦は、観客のほとんど全員が、直接に、何らかのかたちでかかわりを持ち、各々の体験談をよるとさわると語りあった大事件である。そのような意味では、海戦の一部始終はアテーナイ市民の間では、戦のさなかから、にわかに〝神話化〟しつつあった中心的エピソードであったろう。絶体絶命の窮地にあったとき、一人の知将の策略によって突如として救いの光明が差し、歴史の歩みが逆になったのは、天命のしからしめるところという解釈が生まれていたとしても不思議はないだろう。

プリューニコスの『ポイニーキアーの女たち』

私たちはアイスキュロスを中心に話を進めてきたが、実は、ペルシア戦争を悲劇のテーマとして扱った作者が、アイスキュロス以前に少なくとも一人はいた、ということがわかっている。前四百年ごろの文芸研究家グラウコスの『アイスキュロス作品論』からの引用によると、アイスキュロスは、悲劇作者プリューニコスの『ポイニーキアーの女たち』を改作して『ペルシアの人々』を作し、その第一行から自分の作品の第一行のヒントを得ている、と指摘している。ただし、プリューニコスの作品では、その一行は――事実引用されている言葉は、イアムボス詩形で語られており、役者の科白であることがわかるが——宦官《かんがん》に扮した役者の科白で、その役者が宮廷の重臣たちのための座席をしつらえるという最初の場面で、クセルクセースの敗北を告げる、という趣好となっていた、と記されている。作者グラウコスの言葉はそれだけであり、プリューニコスの悲劇『ポイニーキアーの女たち』についても、それ以上のことは何も伝わっていない。しかしこの記述は、ペルシア戦争のエピソードが前四百七十二年以前から悲劇詩人の取り上げるところとなっていたことを示すとともに、アイスキュロスの工夫と創意についても、幾つかの重要な手がかりを与えている。

悲劇の場はペルシアの王宮

第一は、悲劇作者の視点が、この歴史的事件を、勝者の側にではなく、敗者の側に設定されていたことであり、これは、プリューニコスにもアイスキュロスにも共通している。悲劇詩は、愁嘆悲哀の歌で一つの抒情的クライマックスを形づくるべきもの、という何らかの伝統的了解がしからしめたものか、とも思われる。

合唱隊の配役

第二は、合唱隊《コロス》を構成するものたちの配役の問題である。プリューニコスの合唱隊《コロス》をなしていたポイニーキアーの女たちの身分は明らかではないが、宦官が登場するところから察すれば、ペルシア王の後宮の女たちであったのかもしれない。しかしまた、ペルシア側の水軍の主力はポイニーキアー海軍であったから、かの女らはサラミース海戦で海のもくずと消えた夫たち兄たちの死を悼む、故郷の女たちであったのかもしれない。しかし、いずれにしても、アイスキュロスの『ペルシアの人々』において、〝われらはペルシア王の信頼厚き長老である〟といって登場するペルシアの老貴族たちとは、立場や識見を異にするものであったことは確かであろう。また、悲劇において同じような愁嘆の悲歌を歌うとしても、嘆きの対象が大きく違ったものであったことも確かであろう。『ペルシアの人々』の長老たちのように、大帝国の中枢をあずかるものとして、ペルシアの来しかたを誇り、現状を憂い、また大帝国の崩壊を嘆く、ということは女たちの合唱隊《コロス》の哀唱にはなじまなかったろう。したがってまた、両作者が同じように敗者の側に視点をもうけたとしても、各々の悲劇作品がその展望に収めえた世界の広がりは、プリューニコスとアイスキュロスとの間では、当時の男性と女性の社会的差異を考えれば、政治や思想の面で大きい隔りがあったことも、充分に考えられる。その一つとして、先王ダーレイオスの亡霊に向かっての祈願と、亡霊の出現は、ペルシアの長老貴族がつくりなす演劇の場であったればこそ、案出できたものであろうが、プリューニコスのポイニーキアーの女たちの合唱歌《コロス》が、はたしてこれをよくなしえたであろうか。合唱隊《コロス》の配役選定は、悲劇の構造を左右するものでありうることを、ここにいみじくも、垣間見ることができる。

使者の報告

第三の点は、プリューニコスも、アイスキュロスも、サラミースにおけるペルシア王クセルクセースの敗北を、「報告」という形で、演劇の場に導入していることである。これは、両詩人とも、演劇の場を敗者の宮廷にもうけていることと、表裏一体をなす舞台処理である。見方を変えれば、出来事の結末を、使者あるいはそれに準じる役割のものを使って、叙事的な報告の形で演劇の場に導入する、という配慮のほうが優先し、その付随的条件として、現場から遠隔のペルシア宮廷やポイニーキアーのいずこかの地を、演劇の場に設けたのかもしれない。しかしいずれの配慮が先んじたものであっても、悲劇の視点を敗者の側におくという基本的な選択は同じであろう。プリューニコスにおいては、敗北の報は宦官が、劇の始まりで伝える形をとっている。それが、役者の前口上となっていた。それを枕として、劇がどのような嘆きと哀愁の展開を遂げることになったのか、推察できる材料は全くない。ペルシアの皇太后アトッサが女たちの相手役として登場したのかどうか、敗軍の将クセルクセースが姿を現したか否か、それも不明である。また、プリューニコスの『ポイニーキアーの女たち』が、アイスキュロスの『ペルシアの人々』に匹敵する、多場面構成の大規模のものであったのか、あるいは、バッキュリデースの『テーセウス』のような、小規模の作品であったのか、それもわからない。

報告場面の設定

しかしながら、冒頭の部分で、いわば劇としては序の段で、宦官が敗北の報告をするということは、報告内容そのものが、演劇の中心部を占めることになっていなかったことを示唆している。また、事件が報じられた後に、アイスキュロスの『ペルシアの人々』のように、政治的な不安と危惧に満ちた合唱隊《コロス》の歌が、演劇の場を創りだすことになったとは思えない。また『ペルシアの人々』のように、皇太后アトッサが不吉な夢見を物語り、不安と恐怖に満たされたペルシア王宮の雰囲気を盛り上げる場面が、続いたとも考えにくい。さらにその後に続く、アトッサと合唱隊《コロス》の長（コリュパイオス）との間の会話も、アイスキュロスの独自の創作であったろう。アイスキュロスの場合には、ギリシアの兵力、財力、政治制度について尋ねるアトッサに対して、合唱隊《コロス》の長が、兵力は槍と盾もつ重装兵だけ、財といえば銀山ひとつ、政治の制度は、一人の王に臣従する形のものではない、と答えると、アトッサはいぶかしげに、どうしてそのような者たちが、敵勢の侵攻に対して踏みとどまって戦うことができようか、という場面があるが、プリューニコスの悲劇の中に同じような場面を位置づけることはむずかしい。

基本的合致点はただ一つ――敗者の体験として

プリューニコスの悲劇作品が、パピルス文書の中から再発見されることでもあれば別であるが、グラウコスの『アイスキュロス作品論』の一文から推察できる限りでは、要するにアイスキュロスの作品のなかの、敗戦の報を伝える場面以前に設けられている、序の段の諸場面は、いずれもプリューニコスにはなかった、新しい工夫であったと考えるべきであろう。また、プリューニコスの合唱隊《コロス》がポイニーキアーの女たちという役割編成であったとすれば、ダーレイオスの亡霊場面の設定も、プリューニコスにおいてすでに存在したとは考えられず、したがってこれもアイスキュロスの独自の工夫ということになろう。グラウコスは、『ペルシアの人々』が、プリューニコスの作品の改作であると言明しているけれども、以上の推論が妥当であるとすれば、プリューニコスとアイスキュロスの両作品を重ね合わせてみても、合致する点は、基本的には一つのみであって、それは、悲劇の視点を敗者の側におくということに尽きているように見える。そしてその随伴的な結果として、使者あるいはそれに準じる役割のものが、事件のありていを告知する、という場面が、両作品それぞれの形で生じたのである。

アイスキュロスの使者場面

プリューニコスの作品における、前口上としての宦官の報告と、アイスキュロスの『ペルシアの人々』の中心的一場を現出する使者の報告とは、同じ〝報告〟であっても各々の作品内の位置が異なる、という以上の重要な違いを含んでいる。宮廷の会議の準備をしている宦官が、サラミース海戦の実況目撃者であったという可能性はほとんどないだろう。それとは対照的に、『ペルシアの人々』の使者は、現場にいた者のみが知る実況を、息づまるばかりの臨場感をこめて逐一報告する。その最初の段では、サラミース海峡と周辺の海岸地帯に結集したペルシア勢の威容を、叙事詩における勢揃いの段のように列挙する。それほどの軍勢に対してギリシア側は、と尋ねるアトッサに、使者はギリシアの船勢三百艘《そう》、対するペルシア側には千二百七艘と答え、このような優劣の比重をくつがえしたのは人業ではなく、神々の計らいに違いないと言う。

次いで、海戦の次第を尋ねるアトッサに、使者の報告は出来事の中心を写しだす。テミストクレースの策謀にかかって、ペルシア水軍が自滅の道を自ら進んでいったさまを詳しく物語る。船と船を三列の密集隊形に並べたこと、残りは一晩中漕航を続けて看視にあたったこと、暁を迎え、突如としてギリシア側からの総攻撃のラッパと出陣歌のこだま、そのときに初めてギリシア人の謀略にかかったことを悟ったが、時すでに遅く、密集隊形のペルシア水軍は動きがとれず、周囲からのギリシア側の軍船の激しい攻撃にさらされ、同士討ちするやら、混乱を重ねて、一方的な被害をうけて全滅していった有様を、音響、色彩、雄叫びや絶望の声をまじえながら目のあたりにするように報告していく。勝者であるアテーナイの観客が千万遍聞いても聞きあきるということのない、一つの出来事の詳報が、暗から明へと転じる勝利への動きとしてではなく、明から暗黒への逆転として、それを体験した敗者の立場から、悲嘆の色を刻一刻と濃くにじませながら告げられる。

報告の終わりの段では海で敗れ、陸上でも砕かれて、一路退去していく敗残の姿がいつまでも語りつらねられていく。報告は序・破・急のリズムを踏まえた一篇の叙事詩の観を与える。喜悦は事柄の輪郭をぼかし、悲嘆や苦痛はその逆に、事の真相を明らかにする力をもつ。『ペルシアの人々』では、その二つの力が観客の内部で交錯する。それは、〝使者〟という体験者の臨場感に待つべきものが多く、宮廷の宦官という役柄の科白では、むずかしい注文であったかもしれない。要するに、悲劇的事件のいきさつを告知者の科白にようらしめるとしても、告知者が劇中で占める役柄によって、報告内容と観客に与えるインパクトとにおいて決定的な違いが生じうることを、アイスキュロスは自分の作劇法によって証明している、と言ってよいだろう。

最も重要な違い

アイスキュロスとプリューニコスを重ね合わせてみるとき、『ペルシアの人々』の基本構造にかかわる最も重要な決定は、合唱隊《コロス》の配役選定にあったことがわかる。ペルシアの長老貴族の集団を合唱隊《コロス》に配したことによって、『ペルシアの人々』の後半部を占める、先王ダーレイオスの亡霊出現の場面を設けることが可能となる。続いて敗戦の王クセルクセースが登場し、合唱隊《コロス》との歌による受け答えとして最後の愁嘆場面を導入することも可能となる。もっとも、アイスキュロスとしては、後半二つの場面のほうが先に念頭にあって、そのために適当な合唱隊《コロス》の配役を考えついたのかもしれないが、いまはそのいずれが先であったかを、詳しく詮索する必要はないだろう。『ペルシアの人々』の場面展開に、目を戻すことにしたい。

凹と凸とに映る勝敗の原因

サラミース敗戦の使者の報に接して、皇太后アトッサと、長老貴族たちは、想像を絶する規模で自分たちの不安と危惧が現実となったことを知る。今や、ペルシア帝国の統治が崩壊するかのような、極端な動揺を、合唱隊《コロス》は表明する。しかしなぜ、突如としてそのような逆転にみまわれ、悲惨な結果を味わうことになったのか、その理由を理解することができない。また、どのようにして今後の処置を講じればよいのかも、わからない。悲劇作家アイスキュロスは、想像力を活かして、ペルシア王宮の甚だしい混乱の有様を、悲嘆の合唱歌《コロス》という表現手段を用いて表している。しかしこれにはかなりの誇張がある、と考えてよいだろう。大ペルシア帝国にとっては、ギリシア征討はごく小規模の、辺境部族の反乱鎮圧問題にすぎなかったからである。しかしこのような誇張は、悲劇詩にありがちな、哀愁・悲嘆の大げさな表現のくり返し、という以上の意図をもっていたと思われる。

誇張されねばならなかった真の理由

すなわち、このペルシア側の状況は、勝者であるアテーナイ人の心理を凸とすれば、それに見合うペルシア王宮の動揺を凹の形で表明したものであり、ペルシア側が理解に苦しんでいるとされている、事態の真の原因については、ギリシア側といえども、望外の神々の恩寵《おんちょう》とか幸運とかに帰するほかは、説明も理解もできなかった。したがって、演劇のなかであってもペルシア人の敗戦理由の説明は、ギリシア人観客にとっても一方ならぬ興味を刺激したはずである。実際のペルシア側の動揺がどの程度のものであったにせよ、ここアテーナイの劇場においては、観客の味わった歓喜の大きさに見合うペルシア側の悲嘆が必要であったし、その規模のものとして受けとられた出来事の、真の原因の説明が与えられて、初めて観客の納得が得られるはずだという、アイスキュロスならではの考えがうかがわれるのである。簡単に言ってしまえば、アイスキュロスは、ギリシア人とりわけアテーナイ人が求める説明を与える必要があり、それにふさわしい演劇の状況を、ペルシアの王宮に設ける必要があったのである。

ダーレイオスの亡霊場面の背後には

ペルシアの長老貴族たちは、その説明を下すにふさわしい人物として、先王ダーレイオスに呼びかけ、その亡霊を地下の世界から、祈禱と歌とによって呼び戻す。すでに皇太后アトッサも衣装を改めて、地下の霊たちへの供物を持って登場しており、合唱隊《コロス》の祈りの場に加わっている。やがてダーレイオスの亡霊は、生時の威容そのままの姿で登場する。演一篇の舞台劇の後半で、英雄美女の亡魂が仮面装束をつけて現れる、という仕組みは、演劇発生の根源に深く根ざしているものであろう。文化的背景を異にする日本の、複式能にはその形がみごとに結晶しているのは、私たちのよく知るところである。ギリシアでも、亡霊出現の場面は、ホメーロス叙事詩にも設けられている。バッキュリデースの詩のなかにも、英雄メレアグロスの亡霊と、生きているヘーラクレースがかわす陰々たる会話を主題としているものがある。

エレトリアの劇場のせり上げ

ギリシア悲劇でも、亡霊登場という仕組みは、おそらくかなり古い時期から考案されていたのではないだろうか。ギリシアのエレトリアの劇場遺跡を訪れると、前五世紀のものと推定されている、その円形踊場の中央には、はやくも、地下からの人物登場のための、せり上げ口が石造りで出来ていた有様を見ることができる。アイスキュロスが実際にどのような演出手段で、ダーレイオスの亡霊を登場させたのかはわからない。しかしこれが、圧倒的な名場面であったことは、アテーナイ人たちが幾世代も、語り草としている。約七十年後になっても、あれは痛快な場面であったぞ、と悲劇の神ディオニューソスが喜劇『蛙』のなかで述懐するほどの出来栄えであったらしい。

人間でありながら大自然を支配しようとする愚挙

ペルシアの長老貴族たちは、先王ダーレイオスに対する畏怖のあまり、口をきくこともできない。ダーレイオスは、皇太后アトッサの口から徐々に、出来事のあらましを聞きだす。ペルシアの海陸両軍が破滅したことを知りダーレイオスは、海のかなたでどうして陸軍が、といぶかしく尋ね返す。ヘレースポントスを梯子《はしご》や櫓《ろ》でつなぎ渡して道を作った、という答え。ダーレイオスはその暴挙に絶句して、偉大なる神がそのような愚かしい考えをいだくようにしむけたに違いない、と慨嘆する。アトッサからなお詳しく事情の説明をうけたのち、ダーレイオスは、大帝国の衰亡崩壊はいずれ訪れるべきものと考えていたが、思いがけずもゼウスはクセルクセースに向かってその運命の成就を打ち下ろした。自分はまだずっと先の世のことと思っていたが、人間が自分から本気になって求めれば、神もそれに力をかすことになる。クセルクセースはそれを知らず、若気の至りとはいえ、人間でありながら大自然を支配しようとした。ヘレースポントスの聖なる流れを、奴隷のように鎖でしばり、愚かな人間の浅知恵で、すべての神々、なかんずく海神ポセイドーンを支配できると考えたとは、分別をむしばむ病いがクセルクセースをとらえた、というほかはない、と慨嘆する。アトッサは、先王の富と繁栄の蓄積をいやましに大ならしめようという焦慮の結果であったことを言う。

ダーレイオスの目に映じる真実の相

ダーレイオスとアトッサとの質疑の問答は、大失策を演じた息子の後始末に苦慮する、父親と母親との談合場面である、という側面もないわけではない。アトッサの言葉は、一度ならず、クセルクセースの安全や、掬すべきその動機や心情に及んでいる。しかし他方、ダーレイオス王の亡霊は、それとはきわめて対照的な視野と展望を打ち出している。ダーレイオスは百戦練磨の大王である。かれは、サラミースの海戦の詳しい報告を求めたりはしない。ギリシア側の対応とか知略の術などは、全く眼中にない、いやギリシア人の存在すら問題としている様子はなく、ただ一つ、作戦上の事柄でかれの注意をひくのは、ヘレースポントスの渡海作戦だけであるが、しかしそれもダーレイオスにとっては、全く別の範疇《はんちゅう》の問題として重要であったことが、たちまち判明する。

歴史・人間・大自然の摂理

惨害の規模が告げられるに及んで、ダーレイオスはこれがペルシア王朝の盛衰を分ける重大事であることを知ると同時に、その幾世代にも及ぶ歴史のなかで、一人の人間が果した役割を告げる。盛者必滅とはいえ、一人の人間が、ただの人間であることを忘れて、大自然や神々をも支配できると考えたとき、滅亡の到来がにわかに歩みを早めるものであることを言う。ダーレイオスが映しだす歴史と人間との因果の総絵図のまえには、ギリシアとかペルシアとかの対立はとるにたりないさざ波にすぎず、サラミースもテミストクレースも、探しても見つからないほどに微細である。人間どうしが何を口実に争うにしても、その行為が人間という限られた自己の存在を忘れて、大自然や神々の法を犯すときに、破滅は必至であるというのであれば、勝利に欣喜したギリシア人たちは、その必然をもたらした巨大な力の、その時かぎりの道具にすぎなかったということにもなろう。またギリシア人であれ、何国人であれ、自分が人間という小さい生物であることを忘れ、大自然に挑み神々の上に立とうとするものが現れたときには、クセルクセースと同じ運命に見まわれることになる。ダーレイオスは、ギリシアに侵攻して神々の神像を破壊し、神殿を焼き払った者たちは、暴虐不遜《ふそん》の行い（ヒュブリス）と神明軽視（アテオス）の考え方に対する贖《あがない》として、全員全滅の非運に身を投じるほかはない、と予告する（八〇〇行以下参照）。〝ヒュブリスは、穂を出し花をつけたアーテー（判断の自己破壊的な誤り）を実らせ、だれもが嘆く稔りを刈りとる〟と（八二一〜二二行参照）。

ダーレイオスの言葉はギリシア世界をも包みこむ

ダーレイオスの言葉は、基本的にはギリシア人が古来抱いていた考え方を映している。しかしそれが映しだされたスクリーンは、ギリシアではそれまでだれも想像できなかったであろうほどに巨大な歴史的広がりをもち、エーゲ海の東と西とを一つに結ぶ。ギリシア人であれば、ダーレイオスの言葉を解しえないものはない。だがこれほどに畏怖すべき天地の摂理として、眼前にしたものは『ペルシアの人々』の観客が最初であったのではないだろうか。観客たちのなかには、使者の報告に接したときの興奮からいつしか心はさめ、より深い覚醒へと誘われていったものもいたであろう。大自然と人間という、広大なドラマの世界に誘われ、そこからサラミースという地上の争いの場をあらためて眺観する境地に立ったものもいたかもしれない。そこへ、敗戦の将クセルクセースが従者も従えることなく登場する。洪水のようにヘレースポントスを渡海した大軍勢は一人も破局を脱することができず全滅し、クセルクセースが、生き残ったただひとりの人間として登場する。

ひとりの人間——クセルクセースの悲嘆

最後の愁嘆場面は、実に百七十詩行にもわたる大場面である。アイスキュロスが、どのような音曲や舞踊の振り付けによって、これの演出を試みたのか、想像することすらむずかしいが、今日この延々と続く嘆きの場面をゆっくりと——もう結末はわかっているのであるから——読んでいくと、ひとりの人間が、痛恨のあまり身悶えして悲嘆にあえぐ姿が、次第に明瞭に私たちの心に像を結ぶ。と同時に、それが、嘆きという形でしか表しえないような一つの真実、すなわちさきのダーレイオスの示した人間世界の条件が、あらためて鮮明に浮かび上がってくる。人間の野心は、ヘレースポントスどころか、星空のかなたまで、また究極の物質にまで飛翔《ひしよう》し、限度をしらない。だが大自然と神々は、人間が守るべき法を定めている。そのような法などあるものか、と思うのも人間である。だが、法はある。これに挑んで敗れ、生き残ったものだけが、これを嘆きとして表出できる。サラミースの海戦は、このような〝悲劇的思考のリズム〟に、完全に吸収されていくかのごとくに見えたとき、『ペルシアの人々』は終わりとなる。

悲劇と歴史記述の最初の接点

『ペルシアの人々』は、題材が歴史事件であるからかえって悲劇的思考や処理方法が、はっきりと浮かび上がって見える。しかしまた、この作品が鮮明に打ち出した悲劇詩の基本構造が、アイスキュロス自身の、それ以後の作品や、後輩の劇作者たちの選択に及ぼした影響も、計り知れず多大であることも付記しておきたい。他方また『ペルシアの人々』は、現存する資料の限りでは、ペルシア戦争の中核部分を、報告の形で活写している稀有な、同時代人の公式——つまり目撃者全員に公示され、賛同を得たという意味での——資料であったことも忘れてはならない。そしてダーレイオスの亡霊が下した、歴史的、人間的因果の説明も、一つの公式見解として継承されていったのである。『ペルシアの人々』上演後、約半世紀経てヘーロドトスの『歴史』が公にされる運びとなるが、『ペルシァの人々』が、その基本的構想に及ぼした幾多の影響のあとを指摘する専門研究家は少なくない。

歴史を一編の悲劇とする見方は、現代の歴史研究家の賛同を得られないものであろう。しかし古代の歴史記述家たちの間では、その見方は深い考慮の対象となり続けたように思われる。前五世紀の終わり、アテーナイの帝国主義的な政策はやがて、クセルクセースのもとに蹉跌《さてつ》をきたしたペルシアと同じ轍《てつ》を踏むこととなる。その軌跡を克明に記述した歴史家トゥーキュディデースの脳中深くには『ペルシアの人々』の残影が尾を引き続けていたのではないか、と考える研究者は、あとを絶たない。それ以後ローマ帝政期に至っても悲劇と歴史記述とのしがらみが、文芸上の問題となり、識者の良心を苦しめたことは、ルーキアノスというローマ帝政期の文筆家が、非難と揶揄《やゆ》をこめて記している。そのような、宿命的ともいえる歴史と悲劇との出会いのきっかけも、期せずして『ペルシアの人々』によってもうけられたのかもしれない。だがそれも、天地自然の摂理と人間性の掟という、永遠の課題を、歴史記述と悲劇詩との分かちあう共通領域においてしまったアイスキュロスの、偉大な着想が投じることとなった長い影かもしれない。

〔**参考文献**〕

本論で取り上げたアイスキュロスの『ペルシアの人々』の邦訳は、『ギリシア悲劇全集』人文書院刊の第一巻に掲載の拙訳を参照されたい。

またギリシア悲劇一般の解説書としては、中村善也『ギリシア悲劇入門』（岩波新書）がすぐれており、また、やや専門的であるが、同氏の論文集『ギリシア悲劇研究』（岩波書店、一九八七年）がある。

本邦においてギリシア悲劇作品を初めて演劇作品として研究対象に取り上げ、その立場から訳出し、自分たちの努力で、できるだけ原作上演の様式に近い形で演出するという、精力的な試みを十年以上継続的に行い、ギリシア悲劇作品を日本の演劇観衆に親しみ深いものにした、正しく前衛的功績は、東大ギリシア悲劇研究会に帰されてよい。一九五八年から六二年までの同研究会の研究・上演活動は、『ギリシア悲劇研究』（同研究会編輯出版）の各号に、記されている。日本における西洋古典および西洋古典学の受容にユニークな足跡をとどめるものである。

6 ギリシア演劇詩の完成
――その1

1 『オレステイアー』――アイスキュロス悲劇の完成

『ペルシアの人々』の上演の後、アイスキュロスは、『オイディポデイアー』（前四六七年）、『プロメーテイアー』（年代不詳）、『ダナイデイアー』（年代不詳）、『オレステイアー』（前四五八年）などの大作をアテーナイで上演した後、イタリア南端沖合に浮かぶシシリア島を訪ね、その地のゲラで客死したと伝えられる。その間、生涯にかれが創作した劇の数は、七十とも、七十三とも、九十とも伝えられるがつまびらかではない。現存するのは『ペルシアの人々』のほかに、『オイディポデイアー』（〝オイディプース悲劇三部作〟の意、一つの伝統的素材を三連作の形で扱ったもの）の第三曲『テーバイを攻める七将』、『プロメーテイアー』（プロメーテウス伝説を扱った三部作）からの『縛られたプロメーテウス』、『ダナイデイアー』（ダナオスの娘たちのエジプトからの亡命と、アルゴス王朝樹立の伝説を扱った三部作）の第一曲『救いを求める娘たち』と、『オレステイアー』（アガメムノーン王暗殺、一子オレステースの仇討、オレステースの裁判、の三つの伝説を主とした三部作）の三曲全篇、合わせて七つの悲劇作品である。これらアイスキュロス全作品のほぼ十分の一が、中世ビザンチン時代の写本として伝存している。『ペルシアの人々』、『テーバイを攻める七将』、『プロメーテウス』の三作は、多くの愛好者がいたためか、写本の数は多いが、その他の四作を含めて、七作全部を伝えているのは、十世紀ごろ――紫式部や清少納言のころにあたるが――ビザンチン帝国の主都コンスタンチノープルで書写された一巻の写本のみであり、現在イタリアのフィレンツェにある、メディチ家本がそれである。

三部作構成を打ちだす

さて、作品の伝存状態の概略から見ても、ある一つの事柄が目につく。すなわち、『ペルシアの人々』のみは、一作で演劇作品として完結しているが、他の六作は、三部作（三連作ともいわれる）として作られたものの一部であった。『オレステイアー』は、三作が一つの連関をもつものであって、一作品で完結しているわけではない。『オイディポデイアー』は、ラーイオスの王の殺害、オイディプース王の没落、その子供たちの王位継承争い（『テーバイを攻める七将』）という三世代にわたる悲運の物語が、三曲の連作として扱われている。また『ダナイデイアー』は、娘たちのエジプトからギリシアへの亡命、その一人ヒュペルメーストラーとエジプト王の一子リュンケウスの恋物語とかの女の裏切り、ヒュペルメーストラーの裁判と許されてアルゴスに王朝を築く結末、という組み立てによって、一人の娘の受難と救済を中心に三篇の悲劇作品が構成されていた。三部の作品がすべて伝存している『オレステイアー』の場合には、第一部『アガメムノーン』は十年間にわたるトロイア征軍の総大将アガメムノーンが、帰郷したその日に、その妻クリュタイメーストラーの策謀のわなに落ち、かの女の手で殺害される、という悲惨な出来事を主題としているが、第二部『コエーポロイ』、第三部『エウメニデス』は、オレステースの仇討ちと、かれの裁判を中心としており、一人の若者の受難と救済が、三部作をつうじて解決されるべき主要問題となっている。『オレステイアー』は、三部を通して一貫した構想のもとに組み立てられており、したがって登場人物の中にも、二部、三部をつうじて登場するものがいる。二部、三部の主役オレステースはもちろんであるが、王妃クリュタイメーストラーも、第一部では加害者としての姿が強烈に打ちだされるが、第二部ではわが子の刃で斬り伏せられる哀れな被害者、第三部では復讐の女神らをけしかける怨霊となって登場する。『オレステイアー』は、三部合わせて総計約四千行ほどあり、軽い演出でも、上演所要時間は約五時間、仮面・装束などを考慮にいれた重厚な演出であれば、朝から夜まで通しの、超大作であったことは間違いない。

劇場の観衆、ソーピロス作の壺絵よりの復原図（M. Bieber, *The History of the Greek & Roman Theatre*, Princeton, 1961. Fig. 220）

演劇の規模・観客の規模

『ペルシアの人々』においてすでに、アイスキュロスは、当時の文芸作品と比べればもちろんのこと、プリューニコスの『ポイニーキアーの女たち』との推定比較においても、規模と構成において他をはるかにしのぐものであった。かれが三部作という構想を打ちだすに及んで、アイスキュロス悲劇の規模、合唱隊《コロス》、仮面装束などの視覚的要素、役者登用という四つの技術的特色は、さらに一段と飛躍をとげ、ここに三部作という大規模な形での、悲劇詩の完成が達成された観がある。

そのように悲劇の技法が大躍進をとげ、規模も大スペクタルの域に達したその背景には、複雑な力が働いていたことは想像にかたくない。『ペルシアの人々』が上演された前四百七十二年から『オレステイアー』上演の前四百五十八年までの約十四年間は、アテーナイの海上勢力の、飛躍的伸長の時期にあたる。また内政的には民主勢力の発展も著しく、貴族政治の最後の牙城と目された「アレオパゴスの評議会」という組織までも、かつての勢力を奪われ、その権限を殺人事件の審議のみに縮小されたのも、この時期であった。アテーナイ市民社会の鼓動とともに、製作のリズムを刻んできた演劇祭の営み（二一二ページ以下参照）が、この時期に一段と活気を呈したことは当然であろう。アテーナイの演劇祭は、政治集会ではなく、政治的プロパガンダの場でもなかった。しかし、市民総会《エクレーシア》以上の規模をもって市民全体の集まる機会としては唯一のものであり、そこに観客として集う市民たちの意気が盛んとなれば、その場で上演される演劇種目の質、量ともに高揚をみることとなったのは当然であったろう。私たちとしてはそのような歴史の背景と観客の姿を念頭におきながら、アイスキュロスが『オレステイアー』に刻み残した、創意と工夫のあとを尋ねてみたい。

ステーシコロスの『オレステイアー』

アガメムノーン王の暗殺、アイギストスの専横、王子オレステースの仇討ち、というトロイアー戦争終了後に起こった大事件は、ホメーロス叙事詩『オデュッセイアー』の中で、神々の社会でも、人間の社会でも、すでに知悉の逸話として取りあげられている。また、すでに前章でも触れたように（一五八、一九五ページ参照）、ステーシコロスは、その合唱抒情詩『オレステイアー』上下二巻においてこの一連の伝説を、詳しく語っていた模様である。かれの抒情詩作品は伝存せず、パピルス文書の中からも再発見されていないが、その仇討ちの場面がスパルタであったこと、その作品には、夫王アガメムノーンを殺害した妃クリュタイメーストラーが、悪夢に脅かされる場面があったこと、オレステースがアポローンから降魔の弓一振りをさずかって仇討ちに赴いたこと、オレステースとその姉エーレクトラーが、髪の毛を証拠に互いの身の上を確認しあったこと、乳母の登場、など物語の全体的な組み立てを示唆する幾つかの指標が含まれていたことは、間接的資料の証言から知られている。ステーシコロスが、アガメムノーンの暗殺の計画や実施をどのように扱ったのかは不明である。しかし、かれが創作したオレステースの仇討ち話の大枠は、後日アイスキュロスによって、『コエーポロイ』（『オレステイアー』の第二部）の基本形として、ほとんどそのままの形で踏襲されたように見受けられる。父の仇を討てというアポローンの命令、エーレクトラーとの出会い、クリュタイメーストラーの夢、乳母、はいずれも『コエーポロイ』で重要な働きをなしているからである。

まとめて言うならば、アイスキュロスの『オレステイアー』は、叙事詩から合唱抒情詩へと継承されてきたオレステースの仇討ち伝説の、演劇詩による新たな展開である。しかしここでも、『ペルシアの人々』とプリューニコスとの推定比較に際して判明したように、アイスキュロスの題材処理は、先行諸文学のものとは、大層異なるものであったと考えてよい。

アイスキュロスの『オレステイアー』三部作

『オレステイアー』の規模については右に述べた。合唱隊《コロス》の配役と構成について次に考えてみる。『アガメムノーン』の合唱隊《コロス》は、アルゴスの長老貴族たちで、その役柄は『ペルシアの人々』のペルシアの長老たちと似るところが大きい。

『アガメムノーン』——コロスの目を通じて

合唱隊《コロス》の言葉や動きを中心に『アガメムノーン』の展開を追ってみよう。トロイアー遠征はいたずらに長引き、留守をあずかる者たちとしての合唱隊《コロス》が、不安や危惧を歌う言葉にも、両作品の間には類似する点が多い。最初の合唱歌《コロス》のなかでかれらはこの戦いが吉凶いずれとも判じがたい、不安な前兆のもとに第一歩が踏みだされたことや、船出を阻む北風をなだめる犠牲に、王女イーピゲネイアーの身が捧げられたことを思い出し、それを深い心の重荷と感じて、神ゼウスに救いを求める。勝利を祈念する気持ちはひとしお強いが、何か凶事も避けられないのではないかと不安におびえている。トロイアー落城の松火の信号が届いたと知らされても、かれらはにわかに信じることができない。トロイアー戦争そのものが敵味方にもたらした被害はあまりにも大きく、戦いの意味を疑い、遠征の価値を否定する声が巷に満ちている。〝戦いは生命を黄金であきなう死の商人だ〟〝だれがこの悲哀のつぐないをつけるのか〟——合唱隊《コロス》の言葉は、アガメムノーン王の帰郷に不吉な影を投げかける。

使者

そこへ、トロイアー落城を告げる使者の登場。吉報である、だが使者は味方の被害も大であり、とくに帰路、海上で嵐にみまわれ多くは波間に沈み、多くは行方不明となったが、アガメムノーン王一行の船だけが、奇蹟的に故郷の港にたどりついた、と報告する。これまでの場面構成は、基本的にみて『ペルシアの人々』の前半と類似性の強いものである。

原因分析——ダーレイオスの言葉

合唱隊《コロス》は、トロイアーに破滅をもたらしたのは富の上にやさしい飾りをそえたヘレネーであったことをさまざまの比喩を交えて歌う。しかし、富そのものが悪の根源という考えには同意できない、やはり人間としての掟《おきて》を犯す行為が、災禍の子を生みふやす。ヒュブリス（暴虐不遜《ふそん》の行い）がヒュブリスを生みふやし、ついには破滅（アーテー）を生む。『ペルシアの人々』で、ダーレイオス王がペルシア人への戒めとして語った言葉（二二三ページ）がここでは、ギリシア人長老たちの合唱隊《コロス》の口から告げられる。

アガメムノーン登場

そこへアガメムノーン王が帰着する。戦車で登場したかれのかたわらには、トロイアーの王女カッサンドラーの姿がある。捕虜となったトロイアーの女たちも後に続く。かれを迎えるアルゴスの長老たちの言葉は、異様に冷たい。いわく、追従ならば笑顔も浮かべよう、だが自分たちにはそれはできない。ヘレネーのため、と言って出陣なさった時の、王の姿は醜悪としか言いようがなかった、――とまで長老たちは言う。トロイアーの凱旋将軍と呼びたいが、戦争は間違いだった、とかれらは言っている。そして、〝王よ、時間をかけて、市民たちの中でだれが正しく、だれが不正に、この国を導いているかを、よく検討し、判断してもらいたい〟、と忠告する。かれらは、王妃クリュタイメーストラーとアイギストスの不倫や策謀については、知っているとも知らないとも、明言しない。あいまいで、冷たく、見方によっては、帰国した王の身に迫る危険を予知して、王に対する鋭い警告を暗に伝えようとしているかのようでもある。かれらの言葉は『アガメムノーン』前半の雰囲気を一層重苦しく堪えがたいものにしていく。

クリュタイメーストラー、王を欺く

アガメムノーン王は、王妃クリュタイメーストラーの誇大な歓迎の辞をうける。凱旋の王を迎える喜びを華麗な言葉で織りだすクリュタイメーストラーの、しなやかな世辞追従にのせられて、アガメムノーンは紫貝で染めた敷物を踏みしめながら宮殿の中へ姿を消していく。合唱隊《コロス》の警告とは裏腹の結果に終わったこの一場は、合唱隊《コロス》にかえって激しい不安をよびおこす。自分たちの危惧が杞憂《きゆう》に終わることを祈りながらも、〝神々の定めた運命が、運命以上のものを持つことを禁じていなかったら、私の心は舌より先に走りでて、この思いを注ぎだすだろうに〟——という合唱隊《コロス》の言葉は、アガメムノーン王暗殺の時が刻一刻と近づきつつあるのを先刻承知の観客たちの、切迫した緊張感をあおりたてる。

カッサンドラーの哀れな願い

すると、突然扉が開いてクリュタイメーストラーの登場、さては、拳を握りしめる合唱《コロ》隊《ス》や観客。だがかの女は、捕らわれのトロイアーの王女カッサンドラーを呼びにきたのであった。命令に従うことを肯じないカッサンドラーを残してクリュタイメーストラーは再び宮殿の中へ。すると、カッサンドラーはけたたましくアポローンの名を呼び始める。かの女はトロイアーでアポローンに仕える巫女《みこ》であったが、かつて神の愛を拒んだために、神罰をうけている。その予言をだれにも信じてもらえないという罰である。トロイアー落城とともに奴隷にされて、他の女たちと一緒にギリシアまで連れてこられたのである。この哀れな王女の叫びに対して、合唱隊《コロス》は驚くが、やさしく同情的な態度でかの女に接し、かの女がきれぎれの言葉で語る幻覚の意味を、理解しようとする。カッサンドラーの目の前には、二代にわたってアトレウス家（アガメムノーン家）のなかでくり返された血の惨劇と、今また起きようとしているアガメムノーン殺害の幻覚が、二重三重にもつれあって現れては消える。それが過去の事柄か、未来のことであるのか、かの女は理解しえないままに、きれぎれに語ろうとするが、その脈絡は合唱隊《コロス》にもなかなかわからない。カッサンドラーの叫びと、合唱隊《コロス》の長（コリュパイオス）のやりとりは、熱するに従って合唱《コロ》隊《ス》全体を歌の渦に巻きこんでいく。かの女の幻覚がアトレウス家の惨劇を正確に映していることがわかるのは聴衆だけであるから、かれらの興味も歌の渦に巻きこまれていく。カッサンドラーの独唱と合唱隊《コロス》の斉唱が交互に交錯する長いオペラ風の一場のあと、突然、幻覚は去り覚醒の時がかの女を訪れる。かの女は役者の科白のリズムで身の上を語る、と再び幻覚におそわれる。いまやアガメムノーン王の身に迫りつつある危険が異様な幻影の姿で現れてくるさまを、カッサンドラーは次々と語る。合唱隊《コロス》の長もついにその意味を理解する。だがまさかそれが真であろうとは信じることができない——何を言っても信じてもらえない。それが巫女であり予言者であるカッサンドラーの宿命であった。それでもかの女はオレステースの仇討ちがあることを予告する。合唱隊《コロス》の長はかの女に対して憐憫《れんびん》の情を禁じえない。かの女はもう一度、いつの日か、自分とアガメムノーンとの怨みを晴らす仇討ちが行われたとき、自分がそれを予告していたことの証人となってくれるように、と合唱隊《コロス》の長に懇望する。そして自らの死が待ちうけている宮殿に歩みを向ける。〝ああ悲しい、人間のなすことすべて。うまく事が進んでも、影にうつる影、つまずけば湿らせたスポンジの一拭きが絵姿を消してしまう。自分の死ぬことよりもそのことのほうが、私にはほんとうに哀れでならぬ〟という最後の言葉を残して、その姿は消える。

人間とは……

合唱隊《コロス》はカッサンドラーの姿が見えなくなったその場で、人間の富への追求のあくなきことを歌い、しかし多くの人が死に、血が流されたことに対して、新たな血のつぐないが求められるとすれば、人の血を流して得た富や幸福とは何であろうか、と自らに問いかける。この言葉にはいささか場違いの感もあるが、カッサンドラーの場面の後、合唱隊《コロス》の暗い言葉のつぶやきが、消し去られた絵姿の余香をとどめるのにはふさわしい、という判断を、アイスキュロスは持ったのかもしれない。

アガメムノーン、断末魔の声

その後、劇は急転直下、宮殿の中からアガメムノーン王の断末魔の悲鳴が二度続く。合唱隊《コロス》は口々に——これは全く例外的な処理法であるが——各自の判断を別々の科白で表明する。かれらはこの瞬間、個々に〝配役〟化している。

クリュタイメーストラーの言い分

かれらの惑乱のすきをつくようにクリュタイメーストラーが登場、あえない最期を遂げたアガメムノーンとカッサンドラーの屍が(この時代にすでにエクキュクレーマという死体搬出などのための舞台装置が使われたのであろう)、二つ並んで真ん中に引き出される。口もきけない合唱隊《コロス》を前にして、クリュタイメーストラーは勝利の宣言をおこなう。合唱隊は、かの女が何か怪しい薬にでも毒されて、このような、わが身に破滅を招く無謀な挙に出たのではないかと、怪しむ。だがかの女は、これはわが娘イーピゲネイアーを北風の犠牲にされた当然の仕返しであると言い、また、アイギストスがわが炉辺の火を輝かせてくれる間は、身は安泰であると豪語する。カッサンドラーを血祭りにあげたことは、かの女に性的刺激を与える座興でしかなかったのだ。合唱隊《コロス》は、倒されたアガメムノーンの痛ましい姿を嘆く、と共にクリュタイメーストラーに対する非難と、責任糾弾の調子を強めていく。だがクリュタイメーストラーは一歩も譲らず、合唱隊《コロス》の非難を退ける。最後にアイギストスの登場、それまでおさえていた合唱隊《コロス》の怒りは暗殺共謀者の姿を見て沸騰する。必ずおまえを石打ちの刑に処するぞと迫れば、アイギストスも、この国で実権をもつのは自分である、とこれに応酬する。互いに言葉の勢いは強まり早くなり、イアムボスの科白はいつしかトロカイオスのリズムに転じ、あわや両者激突という瞬間に、クリュタイメーストラーが、〝われらがこの家の主《あるじ》、万事私とあなたでうまく取り仕切っていこう〟とひと言放って、アイギストスの勢いを制して退場する。ここで『オレステイアー』の第一部は終わる。

『アガメムノーン』のリズムを支えている合唱隊《コロス》

これは、正確な意味での筋の要約ではなく、いわば合唱隊《コロス》の目を借りて、『アガメムノーン』という劇の展開を追ってみたものである。合唱隊《コロス》は、アルゴスの長老という役柄から、来し方行く末を展望する目を備えている。しかし若者たちや壮者たちのように直接に行動には参加しない。劇中人物であるが、クリュタイメーストラーのように殺人行為を犯したり、アガメムノーンやカッサンドラーのように悲惨な殺され方はしない。劇の最初から最後まで、舞台から去ることなく、目撃者の役を演じつつすべての出来事を見つめ、すべての言葉を耳にする。しかし傍観者ではない、なぜ自分たちが不吉な不安や危惧の念におびえているのか、過去にさかのぼって説明し、現在の戦争や、富や、人間の性情や、その中にひそむ宿命的な欠陥について、そこにも自分たちの不吉な予感を促すものがあることを明らかにする。帰国したアガメムノーンには冷たい警告を発し、哀れなカッサンドラーには、その言葉を理解してやろうと懸命になり、自分のほうからかの女に深い同情と憐憫の言葉をかける。ついに暗殺がなされたとき、思わず、市民として長老としてひとりの人間として、十二人各々の言葉を科白のように語る。悲惨きわまる結末を見て嘆き、怒り、犯行を弾劾する。合唱隊《コロス》は、理想的観客の役を演じるものである、と言われることもあるが、『アガメムノーン』の合唱隊《コロス》は、それ以上に深いところで、演劇の構造的リズムを自分たちの吟唱と科白で刻みだしている。不安、危惧、恐怖、憐憫など、悲劇詩が伝える感情のすべてを舞台の上に表現し、自らの体験とするのも『アガメムノーン』の中では合唱隊《コロス》だけである。極端な言い方かもしれないが、『アガメムノーン』では、合唱隊《コロス》だけでも、演劇の母胎となりうるほど、合唱隊《コロス》の担っている役割は大きい。

アイスキュロスが『オレステイアー』をつうじて「合唱隊《コロス》」に期待している機能の重要性は、三部作が進行するに従って一層明らかになる。

『コエーポロイ』の合唱隊《コロス》

第二部『コエーポロイ』（地下の霊に、鎮魂の注ぎをささげる者たち、の意。ここではアガメムノーンの霊前でその儀式をおこなう女たち）では、黒衣の女性たちが合唱隊《コロス》となって登場する。女性たちといっても、男性が扮装したものであるから、声の高さや質にどれほどの女性らしさが伴ったかはわからない。合唱隊《コロス》はアガメムノーンの娘エーレクトラーに従って登場する。前夜、クリュタイメーストラーは、蛇《へび》に乳房を嚙《か》まれる夢（ステーシコロスからの借用）を見て、死霊の怨念がその夢を送ってきたものと思い、アガメムノーンの墳墓の前で、鎮魂の儀式をおこなうようにと、エーレクトラーに命じた。合唱隊《コロス》は、注ぎを捧げ、鎮魂歌を吟唱するためにエーレクトラーに従ったのである。短い鎮魂の歌は、だが、復讐者が一刻も早く現れるようにという祈願にかわる。その祈りに答えるように、父の仇討ちを遂げるためにオレステースとその親友ピュラデースが現れる。姉弟の出会い、髪の毛によって身の上を証明した（これもステーシコロスからの借用である）オレステースは、アポローンの命により（これもステーシコロス）、父の仇討ちを遂げるために帰ってきたことを姉に明かす。エーレクトラー、オレステース、合唱隊《コロス》は、あらためてアガメムノーンの霊に向かって祈り、自分たちの復讐の企てが成功するように地下からの助力を懇願する。この姉弟と合唱隊《コロス》のトリオは、『コエーポロイ』前半の歌唱的な中心部分を占め、交互の祈りの歌は百七十行以上にもわたる。オレステース、エーレクトラーは――D・L・ペイジの校訂本の歌詞割りあてがほぼ〝原本〟に近いものとすれば――各々五、あるいは六連の歌詞をもつが、合唱隊《コロス》は十三連を担当し、この盛大な復讐成就祈願のオラトリオの最初と最後の部分も、合唱隊《コロス》が受けもっている。合唱隊《コロス》が、この復讐祈願とその成就に向けての、原動力となっている、という印象は否定しがたい。

かの女たちは何もの

しかし、『コエーポロイ』の合唱隊《コロス》とは、だれなのか、またなぜ、それほど熱烈にオレステースとエーレクトラーに加勢しているのか。かの女たちは、故郷の都が攻め落とされ、祖先代々の家から奴隷として連れてこられたものである。つらくても、憎くても、正しくても誤りでも、女主人の命令には従わねばならない。それでも、衣の下では、主人たちの空しい運命に涙する私だ、悲しみをかくし身を冷たくしたままで、——と自分たちの自己紹介をしている（七五～八三）。かの女たちは、トロイアーから連れてこられた娘（父の家から、と言っているので）たちである。しかしトロイアーの娘たちが、なぜトロイアーを攻め滅ぼしたアガメムノーン王の子供たちと一緒に祈り、激励し、忠告を与え、父親の仇討ち成就の祈願の音頭取りまですすんで買ってでるのであろうか。『コエーポロイ』の後半部では、だれに頼まれたわけでもないのに乳母のキリッサを籠絡《ろうらく》して、アイギストスが独りでやってくるように策をめぐらす。かの女たちには、ただクリュタイメーストラーに対する憎悪と、エーレクトラーへの同情が動機として働いていたのかもしれない。仇討ちに加勢することによって自分たちの立場がよくなることに期待をよせたのかもしれない。残念ながら、アイスキュロスのギリシア語テクストからは、その程度の蓋然性をもつ解答しか得られない。だがトロイアーからの娘たちを合唱隊《コロス》のメンバーとして登場させたのは、アイスキュロス自身の演劇的創意である。ステーシコロスには役者に扮装した合唱隊《コロス》はまだ存在していなかったはずである。

カッサンドラーの予言成就を見守る仲間たち

第一部『アガメムノーン』との関連を思い出してみよう。オレステースの仇討ち成就を、二度にわたって予言して去っていったのは、あのトロイアー王の娘カッサンドラーであった。かの女は悲しい別れの言葉として、その日が必ず訪れることを、自分たちの怨みが晴らされる日がくることを、予言して、死ぬ。その日がきたとき、自分の予言の真実を証言してくれるようにと『アガメムノーン』の合唱隊《コロス》に頼む。『コエーポロイ』は、カッサンドラーの予言成就のドラマである。トロイアーから、カッサンドラーと同じ身の上となってアルゴスに連れてこられた、トロイアーの娘たちが、『コエーポロイ』に登場して、祈り、励まし、加勢していることは、カッサンドラーの予言と懇望と、かかわりのないものであろうか。『コエーポロイ』の合唱隊《コロス》は、カッサンドラーの予言成就を願ったり、またそれを証言したりするような詩句を一つも吐いてない。しかし、カッサンドラーと同じ境遇の娘たちが、『コエーポロイ』の合唱隊《コロス》メンバーに仕立てられている、という演劇的趣好そのものが、百の科白よりも雄弁に、その動機を説明しているように思われる。カッサンドラーを惨殺したクリュタイメーストラーを倒すことは、かの女ら自身のひそかな仇討ち行為であったのではないか。——そう思って『コエーポロイ』を読むと、合唱隊《コロス》の歌詩はにわかに生色を帯びてくるのである。

カッサンドラーと『コエーポロイ』の合唱隊《コロス》との間の演劇的関係は、私たちの思いすごしではなく、アイスキュロス自身の工夫である。なぜならば、前作の犠牲者と後作の合唱隊《コロス》との間の、同じような関連が、さらに一層明白な形で表明されているのが、三部作の最後を締めくくる『エウメニデス』(〝復讐の女神《エリニュエス》〟から転じた〝善意の女神たち〟の意)である。

『エウメニデス』の合唱隊《コロス》

第二部『コエーポロイ』では、アイギストスを倒し、母クリュタイメーストラーをも殺したオレステースは、みごと仇討ちを遂げるが、たちまち狂気にとりつかれ母親の怨霊(復讐の女神エリニュエスたち)の幻影に追跡されて退場、第二部は終わる。

第三部『エウメニデス』が始まったとき、エリニュエス(復讐の女神)らの追跡をうけたオレステースは諸地を彷徨《ほうこう》のすえ、デルポイのアポローン神殿に保護を求めて嘆願の座についている。その前には奇怪な姿をしたエリニュエスたちの合唱隊《コロス》が、追跡に疲れて眠りこんでいる。アポローンは、アテーネー女神の仲裁によってオレステースをエリニュエスの追跡から永久に救う道を見いだそうと考え、この女たちが眠っている間にヘルメース神に案内させて、オレステースをアテーナイへと旅立たせる。

クリュタイメーストラーと合唱隊《コロス》は一体となっている

そのとき現れたのは、クリュタイメーストラーの亡霊で、エリニュエス（復讐の女神たち）の合唱隊《コロス》を眠りから揺り起こし、叱咤激励してオレステースの追跡を再開させる。エリニュエスの合唱隊は、クリュタイメーストラーの怨念そのものが醜悪な姿を装って登場したもの、ということもできる。やがて女神アテーネーの主裁のもとに開かれるオレステースの母親殺しの裁判では、被害者クリュタイメーストラーの側に立って、オレステースの行為を激しく糾弾して、母親の血の代償を要求する。第二部『コエーポロイ』の被害者の恨みは、第三部のエリニュエスたちの合唱隊《コロス》による追究弾劾の動機となる。そしてこの合唱隊《コロス》は、『エウメニデス』における演劇的対立の、観察者や助言者ではなく、その一極を代表する当事者となってオレステースを責めたてる。

合唱隊《コロス》は連鎖的に演劇の中心部へ

『オレステイアー』三部作をつうじてみると、各部作品の合唱隊《コロス》の役割機能は、連鎖的に結ばれており、先に進むに従って第一部より第二部のほうが、そして第二部より第三部のほうが、合唱隊《コロス》の演劇的性格――つまり劇的対立に関与する度合い――が一段一段と強化されていることがわかる。とくに第三部『エウメニデス』にいたっては、合唱隊《コロス》は、原告側に立ち、オレステースの仇討ち行為の正当性を弁護するアポローンと激しく対立して、オレステースの有罪と処罰を主張する。天の神々と地下の神々（エリニュエスたち）の訴訟事件の裁定はアテーナイのアレオパゴスの法廷（上記二四三ページ参照）の票決にゆだねられるが、黒白の票数はちょうど同数となり、女神アテーネーの裁定によりオレステースは無罪放免となる。合唱隊《コロス》は、自分たちの主張が無視されたとして激怒し、アテーナイに災禍の呪詛《じゅそ》をかけようとする。

合唱隊《コロス》の変容＝三部作の終結

しかし女神アテーネーはエリニュエスらの合唱隊を説きなだめる。あなたたちは無視されたのではない、正義の半ばはあなたたちのものとして認められたのである、と説明する。そして、アテーナイに留まり、アテーナイ人に怒りと呪詛を投げつけて去ることをやめ、貴い厳粛な女神たちとしてアテーナイ人の祭祀をうけいれてもらいたい、と。女神の辛抱強い説得によって合唱隊《コロス》の怒りと屈辱の思いはぬぐいさられる。『エウメニデス』の最後の部分では、合唱隊《コロス》は、女神アテーネーの説得と懇望を全面的にうけいれて、アテーナイに留まることを決意し、市民たちに祝福を与えることを約束する。怨念と復讐欲を捨てたエリニュエスの合唱隊《コロス》は、善意の女神たち（エウメニデス）の合唱隊《コロス》に変容するという、驚くべき奇蹟を演じ終わって、三部作は完結する。

演劇的手法の巧さ

『オレステイアー』三部作の、秀逸性を余すところなく列挙するのは容易ではない。科白や歌詞の、多彩な映像性や、深遠宏大な意味性も挙げられよう。アガメムノーンとクリュタイメーストラーの虚々実々の対話や、クリュタイメーストラーの必死の嘆願と、これを拒絶するオレステースとの、緊迫した応酬も、演劇的対話技術の傑作に数えられる。また、二人の役者ではなく、三人の役者の科白と、登場退場の組み合わせの妙は、慣例に反して三人目の役者を使う『アガメムノーン』のカッサンドラーの場面に現れる。『コエーポロイ』では、役者は三人しかいないのに、従僕、クリュタイメーストラー、オレステース、ピュウデースの四人が忙しく出入りして、緊迫した科白をかわす場面処理の巧さなどで観客を堪能《たんのう》させたことであろう。

三部作構成でなくては表現できなかったもの

しかし、アイスキュロスが、三部作構想によってのみ表現できたものは何であろうか、と考えてみると、それは細かい演出ないしは演劇技法の工夫改善もさることながら、三作の各々の演劇をつうじて各々の合唱隊《コロス》をより深く、演劇の中枢部にとりこんでいく試みであったように思われる。『アガメムノーン』の合唱隊《コロス》は、悲劇の背景であり、基体であり、情念的リズムを刻むものであるが、出来事の観察者であり説明者である立場から離れることはない。『コエーポロイ』の合唱隊《コロス》は、手を下して殺人行為にでることはしないが、それ以外のすべての形で、仇討ちに参加している。もし私たちの印象が正しいなら、トロイアーの娘たちは、かの女たち自身の仇討ちを遂げている。『エウメニデス』の合唱隊《コロス》は、当事者である。

合唱隊《コロス》の仮面・装束から生じた必然的結果

このように、合唱隊《コロス》が、出来事への参加の度合いを高めていき、最終的には、出来事の帰趨を左右するものにまでなる、という変化について、さまざまの角度からの解釈ができることは間違いない。それをアイスキュロスの政治観や社会的考え、あるいは歴史観に結びつけることも可能かもしれない。しかしながら、私たちとしては、叙事詩、抒情詩から演劇詩へ、という流れに立って、アイスキュロスの三部作構想から現れる合唱隊《コロス》の変容を解釈するべきであろう。合唱隊《コロス》が、演劇仮面と装束によって扮装する、という決定的な一歩によって、演劇詩が独自の道を歩み始めたことは、すでに度々触れてきた。それはまさしく、叙述者であった合唱抒情詩の合唱隊《コロス》が、一歩、出来事の一部に化すること、つまり出来事への参加者の立場に足を踏みいれることにほかならない。プリューニコスから『ペルシアの人々』への〝改作〟は、その一歩をさらに次の一歩に結びつけて、合唱隊《コロス》を、周辺の参加者から、より中心に近い参加者の位置に近づけることであった、と言えよう。

『オレステイアー』における〝完成〟の意味

私たちが、『オレステイアー』三部作を、アイスキュロス悲劇の完成と称するのも、かれが、演劇詩誕生の決定的な第一歩――合唱隊《コロス》が、仮面装束で扮装すること――の、至りつく論理的帰結を、三部作構成という形をつうじて、最後の段階まで、歩みきっていると考えるからである。第一部の長老の合唱隊《コロス》、第二部の女奴隷たちの合唱隊《コロス》、第三部のエリニュエスの合唱隊《コロス》の、各々の参加の度合いがより演劇の中心に迫り、ついにそれを牛耳る役割を占めるに至るが、各々の演劇的求心性と、「長老」、「女奴隷」、「怨霊」という各々の役柄との間に、何らかの関連性が発見できるかどうか。興味深い問題であるけれども、それは別の機会にゆずることにしたい。

2　ソポクレース『エーレクトラー』――「性格悲劇」の作劇法の完成

主人公たちは、どうなったのか

今日私たちが『オレステイアー』を読んで、その科白の豊かであることや、三部作の構想がみごとに功を奏していることに感銘をうけると同時に、なお幾つかの疑問をいだく点があろうと思う。『コエーポロイ』でオレステースは姉のエーレクトラーに、自分の策略が成功を収めるまで、宮殿の中で待っているように、と指示する（三五四行以下参照）。エーレクトラーはそこで退場するが、その後はどうなったのか。オレステースは仇討ちを果たすとたちまち狂気にとりつかれて、出奔してしまうからである。またオレステースにしても、『エウメニデス』の陪審法廷で無罪の判決をうけて、これで父祖の地の領主に収まることができる、と晴れ晴れと故郷に向かって旅立つが、母親を殺害したという気の咎めからかれを襲った狂気は、法廷の票決ですっかり癒《いや》されたのだろうか。また、クリュタイメーストラーの亡霊はどうなったのか、エリニュエスの変容とともに消滅したのか、それとも、かの女もアテーナイ人の善意の女神たちの祭祀に合祀されることになったのか。

古代演劇と現代の心理劇との違いはあるが

アイスキュロスの劇中登場人物たちについての、この種の問いはよけいな詮索だというむきも専門研究家たちの間にはある。演劇仮面にも幾通りかの老若男女のきまったタイプがあるように、アイスキュロスの登場人物たちも、ある与えられた演劇的状況の中で、あるいは悪女として、あるいは勇敢な若者、あるいはけなげな乙女としての選択を下し、行動するだけであって、その状況が生じる前や、それが消滅した後まで、一貫した自律性をもって生きているものではない。古代悲劇の〝おおらかさ〟を、イプセンの心理劇と同じ尺度で測ろうとするのは誤りである、というのである。

登場人物によせられた観客の好奇心

たしかに、クリュタイメーストラーの凱歌の言葉を、日常的心理で解釈したり、復讐の女神たちの変容を科学的に分析するのは愚であろう。しかしエーレクトラーはどのような女性か、オレステースの狂気はどうなったのか、という問いが、現代人の神経質な詮索だと決めつけるのは早計であろう。それは、『オレステイアー』上演当時にアテーナイの観客が抱いた興味であり、そのような新しい問題の展開にいちはやく自作をもって応えているのが、アイスキュロスの次の世代の二人の悲劇詩人ソポクレースとエウリーピデースである。ここではまずソポクレースの登場を求め、かれの『エーレクトラー』を中心に、かれの作劇技法について尋ねてみたい。

悲劇詩人ソポクレースの登場

ソポクレースは若冠二十八歳のとき、アテーナイの演劇祭で、大先輩のアイスキュロスをしのぎ一等の栄誉を得たと伝えられる。九十歳で没する直前まで第一級の劇作家の評価にたがわず盛んな創作活動を続け、百幾篇かの悲劇作品を残したとのことであるが、写本伝承により現存しているのは七篇で、いずれもかれが五十歳半ばから最晩年に書いたものである。ソポクレースの初期の悲劇がどのような作風を表していたかは不明である。アイスキュロスとさして変わらないものではなかったろうか、と臆測をたくましくする研究者もいる。

三部作構想からの離脱

しかし現存する七篇のなかでも、年代が最も古い、と見なされている『アイアース』と『アンティゴネー』の二つの作品は、アイスキュロスの歩んだ道とは、はっきりと異なる傾向を示している。ソポクレースは三部作構成は用いず、一篇の悲劇で、完結したものを提示できる題材と演劇構造を追求し、成功を収めているのである。

『アイアース』は、トロイアー落城後、英雄アキレウスの遺品分けをめぐってギリシア軍のアイアースとオデュッセウスの両将軍が争い、敗れたアイアースが憤死したという伝説を扱っている。劇は、第一段、屈辱にまみれたアイアースの発狂と狂乱の沙汰、第二段、われに帰ったアイアースの絶望と自殺、第三段、アイアースの葬儀をめぐるギリシア人各将軍の意見の対立とその解決、という三段階の組み立てになっており、ここにソポクレースがアイスキュロス流の三部構想を踏襲しながら、その全容を一篇の悲劇構造に濃縮したあとが看取できる、と主張する学者もいる。それはともあれ、『アイアース』と同じころの作と見なされている『アンティゴネー』を開いてみると、ソポクレースの劇作家としての主要関心事は、アイスキュロス悲劇の構想とは全く別の問題に集中していたことが判明する。

演劇仮面と登場人物の性格

一つの演劇仮面は、ただ一つのタイプの登場人物を表すのに限定されるものではない。私たちは、同じ小面でも、増女でも、中将でも、能曲に登場するさまざまに異なる性質、異なる背景の登場人物を表すことができるのを知っている。伝説的背景が異なり、登場人物が異なれば、同じ一つの仮面でも、表す内容が異なってくるのは当然である。だがこれはシテ一人の場合である。同じタイプの仮面を二つ、二人の登場人物に着装させて、一つの演劇の場面で同時に登場させ、二人が他のすべての点では共通するところが多くても、各々に異なる人間であることを、多数の観客にはっきりとわからせることができるであろうか。境遇も、年齢も、性別も、仮面・衣装も、外面的見地からみて全く類似の二人の人物を登場させて、各々の違いを表現できれば、それは二人の内面的な違いを演劇の手段によって照らしだしたことになろう。

『アンティゴネー』における実験

ソポクレースが『アンティゴネー』で解決を求めた演劇技法上の中心問題は、まさしくそれであったに違いない。オイディプース王の娘という呪われた星のもとに生まれた二人の若い姉妹、アンティゴネーとイスメーネーを登場させる。外面的には同一の状況のもとに二人を立たせ、そこで二人がAかBか、二者択一の決定的に重大な決断を迫られる場面をつくる。戦死して城外で晒者《さらしもの》になっている兄ポリュネイケースの死骸を、国禁を犯しても埋葬するか、それともそのままに成り行きにまかせておくか。二人の各々の選択に現れる差は、二人の内面的なものの差異——後に、アリストテレースが定義するところの、性《エー》格《トス》の差異――にほかならない。性格をもつ登場人物の創造――それこそがソポクレースの作品七篇をつうじてうかがうことのできる一貫した目標であり、『アンティゴネー』は、七篇の中ではその最初の試みであったと考えることができる。かれの『エーレクトラー』は、『アンティゴネー』での実験成果をふまえて、ソポクレースが創造した幾人もの登場人物群のなかで、とくに鮮やかな性格をもつ主役を創りだすことに成功している傑作であり、ここに悲劇詩の、アイスキュロスが到達した芸術的完成とは別の形の、演劇としての完成をみることができる。

『エーレクトラー』とアイスキュロス

『エーレクトラー』の話の大筋は、アイスキュロスの『コエーポロイ』と同じく、オレステースの仇討ち伝説にそって展開する。最初の場面はアイスキュロスの冒頭場面を彷彿するところもないではないが、続くエーレクトラーの登場、そして合唱隊《コロス》の登場するに及んで、『コエーポロイ』の描いた軌跡からはみるみる遠ざかっていく。エーレクトラーはここでは、アガメムノーンの死霊へ供物を捧げるために現れたのではない。父親を殺した犯人たちと同じ家に住む、自分の耐えられない苦痛を天と地に訴え、地下の神々や亡霊に訴え、助力を乞《こ》い、一日も早くオレステースが帰国して父の復讐を遂げるようにと祈る。かの女の登場の動機は、外部からの命令や要請などによるものではない。かの女は自分自身の心の苦痛に促されて舞台に現れたのである。

合唱隊《コロス》は中枢的機能を失う

合唱隊《コロス》は、アルゴス市民の娘たちからなっている。この女たちは、『コエーポロイ』のトロイアーの女奴隷たちとは異なり、アガメムノーンの亡霊を慰撫するための使いではない。悲惨な苦しみから救われる暇の一刻とてないエーレクトラーに同情して、慰めを与えるためにここに現れたのである。家のなかに友のいないかの女の友となり、母というべき母のいないかの女の母となって、苦しみを聞いてやり、慰めの言葉をかける。そしてかの女に過度の悲嘆に陥ることのないように自制を求める。『エーレクトラー』の合唱隊《コロス》は、要するにエーレクトラーの同情者である良家の娘たちで、傍観者ではないけれども、『コエーポロイ』のトロイアーの女奴隷たちのように、自分たちのほうから積極的に仇討ちの成功にむけて、歌や行動に訴えることはない。ソポクレースのねらいは、合唱隊《コロス》を演劇のリズムに合体させることではない。合唱隊《コロス》を聞き役にまわらせて、エーレクトラーに思いのたけを吐露させる場を作ること、そこに『エーレクトラー』の合唱隊《コロス》の機能は集約されている（二五一行以下参照）。合唱隊《コロス》ではなく役者が、完全に筋の展開を担う演劇をソポクレースはねらっている。

性格の対比

そこへ、エーレクトラーの妹クリューソテミスが、登場する。かの女は姉エーレクトラーとは対照的に、現実妥協主義（という言葉は使われていないが）で、父アガメムノーンの非業の死を悼む心はあるけれども、殺害者たちとの共住も現実にはやむをえないこととして割り切っている。エーレクトラーは、妹の態度に我慢がならず、口をきわめて罵倒する。エーレクトラー姉妹の場面と、アンティゴネー姉妹の場面との類似は明白である。

しかし、ここでの姉妹の対面は、『アンティゴネー』の場合とは全く別の展開をとげる。妹は、姉の激しい性癖を知り尽くしている、と言ってエーレクトラーの非難を受け流す。かの女は姉に危険が迫っていることを伝えようとする。エーレクトラーの幾年経ても鎮まろうとしない嘆きと怒りを持てあました、クリュタイメーストラーとアイギストスは、かの女を日の光のささない地下牢に幽閉しようとしている。妹は姉にそれを告げ、過度の振る舞いを自制するように勧める。脅迫におびえるエーレクトラーではない、冷たく妹の勧めを退ける。姉妹の性格的対照はここで初めて一つの対立点をむかえるが、決裂には至らない。妹は説得をあきらめて、私は用があるから、と去ろうとする。クリューソテミスの様子や持ち物に、姉はふと不審の念を抱く。どこへ行くのか、手にさまざまの捧げものを持って。だれのためなのか。

変形された『コエーポロイ』のモティーフ

夜中に不吉な夢におそわれたクリュタイメーストラーは——ここでソポクレースは、ステーシコロスからアイスキュロスによって継承されたモティーフを、思いがけない形でとりいれる。夢の中で、クリュタイメーストラーは地上によみがえったアガメムノーンと再会する、そしてアガメムノーンが王笏《しゃく》を炉辺につき立てると、それがにわかに芽を吹き大樹となって、ミュケーナイを影でおおったのだ——クリューソテミスを遣って、アガメムノーンの墓前で慰霊の儀式を行わせようとしたのである。現実的で、ご都合主義の妹クリューソテミスがその用向きで登場していたことを聞かされて、観客は驚いたろう。かえりみれば『コエーポロイ』では、エーレクトラーは、母クリュタイメーストラーからの捧げものを、父アガメムノーンへ何と言って取り継げばよいのか、困惑のあまりトロイアーの女奴隷たちに相談する。合唱隊《コロス》は復讐成就の祈願をするように、とエーレクトラーに勧める。かの女はこれに従い、クリュタイメーストラーの意図はここで失敗に帰する。アイスキュロスはそこに落ちつくまでに、エーレクトラー自身の自問自答、困惑、相談、態度決定というステップを踏んで、ひとりの人間の動揺と方針変更の過程を、『コエーポロイ』の前段（八四〜一五一行参照）に組みこんでいる。ソポクレースは、同じ結果を、二人の対照的に性格の異なる姉妹の対話と説得によって導きだしてくる。

筋の展開は〝性格〟によって

妹の用向きを知らされて、またその原因となった不吉な夢の中身を知って、自分たち姉妹がなすべきことを悟る。クリュタイメーストラーの捧げものなどは砂の中に埋めてしまい、アガメムノーンの墓前では、オレステースの帰国と仇討ちの日が一刻も早く訪れるように、祈願することなのだ。今度はエーレクトラーが説得する側になる。妹クリューソテミスの手からクリュタイメーストラーの捧げものを取りあげて（四四八行）、自分の考えどおりの祈りを自分の分も加えて、アガメムノーンの墓前で捧げてくるようにと懇願する。かの女の言葉は確信と説得力に満ちている。合唱隊《コロス》も、二行ばかりの形式的な科白ではあるが、エーレクトラーの父親思いの言葉に同調する。クリューソテミスはもともとはっきりした自分の意見の持ち主ではないことは、明らかである。こわごわではあるけれども、エーレクトラーの説得に従うことに同意して、アガメムノーンの墓地へとおもむく。この結果は『コエーポロイ』のエーレクトラーの進路変更の結果と、同じである。アイスキュロスは、これを役者と合唱隊《コロス》の長とのやりとりをつうじて導き、ソポクレースは、二人の姉妹の対話と説得という形をつうじて導くという違いが、二人の悲劇作家の作劇技法の重要な差異であろう。合唱隊《コロス》の長が果たした役割を、『エーレクトラー』ではその主役が担っている、ということも示唆的である。

ソポクレースの『エーレクトラー』という作品全体の構想は、前半においては主人公エーレクトラーの、悲嘆と苦悩、焦慮と怒り、侮蔑と藁《わら》にもすがる思い、などの表明される場を設け、かの女の強烈な性格を対話をつうじて浮かび上がらせること——そのためにも『コエーポロイ』にはなかった、母親クリュタイメーストラーと娘エーレクトラーの、直接対決の場が、前半のクライマックスをなす必要があったと思われる。エーレクトラーは、研ぎ澄まされた刃のような言葉を母親に浴びせかけ、母の姦通と夫殺しの罪を反論の余地ないまでに糾弾するのである（五一六〜六五九行参照）。

だまされる側におかれたエーレクトラー

ソポクレースの前半の構想の意図は、後半部になって明らかになる。オレステースの仇討ちは、強者対弱者の戦い、弱者側は欺し討ちの計略によるべきことは定石である。『コエーポロイ』では、オレステースはエーレクトラーとトロイアーの女奴隷たちも一緒に交えて、計略をたて、その遂行に力をだしあって参加する。ソポクレースの『エーレクトラー』はそうではない。ここでエーレクトラーは、後半の三場面をつうじて、欺される側に立たされる。まずオレステースが、デルポイのピューティアー競技の戦車競争に出場し、事故に巻きこまれて不慮の死を遂げた、という虚偽の知らせを、クリュタイメーストフーと同じ場所で、エーレクトラーも聞かされる。戦車競争の描写（六八〇〜七六三行参照）は、作り話とはいえ、迫真力に富む傑作であって、映画『ベン・ハー』の大画面をもってしても、ソポクレースの言葉の芸術には及ぶまい。これを見物する劇場の観客の満足が二重、三重であったことは想像にかたくない。なかでも、観客の心を揺るがしたのは、あれほどけなげに、強烈な性格をみせてきていたエーレクトラーが、その報告にしばしぼう然となっていたが、痛ましい悲鳴をあげて崩れおち、傍らではクリュタイメーストラーが言いようのない安堵の気持ちを表に現すまいと言葉をつくろっている――その対照的な姿であろう。この第一撃で、エーレクトラーは自分が、今度こそ完全に孤立無援の状態に追いこまれたことを認めざるをえない。自分を殺したい者がいれば、殺してくれ、とまで思う。

ソポクレースの〝アイロニー〟――嘘と真の取り違え

合唱隊《コロス》のエーレクトラーに対する同情は一層親身のものとなる。しかしかの女らが、死は人間の定めなのだから、などと当たり前のことを語りかけても、どれほどの慰めになろうか。そこへ、さきほどアガメムノーンの墓に詣でるために、この場を離れていた妹のクリューソテミスが、喜々とした様子で戻ってくる。墓前に、髪の毛が一房供えてあった。オレステースが帰ってきているに違いない、と。ここにも、ステーシコロス、アイスキュロス両人と共通のモティーフが使われているが、しかしソポクレースは、ここでも痛烈なアイロニーなしでは、伝統的モティーフを利用しようとはしない。ソポクレースのエーレクトラーは、怒りと悲しみをこめて、妹の喜びを「愚かな」と、退ける。オレステースはとっくの昔、死んでしまったのに。喜びから失望と悲哀に急転直下のクリューソテミス。その姿を見て、エーレクトラーは再び立ち上がる気力を抱く。姉妹が力を合わせ、オレステースの分も加えて、自分たちの力で父の仇を討って恨みを晴らそう、と。

『アンティゴネー』冒頭場面の再来

ここでのエーレクトラーの、クリューソテミスに対する協力要請の説得は（九四七〜一〇五七行参照）、再び、『アンティゴネー』の冒頭場面と酷似した展開と帰結に至る。さきの場面では姉の説得に動かされたクリューソテミスも、今度ばかりは、エーレクトラーの絶望的試みには、同意することができない。合唱隊《コロス》もここでは、クリューソテミスの言い分に理があることを認める。エーレクトラーには偽りを偽りと見抜く術も、真実を真実として認める方法もない。それでもただひたすらに、事の理非を正し復讐を遂げることだけを思い続ける。その選択と判断、すなわちかの女の性格ゆえに、この場が終わるときかの女の孤独はなお一層悲惨なものとなっていく。

オレステースの骨壺

エーレクトラーの強烈な意志も、性格も、粉々に砕かれるか、と思われるのは、第三の欺しの場である（一〇九八〜一二三一行参照）。オレステース自身が欺しの使いとなって、オレステースの遺灰を収めたと称する骨壺を携えて、登場する。そして相手をエーレクトラーとは知らずに（かれは冒頭の場面では、かの女の姿を見届けることなく退場している）、その骨壺を、かの女に手渡す。エーレクトラーは、その壺を抱いて、変わり果てたオレステース（とかの女は信じ切っている）の姿に語りかけ、悲嘆のかぎりを尽くす、おまえをこの家から送りだしたときに、このような姿で迎えることになろうとは思わなかった、と。エーレクトラーは、完全に潰えた自分の希望、自分の生きがい、自分の魂を、しっかりと両の手に抱きしめ、すべてが終わってしまったことを知る。オレステース、亡きおまえの住むこの家に、もう亡きも同然の私も住まわせておくれ、と（一一二六〜一一七〇行参照)。あれほどに激しく自分の生きる道を主張し続けたかの女の姿は、この最後の打撃をうけて、身も心も粉々に砕かれていく。かの女の長い独白は、その崩壊の有様を、一語一語にこめてまき散らしていく。ソポクレースは、エーレクトラーの魂が散り砕けていくこの場面を導くために、前半の、あの烈しい一途さで自分の選択を主張し続ける、エーレクトラーの姿を作りだしていたのである。

余話――名優ポーロスの『エーレクトラー』演技

後世の伝であるが、前三百年ごろ(ソポクレースの没後一世紀余りの後)、名優としてその名をうたわれたポーロスという役者は、このエーレクトラー役を演じる日の直前に、自分自身の息子の死に目にあい、火葬をすませたばかりであったという。そして『エーレクトラー』上演の日、自分の息子の遺灰を収めた骨壺をこの場面では手に抱き、自らの深い悲哀の情をこめてエーレクトラーの嘆きを演じたところ、その迫真の演技に、観客は心底から揺り動かされた、と言う。ゲリウスの伝えるこの話の、真偽のほどはさておいて、これがたとえ作り話であるとしても、エーレクトラーの嘆きは、ひとりの生身の人間が最愛のものを失ったときの、崩れ落ちんばかりの悲哀のきわみを痛切に語るものであったかたらこそ、名優ポーロスの逸話を生むこととなったのであろう。ソポクレースの「性格悲劇」の劇作法は、この上ない成功を収めた、と言わねばならない。

仮面対仮面〜魂対魂

悲劇『エーレクトラー』に話を戻そう。オレステースは、自分たちの詐術が、これほどに強烈な破壊力をもって相手を打ちのめすのを見て、愕然とする。相手がエーレクトラーであったことを知る。二人の間には息をのむような会話が展開する。すべてが策略であったことを、どう説明してよいのかわからないオレステース、相手の言動をいぶかしく思うエーレクトラー、ついにオレステースは、エーレクトラーの腕から骨壺を奪おうとする。何よりも大切なものを奪われまいと抵抗するエーレクトラー、激しい応酬の後、会話のテンポは一段と早くなり、〝オレステースは生きているのですか〟〝私が生きているのだから〟〝ではあなたが、あの〟〝見てください父の指輪がそれここに〟〝ああ愛しい弟！〟——エーレクトラーは、悲嘆の底から喜悦のきわみにかけのぼる。

仮面こそ、まことの心を映すもの

しかしかの女の表情は変わらない、喜びを表すことも、笑うこともできない。エーレクトラーは、自分の顔には憎悪がこびりついていて、あなたに会えてうれしくても、ただ涙を流すことしかできない、と言う。ここで私たちは初めて、古代の仮面劇の観客であったことに気付く。かの女の心の動きがこれまで私たちの想像力を、それほど完全に支配し尽くしていたのである。だがここで、エーレクトラーの仮面は、激しい内面の怒りと悲しみ、憎悪と復讐の念が面に冷たく凝固している般若《はんにゃ》のような表情であったことを知る。そして、般若の面が、悲嘆と絶望から救われたエーレクトラーの喜悦を表す表情ともなっていたことを知る。

エピローグ

クリュタイメーストラーの殺害も、それに続いて生ずべきアイギストスの処刑も、ソポクレースの『エーレクトラー』では、フィルムの最後に映るエンド・マークでしかない。『エーレクトラー』は、エーレクトラーの心のドラマとしてその前に完結しており、「性格悲劇」は終わっている。オレステースの仇討ち伝説は、エーレクトラーの悲劇を映写するためのスクリーンでしかなかった、と言えば過言であろうか。ぜひとも原作を、できればソポクレース自身の言葉で、熟読していただきたい。

〔参考文献〕

『オレスティアー』三部作の邦訳は、『アガメムノーン』、『灌典を注ぐ女たち』、『悲しみの女神たち』の邦題のもとに呉茂一訳（岩波文庫ならびに、人文書院刊『ギリシア悲劇全集』第一巻）がある。ただし『アガメムノーン』は、その後、訳稿を改めて、筑摩書房から単行本（一九七五年）として出版されている。なおギリシア語原典は、D・L・ペイジ校訂『アイスキュロス悲劇集』（オクスフォド古典叢書）がある。

『エーレクトラー』の邦訳は、松平千秋訳（人文書院刊『ギリシア悲劇全集』第二巻）がある。

ギリシア語原典テクストは、ピアソン校訂『ソポクレース悲劇集』（オクスフォド古典叢書）がある。

7　ギリシア演劇詩の完成
——その2

1　エウリーピデースの『タウリスのイーピゲネイアー』

オレステースはどうなったのか

オレステースの仇討ち伝説の主人公は、いったいどうなったのか。父親の仇を討ったことは世間の称賛をうけるにふさわしい手柄としても、そのときかれは母親クリュタイメーストラーを、その哀れな嘆願の言葉を退けて、わが手にかけて殺害している。その罪の深さ——それをギリシア人は、〝母殺しの血の穢《けが》れ〟と呼んでいる——それが、かれらの間で呼びおこした深刻なショックは想像にかたくはない。それはオレステースの果てしない受難と彷徨の伝説を生みだす。アポローンの命令とはいえ、またアポローンが血の穢《けが》れを清めても、なお去りやらない苦難、その問題は、ギリシアの詩人、劇作家たちの想像力を二世紀、三世紀の長きに及んで刺激し続けたのである。

かれだけを苦しめるもの

アイスキュロスの『オレステイアー』の第二部、『コエーポロイ』は、オレステースが復讐の女神（エリニュエス）たちの追跡をうけて退場し、終わりとなる。この復讐の女神たちの姿は、周りにいる合唱隊《コロス》の、トロイアーの女たちの目には映らない。かの女たちは、オレステースの手についた新しい血が、かれの心の乱れを誘ったものに違いない、と言う。しかしオレステースは、自分の目には女神たちの姿が見える、おまえたちには見えなくとも、と最後の科白を残し、逃げるように退場していく。ここでオレステースは狂気にとりつかれている、とは言われていないが、自分だけに見える苦しみに責めさいなまれていることは確かであろう。

「恥」と「穢れ」、そしてそれよりも深いもの

私たちであれば、オレステースの苦しみは、母親を殺めた良心の苛責であると言い、かれが狂気に陥れば、それが昂じたため、と言うだろう。理由が何であれ、自分の内にあるものが絶対に認めようとはしない行為の一つが、親を傷つけ殺める行為だからである。し

かし、古代ギリシア人の言葉には、〝良心〟に相当する言葉がない。かれらは、あるときは〝恥〟とか〝廉恥〟と言い、またあるときには、オレステースのように〝穢《けが》れ〟という言葉を使う。現代人の（多くの）場合には、各人の内なる道徳律にもとづく判断がある、と思われているが、古代ギリシア人の場合には、社会が認めた道義的、宗教的慣習とそれにもとづく評価が、第一義的な重要性をもつ。それが人間同士の間に「恥」という不文の掟をもうけており、また神々と触れあう面では、「穢《けが》」れという言葉で、越えてはならない一線を画している。「恥」や「穢《けが》」れは、本人の自覚のいかんを問わず、社会的制裁をともなうのがつねであり、また、恥や穢《けが》れを取り除くためには、もちろん本人の努力も必要であろうが、最終的には社会的名誉回復や社会的清めの儀式がとりおこなわれなくてはならない。

清めの儀式

現代人と古代人との間には、そのような、道徳的意識の基本的差異がある。であるから、『オレステイアー』の、第三部『エウメニデス』において、アレオパゴスの法廷という最も厳粛な裁きの場において、オレステースに無罪の判決が下されたとき、いわば社会的な清めの儀式が終わる。それによって穢《けが》れは最終的に除去されたわけであるから、オレステースは気分も晴れ晴れと、故郷アルゴスへと帰っていくことができるのだ、という説明がなされるのが、つねである。

単純な分類は問題の本質を見落とす

しかしながら、実際の人間の内部において、また対社会との関係において、そのように簡単明瞭な良心主義と廉恥主義のはっきりとした区分が存在するであろうか。どのように拘束力の強い恥の念が行きわたっている社会でも、他人のそしりをかえりみず自分の信念を最後まで貫ぬく人間の話はあるし、逆に、道徳律が個々人に浸透しているはずの世界でも、信念や良心をよそにあずけて、世評に汲々として右顧左眄《うこさべん》する人間が、世の中を動かしていく。古代のギリシアにおいても、やはり〝良心〟という言葉はなくても、恥と穢《けが》れだけでは律しきれない、深く人間の内奥でせめぎあうものがあることを、人々が知っていたことは間違いない。さもなければ、オレステースの仇討ち伝説が、幾世紀もの間、叙事詩に、合唱抒情詩に、そして幾篇もの悲劇詩に、深刻な問いを投げかけ続ける、ということもなかっただろう。

オレステースを扱うエウリーピデースの三篇

古典期の悲劇詩人たち、アイスキュロス、ソポクレース、エウリーピデースはみな、オレステースの仇討ち伝説を取り上げているが、とくに三大詩人の最後の悲劇詩人のエウリーピデースは、仇討ちとその後に続くオレステースの受難の姿に強い興味を示しており、独自の趣好を凝《こ》らした名作を残している。今日写本として伝存するかれの作品十九篇のうち、実に三篇が、直接にオレステースの仇討ちとその後の物語に題材を仰いでいる。説明の便宜上、物語の展開の順を追って、この三作品の概要を紹介しよう。

『エーレクトラー』のオレステース

まず仇討ちそのものを中心に扱っているのが『エーレクトラー』という、さきに私たちが検討したソポクレースの悲劇と同名の作品である。しかし、ソポクレースとの違いは根本的である。ソポクレースは、主人公エーレクトラーの嘆きと烈しい自己主張を演劇的手法によって創りだしていた。かの女がその性格をもってしても耐えがたい悲痛な打撃をうけて粉々に砕かれていくかと思うと、再び、思いがけない真実を知って喜びと生気をとり戻す――その起伏を中心にドラマが展開しているために、仇討ちそのものは、作品のエピローグの程度にしか扱われていないことは、すでに見たとおりである。オレステースも、ひるむことなく母であるクリュタイメーストラーを倒し、その後かれの身にどのような災悪がふりかかることになったのか、観客は思う暇もない。その前に劇は終わっているからである。

エウリーピデースの問題指摘

エウリーピデースの筋立ては、大筋はもちろんオレステースの仇討ちであるから、アイスキュロス、ソポクレースの両作と変わらないが、細部においては、場面の設定、エーレクトラーの境遇、姉弟対面と身上再発見の進め方、などの細部の筋立てにおいては、先輩の両劇作者とは全く異なる工夫を施している。ここではその一々を詳しく検討することはひかえて、一点だけ、中でもとくに重要と思われる点を取りあげることにしたい。それは、母親殺しを前にしたときの、オレステースの嫌悪、躊躇《ためらい》、そしてその後の激しい悔悟と自責である。

オレステースのためらい

アイスキュロスの『コエーポロイ』でも、オレステースは、乳房をふくませた母を手にかけないでくれ、と訴えるクリュタイメーストラーを前にしたとき、一瞬のひるみを見せる、そして〝ピュラデース、これが私のするべきことか、母を殺すべきなのか〟と尋ねると、ピュラデースはそれまでの石のような沈黙を破って答える、〝いまになって果たさぬというのか、ピュートーの予言、アポローンの予言を。必ずと誓った神の言葉を。すべての神々よりも敵どもに値打ちがあると、思っているのか〟、と（八九九行以下参照）。アポローンの予言、という一言でオレステースの逡巡《しゅんじゅん》は消え、その後クリュタイメーストラーがあらゆる面からの助命の歎願をかきくどいても、オレステースは一歩もゆずることなくこれに応酬する。仇討ちは、覚悟と信念をもって遂行される。それでも、かれは、かれだけの苦しみがやってくるのを避けられなかったことを、アイスキュロスは言う。

母親処刑にひるむ

エウリーピデースのオレステースは、その場でためらったわけではない。それ以前に、アイギストスを討ったあと、これで終わりかと思ったところ、姉のエーレクトラーに母親をも討たねばならぬと告げられて立ちすくむ。アポローンがそこまで命じたとは理解していなかった、母親殺しの汚名を逃れることができれば、穢れをうけずに済む、というが、エーレクトラーは烈しく父の仇討ちの完遂を迫る。オレステースは恐怖する。アポローンの予言が正しいとは信じられない、とまで言って尻込みする。エーレクトラーは、臆病にとりつかれたうえに卑怯のそしりを受けてもよいのか、と叱りつけてオレステースの抵抗を挫《くじ》く。エウリーピデースは、この姉と弟との激しい説得場面を導きだすことを、主たる目的として、エーレクトラーの悲惨な境遇を設定し、またオレステースの内向的性格を表すかれの独白場面（三六七行以下参照）を組みいれてきたように思われる。エウリーピデースは、アイスキュロスのオレステースの一瞬のひるみ（『コエーポロイ』八九九行参照）から、深刻な示唆をうけ、オレステースの心の葛藤に、自分の目を釘づけにしたまま、放すことができなかったのではないだろうか。

そして、悔悟

母親殺害の後の場面も、当然アイスキュロスの『コエーポロイ』とは、対照的に異なっている。かのオレステースは堂々たる勝利の宣言をおこなう。みごと父の怨みを晴らしたこと、神に誓った行為が完遂されたことを告げる。エウリーピデースのオレステースは、アイスキュロスの主人公と同様に、〝見よ〟という言葉で口を切るが、最初から自分の行為を、血ぬれた穢れた行為と呼び、悔悟の涙に言葉を途切らせる。弟をあれほど激しく叱咤激励したエーレクトラーも、責められるべきは自分（一一八二行）と言い、自らを責める。オレステースは、自分の頬《ほお》にふれて助けてくれととりすがった母を、目をおおって剣で刺し殺したことを思い出し、慰めようのない悲嘆に陥る。姉弟はそのまま悲哀と慚愧《ざんき》のあげく死の道を歩んだかもしれない。だが劇の中ではそのときカストールとポリュデウケースの双子神が現れ、〝クリュタイメーストラーの死は正義の裁き、オレステースよ、おまえが加害者ではない、賢いはずのアポローンが、賢いとは言えない宣託をおまえに与えたのだ〟と言って二人の姉弟を慰め、二人の行く末について指示を与えて、劇は終わりとなる。

『オレステース』──死に瀕したオレステース

『エーレクトラー』では、双子神は、ホメーロスのオリュムポス山上の神々と同じ働きを与えられ、芝居の幕引き役を演じたにすぎない。次の作品『オレステース』では、かれの苦しみが、なお止むことなく続き、それが昂じた結果、かれは心身ともに病に侵される。幻覚と狂気に、間渇的に襲われ、生ける屍となってエーレクトラーの看病をうけている──そのような場面で『オレステース』は始まる。オレステースの仇討ち後ほどないある日、という設定である。そのときトロイアーからの帰国が遅れていた叔父メネラーオスが、あのヘレネーと一緒にアルゴスに帰ってくる。オレステースはかれの助力を求める、メネラーオスは一度は援助を約束する。だがそこへ、クリュタイメーストラーの父テュンダレオースが現れる。かれは娘の不行跡は許せぬと言い、しかし娘の殺害者オレステースも許すわけにはいかない、と、アルゴス人たちの市民総会においてオレステースの礫刑《れきけい》を提案する。オレステースはメネラーオスの助力にすがろうとするが、メネラーオスは情勢不利とみて、言を左右にして、協力を拒む。やがてアルゴス人の市民総会が開催されて、母親殺しオレステースの死刑は是か非かが議せられることになる。八人の代表的市民が次々と演壇に登って意見を述べ、賛否両論がたたかわされたが、結局、二人の姉弟には、礫刑ではないが、自決すべきことが決定される。オレステース、ピュラデース、エーレクトラーの三人は、絶体絶命の窮地に陥る。だが、むざむざと自らを死に追いやることは愚策として、逆にメネラーオスに脅迫して、市民総会の決議を撤回させることを企てる。かれらはメネラーオスの妻ヘレネーを殺害し、その娘ヘルミオネーを人質に取る。そこへメネラーオスが急を知ってかけつけるが、三人は、メネラーオスが自分たちの意に従わぬならば、ヘルミオネーをも殺し、家に火をかけて、自分たちも自害する、と脅迫する。窮したメネラーオスが絶句したとき、今度はアポローンが幕引き役で登場して、『オレステース』は終わりとなる。

死から生へ

この悲劇作品は前四百八年上演という記録が伝わっているが、オレステースの狂乱状態は、この作品においては正に極限状態に達した感がある。作品そのものが、オレステースの狂おしい心情に共感するかのように、いささか常軌を逸した展開をみせているからでもあろう。だれひとり自分の苦しみを理解しようとしない、それどころか血縁の祖父テュンダレオースや叔父メネラーオスまでが、自分を迫害し、平然と裏切ろうとする。市民たちまでもが、自分たちの敵となってしまっている。その状況に陥った悲嘆、苦悩、絶望からこみ上げてくる狂気にも似た憤激と、見境ない殺害や脅迫の行為——エウリーピデースはそれを是認しているわけではないが、そのような形でしか表しようもない、オレステースの苦しみを語ろうとしていることは確かである。また、そのような狂気にも似た怒りによって、屍にもひとしかったオレステースに生気がよみがえり、初めて生きていこうという意欲を回復することも、確かである。魂の底からこみあげてくる、不条理に対する怒りによってまた、同じところに浸みついていた血の穢《けが》れが、薄れていくものであることを、演劇的手法をつうじてエウリーピデースは語ろうとしたのであろう。

アレオパゴスへ——解決に至らぬままに

『エーレクトラー』の幕引き神も、『オレステース』の幕引き神も、オレステースがアテーナイへ赴くべきこと、そしてアレオパゴスの法廷で裁判をうけ、無罪潔白の身となるべきことを告げている。黒白同数の票となることまでも予言している。しかしながら、オレステースは本当にアレオパゴスの裁きによって〝血の穢《けが》れ〟――私たちの言う意味での良心の苛責――から解放されたのであろうか。この社会的な清めの儀式によって、子供が母親を殺めることを是認するような、何らかの摂理に接しえたのであろうか。

アレオパゴスの法廷は救いにはならず

エウリーピデースの第三のオレステース劇『タウリスのイーピゲネイアー』は、その質問に対してはっきりと「否」と答えている。この劇に登場するオレステースが言うには、確かにアレオパゴスの裁きでは、〝アポローンの弁護とアテーネー女神の票によって、自分は勝訴し、一時は身に負うた「血の穢《けが》れ」を取りさることができた。ところが復讐の女神たち（エリニュエス）のうち、裁きに従うべく座についたものたちは、アテーネー女神殿のわきの杜《やしろ》をもつことが定められたが、法に従うことを拒絶したものたちは、とまることのない足で自分を休みなく追い続けた〟、と（九六五行以下参照）。明らかに、「血の穢《けが》れ」のある部分は、アレオパゴスにおける、社会的な清めの儀式で清められたのであるが、

「血の穢《けが》れ」の残りは、なお、復讐の女神たちの指弾をうけ続けなくてはならなかったのである。清められた部分と、そうではない残りとは、単なる量的な事柄を指しているのか、両者の「穢《けが》れ」の間には質的な差異が意味されているのか、その点は明示されていない。エウリーピデースの言葉を、解釈的に、私たちの言葉で言い直してみるならば、オレステースの苦しみの一半は社会的清めの儀式で取り除かれた、しかしその実体は法的手続きとはかかわりなく、かれを苦しめ続けた、ということになろう。これは、別種の方法があれば、それによって解決されねばならない。『タウリスのイーピゲネイアー』の主題は、そこにあったのではないだろうか。その点を念頭において、劇の展開を追ってみよう。

『タウリスのイーピゲネイアー』

オレステースは途方にくれて再びアポローンの助力と指示を求めて懇願したところ、アポローンは、タウリスの地を訪ねよ、天上からその地に降りてきたとされている、女神アルテミスの像を、アテーナイに移し、神社を建立し奉納せよ、と命じた。タウリスとは、現在の黒海北岸のクリミア半島にあった非ギリシア系のタウロイ人たちが住む辺境の地である。劇はオレステースとその親友ピュラデースが、海路はるばるギリシアからタウリスに到着した時点から始まる。だが劇の前口上は、全く予想外の人物の口から語られる。それは、約二十年昔、トロイアー攻めのギリシア勢がアウリスに集結したとき、北風への犠牲に捧げられ殺されたはずの、アガメムノーンの娘イーピゲネイアーである。あのとさかの女は屠《ほふ》られる瞬前に女神アルテミスに救われて、タウロイ人の住むタウリスの地に連れてこられて、女神の社を守る女神官となった。以来、約二十年の年月が経っている。この地に漂着するギリシア人がいれば、それをアルテミス女神への犠牲にささげることが定められており、その儀式の最初の段をおこなうことが、かの女の役目となっている。悲劇の合唱隊《コロス》は、この北辺の地に奴隷として売られてきたギリシアの女たち、という役柄である。黒海の西岸や北岸地域一帯は、前九世紀、すなわちホメーロスよりかなり以前の時代から、ギリシア人の交易所や、植民都市が数多く設けられていた。合唱隊《コロス》の女たちも、イーピゲネイアーも、望郷の思いを語り、歌う。かの女はトロイアーが攻め滅ぼされたことは、風の便りで知っている。しかし故郷の父、母、弟オレステースの消息については、知るよしもない。

出会い

タウリスの地までやって来ても、オレステースの狂気の発作はまだ収まっていない。狂乱のあまり牛の群れに襲いかかったところを、タウロイ人の牛飼いに取り押さえられて、ギリシア人であることがわかり、人身御供のために、アルテミスの神殿に、親友ピュラデースとともに引き立てられる。正気に返り、狂気も彷徨も救いも、もはやこれまでと覚悟をきめたオレステース、実の弟とその親友とは知るよしもないイーピゲネイアーは犠牲の支度にとりかかろうとする。だがよく見れば、まだ弱年の若者たち、イーピゲネイアーは名を尋ねるが、オレステースは無名のまま死にたいと、身の上を明かそうとしない。だが、アルゴスの都ミュケーネーから来たと知って、イーピゲネイアーは懐しさのあまり、故郷の父、母の消息を尋ね、二人の非業の最期を知る。弟は、と尋ねる姉に、オレステースは、その弟も母を殺めて、滅亡したと答える。相手の女神官が、自分の一族の消息に常ならぬ関心と悲哀の情を示すことをいぶかしく思いながらも、オレステースは、自分の目の前に、二十年も昔に死んだはずの姉イーピゲネイアーがいるとは、想像もつかない。

オレステースへの手紙、その場で……

犠牲の刻は迫っている。イーピゲネイアーは二人の若者のうち一人を助命し、ギリシアへの便を託すことを申し出る。オレステースは自分だけ救われることを潔しとしない。清めようもない「穢れ」を負うた身、ここで救われても、自分には本当の救いはない。イーピゲネイアーは、手紙を取りにいったん退場。その間にオレステースは、共に死にたいと願うピュラデースの反対を説き伏せる。そしてイーピゲネイアーの手紙を持って、ギリシアへ使いとして立つことを承知させる。イーピゲネイアー再び手紙を持って登場、一人の安全出発を保証するが、その代わり手紙を必ず届けることの誓約をピュラデースに求める。ピュラデースは誓約する、だが万一、航海の途次、手紙が紛失したり船が難破したりの場合に備えて、その内容を記憶にとどめておきたいと申し出る。イーピゲネイアーはその配慮をほめて、手紙を読む、〝アガメムノーンの子、オレステースに告げよ、アウリスで犠牲として屠《ほふ》られた女が、この手紙を送っている。イーピゲネイアーはまだ生きている、そちらではとっくの昔に死んだもの、と……〟（七六九〜七七一行参照）。仰天するオレステース、どこにかの女がいる、死んだひとが帰ってきたのか、と叫ぶが、イーピゲネイアーは、あなたの目の前の女がそうです、とオレステースの叫びを制して、手紙を読み続ける、〝どうか弟よ、私が生きている間に、アルゴスへ連れ帰るようにしてください。この外国人の国から、この女神への人身御供の祭りから、連れだしてほしい。私はいまその祭りで、外国からの漂着者を屠《ほふ》る祭司をつとめている〟。ピュラデースは、手紙を受けとり、私の誓約はいまここで果たすことができる、と言って、イーピゲネイアーの目の前で、手紙をオレステースに手渡す。驚くのはこんどはイーピゲネイアー、オレステースは、イーピゲネイアーが家に残してきた手織りの刺繍《ししゅう》の模様を語る、母に送った一房の髪を語る、イーピゲネイアーの乙女の部屋に秘蔵されていた家宝、先祖ペロプスの手槍を語る。しばしは信じられなかった姉も、相手が弟であることを知る。

発見と逆転、そして脱出計画

姉弟の互いの身の上が判明したことによって、劇の状況はにわかに一変する。それまでともに破滅に瀕《ひん》していた二人は、思いもかけない再会の喜びと興奮が静まったあと、眼前に現れた光明をめざして、力を合わせて危地脱出の方法を、あわただしく模索し、思案する。ここで一計を案出したのはイーピゲネイアー、オレステースの拭いがたい穢《けが》れを、計略のたねに使おうと提案する（一〇三一行参照）。二人のギリシア人は、母親殺しの血の穢れに染まっている。またアルテミスの神像も、そのために汚れをうけた。万物を清める海の力を借りて、二人を洗い清め、神像にも清めを施す、という口実で、タウロイ人の王トアースを説得し、二人と神像を海辺に誘導する。オレステースとピュラデースが乗ってきた船は、海岸の岩陰にかくれて待機中であるから、そこまで行く時がかせげれば、脱出できる。それがイーピゲネイアーの計略、合唱隊《コロス》の女たちも、この計略に協力することを約束する。この計略が九分九厘の成功にまで達したのは、オレステースの「血の穢《けが》れ」の恐ろしさ故《ゆえ》である。それは空気感染の悪質伝染病のように、一つの社会全体を汚すもの、というふうに理解されている。これまでオレステースはそのために、どこへ行っても人間社会から受けいれられず、野獣にひとしい日々を送ってきた。ついに、その「穢れ」が、タウロイ人の住む辺境にまで及んだのである。タウロイ人の王トアースは、激しい畏怖にうたれ、イーピゲネイアーの言葉をやすやすと信用する。清めが終わるまで、住民は家の中にとどまって外には出ないこと、そして王自身も神殿の奥深く身をかくしていることを約束する。

エウリーピデースの演劇的手法

これまでのタウロイ人とか人身御供とか、死んだはずのイーピゲネイアーが生きていたとかの、ありうべくもないお話の設定は、サスペンスの道具立てであるから深刻に考える必要はないだろう。しかし、手紙の段から姉弟の身の上の判明、状況の逆転、そして脱出のための計画策定へ、という筋の展開は、エウリーピデース悲劇の中でも、白眉の出来栄えという評価は、古代から定まっており、今日これを読んでも、天才的劇作家の片貌《へんぼう》をうかがい知ることは容易である。登場人物の対話は、緊迫感をいやがうえにも高めていく自由自在なペースで、絶望、悲しみ、驚愕、喜悦、不信、希望などの感情の糸を、各人ごとの科白にからませながら、六百行以上もの間ほとんど息をつく暇も与えない。ただその点だけでも、エウリーピデースの作劇技法の卓越性を充分に示すものである。だがその上に、私たちとしては、劇の流れが急転していくなかで、エウリーピデースが追い続けてきていた、オレステースの「血の穢《けが》れ」という一貫したモティーフも、その間に向きを逆転させていることに、深い驚きを感じざるをえないだろう。迫害と受難の原因となってきた「血の穢《けが》れ」は、地の果てまで達する。いわばそれが全人間世界を恐怖に陥れ、それによってオレステースは、最終的にただひとりの隔離された人間であることが明らかにされたそのとき、一転して「血の穢《けが》れ」はオレステースを救う強い力となるのである。

〝けがれ〟は〝救い〟に

エウリーピデースは、最大の罪人は、最高の聖者であると、中世キリスト教の教父伝説のような逆説的なことは、どこにも言っていない。だが、今日の目から見れば、それと同じ性質の「穢《けが》れ」の転換が、演劇的筋の展開をつうじて実現されていることがわかり、深い印象をうけるのである。神々の穢《けが》れ、人間の穢《けが》れとして放逐されていたものが、長い放浪のすえ、いつの間にか、ついには聖なるものに変容して、人間世界に復帰するという考えは、古代ギリシアにおいて、あるいはギリシア悲劇においては、けっして例外でも異質でもない。アイスキュロスの『縛られたプロメーテウス』に登場する娘イーオーや、ソポクレースの『コローノスのオイディプース』に現れるオイディプースも、そのような宿命のもとにあったことが知られている。しかし、それらの例と比べてみても、エウリーピデースのこの劇作における「穢《けが》れ」のモティーフの変容には、完成された演劇的技法の冴えが光っている。形而上的説明ではなく、劇中人物の考えぬいた行為がもたらす必然的な結果であることがわかるのである。

幕引きの神アテーネー登場

さて、九分九厘の成功を収めたイーピゲネイアーの脱出計画も、最後のところでつまずく。脱出組を乗せた船が外海に出ようとすると、巨大な波濤《はとう》が立ちふさがり、風も逆手に吹いて船を岸辺に揺り戻す。そして船は、海中まで入っていたタウロイ人の追手によって押さえられてしまう。そのとき現れたのが、幕引きの女神アテーネーである。観客は安堵したか、あるいは〝またか〟といういらだちをあらわにしたか、今となっては想像すらつきかねる。しかし私たちは、この幕引きの女神が、『エーレクトラー』や『オレステース』の幕引き神たちが言っていたように、アレオパゴスの法廷へ行けば無罪の許しが得られるという科白を口にすることのできない理由を知っている。法廷における、社会的な清めの儀式が成功しなかったから、この劇のような新しい事態が生じていたのである。しかも、アレオパゴスの裁判の裁判長をつとめた女神アテーネー自らが、ここで幕引きの神として登場しているのである。当時の観衆も、もし私たちのような考え方に同調するものが多かったならば、女神アテーネーの言葉に、少なからぬ期待と好奇心をむけたのではないだろうか。

アテーネー、祭祀建立を命じる

アテーネー女神の言葉は三つの要点を含む。第一は幕引き神の役柄よろしく、タウロイ人の王トアースにこれまでの経緯を話し、オレステースたちを帰してやるようにと説得する。第二は、オレステースがギリシアに帰りついたならば、そこでアルテミス女神像を奉納すべき神殿を建立し、その縁起をつまびらかにした祭祀儀礼をおこなうように命じ、その細目を教示する。

ハライの祭祀

場所はアッティカ半島東南のはずれ、カリュストスの岩が間近に見えるハライの地、その神殿はタウリスの地とオレステースの苦難の彷徨にちなむ名で呼ばれ、そのアルテミス女神像は〝タウロイ伝来〟と称せられる。その祭礼では、オレステースの助命の代価を象徴する儀礼として、男の首に祭司刀をあて、血に浸じませ、聖なる女神への礼とする。エウリーピデースがこのように詳細にアテーネーに語らせているとおり、アッティカのハライでは、古くからそのような縁起にもとづくアルテミス神殿と、「タウロポリア」と呼ばれる祭礼が存在していた。

ブラウローンの祭祀

第三は、イーピゲネイアーに対する指示である、かの女は、やはりアッティカの東南岸にあるブラウローンの「聖なる梯子」のわきのアルテミス神殿の女司祭となり、一生を終わるときにはそこに埋められるべきことを告げる。そして、イーピゲネイアーの墓前には、アッティカの女たちが、〝産褥で生命を裂かれた女たちの、家に残した織り目美しい織物を、捧げものとして奉じるであろう〟と語る。イーピゲネイアーはその名のとおり、〝健やかな生まれを守る〟女神となるのである。ブラウローンのアルテミス神殿は、第一次世界大戦後の発掘調査により、美しく清々しい姿を再び地上に現し、また「聖なる梯子」という名にふさわしい、岩肌によりそうように切り削られた古い小神殿の遺構も発見されている。五年目ごとのブラウローンの祭礼は、アッティカ全土の女性の成人を祝う祭りとして大層なにぎわいを来していたことは、古代の文献資料から知られており、ここでアテーネー女神がいうような、イーピゲネイアーの祭りも実際におこなわれていた宗教的行事の一つであったことは事実であろう。

二つの祭祀を一つに結びつけている理由は

神殿、祭礼の縁起譚は、いずこの世界、いずれの宗教でも、理屈では説明しきれない要素が中心にある。理屈や言葉では説明できない大切なものがあるからこそ、神殿礼拝や祭礼による、象徴的行為の反復が必要なこととなるのであろう。ハライの首切りの儀式も、ブラウローンでの、産褥で生命を落とした女たちが家に残した織物を出産の女神イーピゲネイアーに捧げる祭礼も、各々に、今日私たちの理解が完全には及ばないような、何らかの象徴的意味のこめられた、宗教儀式であったに違いない。それらの儀礼が、本来的起源においてオレステースや、イーピゲネイアーの脱出冒険談とかかわりを有したものか、どうか、あるいはそれよりも古く太古のころより、アッティカ土着の人々の間に根づいていた信仰行事であったのかどうか、いずれとも判明しがたい。しかしそれらの、本来的にはおそらく互いにかかわりのない二つの神殿、二つの祭礼の縁起を、一篇の悲劇の結末として組み合わせ、幕引き神アテーネーの口から語らせているのは、エウリーピデースである。それはかれの劇作家としての、また思想家としての選択によるものであって、神秘でも非合理でもあろうはずがない。多数の観客に納得のいく、伝達可能の意味がこめられていたはずである。

すべては終わり、記憶のみが

エウリーピデースが、はっきりと示している点は、まず、オレステースの苦しみがすでに終わって、一切は過去のものとなっている、という観点であろう。アテーネー女神は、オレステースがこれから受けねばならない清めの儀式がまだ残っているとは言わない。最大の罪が最上の救済となるという、一種の奇蹟的な筋の展開に、一切の解決のヒントが含まれていたのかもしれない。すべて過去のものとはなったけれども、しかし未来にわたっても深刻な意味を失うことのない出来事――その一つがオレステースの仇討ちと救済の伝説であり、その宗教的、人間的な意味を伝えるものとして、ハライの首切りの儀式が設けられるべきことを、女神アテーネーは命じている。オレステースの話は終わった、しかし人間よ、いつまでもかれの苦難を忘れるな――という主旨をこめた儀礼がここに生じているのである。

ブラウローン祭祀の意味

第二は、オレステースの救済とイーピゲネイアーの祭りとの不可分の関係である。その意味を察することはできても、論じ尽くすことはむずかしい。さきにも触れたように、イーピゲネイアーという名前は、〝健やかな生まれを守る〟という意味で、本来は出産の女神の力を表す言葉であったと思われる。ブラウローンの祭りもその太古の起源は女性の生産力を祝福し、これを宗教的尊崇の対象としていたものであろう。エウリーピデースが、ここに悲劇のヒロインの余生と死後の場を設定したのは、ただ、その名前の偶然の一致にヒントを得たというにすぎないかもしれない。しかし、〝産褥で生命を裂かれた女たちの家に残した織り目美しい織物を、捧げものとして奉じるであろう〟というアテーネーの言葉は、深い偶意性を感じさせずにはおかないだろう。つまり、子供のために生命を失った母たちの姿が、そこにあり、その母たちの犠牲のうえに生を享けた子供たちの姿もあり、そしてその母たちの思いが死後もなおとどまっている織り布が、そこにあって、イーピゲネイアーへの祭りが営まれることになるからである。それは生命の継承という、貴い営為に織りこまれている母たちの悲劇と見ることもできるだろう。

さらに解釈を進めれば

そこまで私たちが想像力をたくましくすることが許されるならば、このイーピゲネイアーへの捧げものに託されている悲願は、オレステースの贖罪《しょくざい》とは無関係どころか、表裏一体の事柄に根ざしていると思われるのである。オレステースも、母の生命を奪って己れの生を全うした子であり、狂気となって地の果てまで放浪するかれの行為は、母の思いをとどめていた織り布と、無関係ではない。産褥の母親の死と成人の母殺しとは、人間の行為としては同じではありえないが、オレステースの場合のように、神々が人間に使命として与えた営為という見方に立てば、あとに残り生きていくのは、いずれも、母の生命を奪って生を得た子である。オレステースのひとりの人間としての良心の苛責も、自分の行為を生命継承のリズムに刻まれた一筋の悲劇として観ずることに徹すれば、そこに真の意味での〝清め〟が与えられることになるのではないだろうか。エウリーピデースはそこまでの種明かしを言葉では説明していない。しかし女神アテーネーが、なお未来のこととして映しだすイーピゲネイアーへの捧げものの儀式の一こまは、そこまで私たちの想像力を誘い、オレステースの心の真の安らぎが求められる一つの境地を、そこに示唆している。第一のハライの儀式が、オレステースの苦難と救済を出来事として記念するとすれば、第一のイーピゲネイアーへの儀式は、オレステースの苦難と救済の深い意味を開示するものであり、両方ともに、長年この題材をくり返し取りあげてきたエウリーピデースが、最後にたどりついた一組の解答であったように思われる。

2 アリストパネースの古喜劇

ギリシアの詩人や、劇作家たちが、人間の苦痛や悲嘆、人間の涙について、深い同情と洞察をもって語っていることは、すでに私たちの見てきたところである。しかし叙事詩から演劇詩に至る長い道程は、嘆きのテーマだけによって占められているわけではない。実は、人間の笑いも、同じようにホメーロス叙事詩から発して、演劇詩に至る、文学的テーマとなって、古典期ギリシアの人々の興趣を誘ってきた。

ホメーロスの笑い

叙事詩人ホメーロスも、喜劇的名作『マルギーテース』を残している、と哲学者アリストテレースは記しているが、作品は湮滅し、その片影すら伝わらない。しかし『イーリアス』、『オデュッセイアー』のなかにも、神々が大笑いをしたり、人間が悲嘆や涙の間にも、ふともらす笑みが語られている場面がある。例えば、不老不死の気楽な生を楽しむ、オリュムポスの神々にも涙と笑いがあることを告げているのが、『オデュッセイアー』第八巻

（二六六〜三六六行）の、愛の神アプロディーテーと戦の神アーレースの、不倫姦通事件の結末である。金髪の美しいアプロディーテー女神は、なぜか、大変な醜男の鍛冶の神ヘーパイストスと夫婦になっている。ハンサムで、かっこいい戦の神アーレースと深い仲になってしまったところを太陽神ヘーリオスに見つけられる。それを告げられて苦しむ夫のヘーパイストス。何とかして戦神アーレースに復讐をと心を痛めるが、そこはさすがに天上の先端科学技術をつかさどる神、神々の目にも見えないような仕掛けの網を創り、寝台の上に張りめぐらす。ヘーパイストスの留守を見さだめて、アーレースが訪ねてくるといそいそとこれを迎えるアプロディーテー、だが二人はもののみごとに不倫の現場を不滅の網にからみとられ、裸で抱き合ったまま身じろぎもできない姿で天上に高々と吊《つ》り上げられてしまう。

ホメーロス喜劇の観客たち

そこまではヘーパイストスの仕業であり、仕組みと状況のおかしさである。秘めごとの、ぶざまなばれ方は、局外者の目から見ると、ばかばかしく滑稽《こっけい》である。しかしそれから先きの事件処理のてんまつは、詩人ホメーロスの喜劇的なひらめきを存分に示している。

ヘーパイストスの悲喜劇

当事者であり、被害者であり復讐者であるヘーパイストスの心は、悲痛な怒りで煮えくりかえる。〝天上の神々よ、みなこのぶざまで、笑うべき仕業を、出てきて見てくれ〟、と叫びたてる。〝こやつらがちちくりあっているのを見て、俺がどんな思いをしているか。よくも俺をばかにしやがって、こやつの父親が結納金を全額俺《おれ》に払い戻すまでは、網の目を絶対にゆるめないぞ〟、と。アプロディーテーの父親がだれであるのかはっきりしないが、ここではゼウスのことであるらしい。弱者が強者の失態を逆手にとって、思いのたけを罵るヘーパイストスの言葉は、喜劇役者の科白としては、一点の非のうちどころもない。

このスキャンダラスな光景を見ようと集まった神々も神々ならば、かれらの反応もまた、喜劇の観客としては実に立派である。かれらはまず笑いに笑って、いつ収まるともみえなかった、とホメーロスは言う。喜劇とは、道化の涙と怒りと観客の爆笑によって成りたつものであることを、ホメーロスは心憎いばかりに知っていたのである。やっとのことで息をついた神々は、〝のろまが、スマートなやつをやっつけたのさ、足は悪いが、技術家だからね、こういうことになっては、寝取り金をうんとしぼられるね〟、と評論する。蛇足だが、女神たちは恥ずかしがって見物にはやってこなかった、という。

アポローンとヘルメース

愉快愉快と打ちさわぐ喜劇の観客たちの、局外者ならではの感興は、見物にやってきた兄弟の二人の神、厳粛なアポローンと、いたずら好きのヘルメースとの会話において、頂点に達する。アポローンは弟を見て尋ねる、〝どうだ、金髪のアプロディーテーのわきに鎖でぎゅっと締めつけられても寝てみたいと思うか?〟。ヘルメースは負けじと、〝こんな鎖の二つや三つ気になるものか、兄さんたちや姉さんたちが見ている前で、ブロンドの愛の女神と寝てみたいね、僕ならね〟。そこでまた観客の神々は、どっと笑いくずれる。前後の見境のない色気や食い気も、喜劇的笑いの誘い水となるのである。

ポセイドーンとヘーパイストス

しかしただそれだけでは本当のおかしさにはまだ遠い。ホメーロスはここで、きまじめに事件を重大視する海神ポセイドーンを登場させる。かれはゼウスの弟で、不らちな所業をしでかしたアーレースやアプロディーテーの叔父にあたる。かれはこの不まじめな有様に一時も早く終わりをつけたいと、笑いさざめく神々から離れて、怒り狂うヘーパイストスをわきに引きよせて、早く鎖をほどいてやれと懇願をくり返す。ヘーパイストスがそう簡単に承知するはずはない、しかしポセイドーンはとにかく金で解決できればそうしたいと、アーレースの支払うべき罰金総額の支払いは自分が保証すると約束して、ヘーパイストスをなだめすかして、事件を一応示談に持ちこむことに成功する。このばかばかしい不倫事件のおかしさもさることながら、それを笑おうともせず、とにかく早く片をつけようと焦る、大海原の神ポセイドーンの姿が、喜劇でもない悲劇でもない実人生の味わいを、笑いの後の余韻として伝えているのである。一席のお笑いとしては、なかなかの傑作と言ってもよいだろう。

喜劇創作の痕跡、消滅

ホメーロスの喜劇的語りのひらめきは、その後の詩人たちの間で、どのように継承されていったのか。私たちが知りたく思うその問いに答えてくれるような資料は、ほとんど何も残っていない。サッポーやアルカイオスとほぼ同時代の、アルキロコスという詩人は、負け惜しみの強がりで、威張りくさった大将を罵った歌や、アルキロコスと娘との結婚を許さなかったリュカムベースという人を罵倒した痛快な詩を残している。たしかに諷刺文学の原型というに値する鋭気に満ちたものであるが、「アーレースとアプロディーテー」を語るホメーロスの、喜劇的な成熟した味わいとは全く別のものである。喜劇ではないが、喜劇にもなりうるような状況をつかんで、そこに発想のヒントを得ているのは、しかしアルキロコスだけであって、他の抒情詩人たちや合唱抒情詩人たちはいずれも、きまじめで上品であって、卑しい笑いに打ち興じるような場面やモティーフは、どこを探しても見つけることはできない。豪快な酒好きのアルカイオスは、自分自身いささか喜劇的役割を演じることもあったのではないかと思われるが、かれの詩は、政敵を罵倒することはあっても、やはり喜劇詩というにはほど遠い。ステーシコロスやバッキュリデースの合唱抒情詩の形には、悲劇詩の文芸的先駆を発見できることはすでに示したとおりである。しかし喜劇詩の萌芽は、それとは直接にかかわりはなく、おそらく全く別の社会的階層に求められるべきものであったのだろう。見境のない色気、食い気、所有欲、金銭欲などの、あらゆる人間的欲望を、説教ではなく哄笑によって解消していくオリュムポスの神々の世界は、現実社会においては、上流貴族社会の文学よりも、下層の民衆層の習俗になじみやすい性質をもっていたように思われるのである。

アテーナイにおける喜劇上演

前五世紀の初頭より喜劇が、悲劇とならんで、アテーナイの演劇祭において競演されていたことは確かな事実であって、当時の上演記録碑文によれば、前四百八十六年春には喜劇の優勝詩人の名（おそらくキオーニデース）が刻まれており、アイスキュロスの『ペルシアの人々』が上演された前四百七十二年春には喜劇作者マグネースが優勝したことも、碑文資料から知られている。しかし、これらの初期の作者たちの作品はすべて散逸してしまって、何も知ることができない。

古きにさかのぼる喜劇の合唱隊《コロス》

〝演劇〟としての喜劇の発祥は、おそらく悲劇よりも古くにさかのぼるのではないかと思われる。これを立証する文献資料は存在しない。しかし、合唱隊《コロス》が仮面をつけ扮装する、という事柄を演劇詩の誕生を表す画期的第一歩とする観点に立てば（上記二〇六ページ以下参照）、明らかに喜劇合唱隊《コロス》の前身と思われるものを描いた壺絵《つぼえ》は、前六世紀の中ごろにすでに作られている。その図柄は笛吹きの人物の前で、鳥やイルカや、さまざまの動物の姿に扮装した幾人もの群像がリズムに合わせて舞踊している絵が多く、その後一世紀経て現れるアリストパネースの『蜂』、『鳥』、『蛙』などの、各々の標題の動物の姿に扮装した合唱隊《コロス》との類似性は明らかである。それらの壺絵が製作されたころ、喜劇の脚本が、文学としてどの程度の独立した体裁をととのえるに至っていたのか、それはわからない。ともあれ、前六世紀中ごろには、喜劇のほうではすでに仮面と衣装に奇抜な工夫を凝らした合唱団が現れていたことは確かと思われる。

喜劇役者の扮装

合唱隊《コロス》の扮装については、そのような絵画的資料は、前五世紀に入っても残っているが、喜劇役者の姿を描いた絵は、前四百二十年代つまり喜劇作者アリストパネースの活躍期のころから後のものしか伝わっていない。仮面、衣装で扮装するということは悲劇役者の場合と変わりはないが、前五世紀の喜劇仮面はギョロ目、団子《だんご》鼻、部厚い唇、など滑稽《こっけい》とも醜悪ともいえる特色をそなえたもので、色欲、食欲、金銭欲の固りを人間の顔つきに盛りこんだように見える。また衣装も、多彩奔放な現代風俗をもってしても模しがたい自由なもので、男性役はみな巨大なソーセージのような一物をぶら下げたり、巻き上げたり、腰に吊《つ》るしたりして登場する。つまり、普通の人間であれば、表情や着衣の裏に秘めておきたいと思う、自分の動物的本性を、甚だしく誇張した姿で表面化して、それを仮面と衣装の形に現しているのが、アリストパネース時代の喜劇役者なのである。

喜劇登場のヘーラクレースの像（Pickard-Cambridge, *The Dramatic Festivals of Athens*, 2. ed. Oxford 1968. Fig. 91）

ただ視覚的面だけみても、グロテスク、奇想天外、天衣無縫そのものであり、このように日常世界の内側と外側とを引っくり返したような人間たちの行為を通じて、喜劇の筋は展開する。英雄ヘーラクレースはもとよりのこと、政治家クレオーンや哲学者ソークラテースなども、いったん喜劇作者たちの手にかかれば、途方もなく誇張され戯画化されることは避けられなかったのである。

喜劇の表現の自由

アリストパネースら前五世紀の喜劇作者たちは、どのような経緯からかれらの無制限の表現の自由を与えられたのか。社会の良風秩序をあたまから堂々と無視したような姿形のかれらの演劇作品を、これまた白昼堂々と国費で上演していたアテーナイという国は、いったいどうなっていたのか。なぜ、そのような喜劇がさそう、哄笑が必要であったのか。アリストパネースの喜劇を本当に理解するためには、それらの根本的問題から尋ね直すことが必要であろうし、またそのためには、別の方法が求められねばなるまい。しかし私たちとしては、ここでは、アリストパネースが、人間の内側と外側とを入れ替えたような喜劇的扮装を用いて、何を語ろうとしているのか、まずその点を探ることから始めたい。

喜劇創作のむずかしさ

アリストパネース自身が『騎士たち《ヒッペイス》』と題する喜劇（前四二四年上演）の一節で言うには（五〇六行以下）、先輩の喜劇詩人マグネース（アイスキュロスとほぼ同時代）以来、クラティーノス、クラテースらが喜劇作者として苦労してきたさまをつぶさに省みれば、なかなか自分としても喜劇作者になるべきかどうか、決心がつかず、幾年かの間、習練を積みながら模様ながめに過ごしてきた。というのは、あなたたちアテーナイ人は移り気で、一時はある喜劇作者をもてはやしても、その笑いの種が古くなってパンチがきかなくなったとみれば、手の平を返すように容赦なくお払い箱にしてしまう。これではだれでも二の足を踏むだろう、と。二度も三度も使われた冗談などはごめんだぞ、という科白は、かれの喜劇のあちこちに散見されるが、これも観客の気むずかしい注文を先きどりして、客を笑わす種にしているものである。

新しい喜劇の出発点

実にアリストパネースの喜劇作者としての出発点は、先輩のあまり取り上げることのなかった題材に、つねに新鮮な笑いの花を咲かせる、という方向で新機軸を求めるほかはなかったのである。単純な、色気、食い気、金銭欲、権勢欲、などがくり広げるドタバタ芝居や、これをこっぴどくこきおろす下卑た冗談などは、アリストパネースの喜劇をもなお色濃く染めている特徴である。そのなかには今ではもうおかしさがどこにあるのかわからなくなっているものもあるけれども、これらはおそらく先輩の喜劇詩人たちによってすでに散々に利用されてきた種であったに違いない。猥雑な言葉の彩りは、いささかグロテスクな喜劇装束と同様に、アリストパネースが先人から受けついだ喜劇作劇法の約束ごとの一つであったと思われる。しかしその多くは、観客にはもう見飽き聞き飽きた冗談や所作にすぎず、ただそれだけでは、新しい笑いを誘うことは、もはや不可能であった。

問題の提示と解決

先輩喜劇詩人たちの作品は、ごく断片的にしか伝存しないので、かれらの工夫とアリストパネースの工夫とを充分に比較対照することはむずかしい。しかし今日残っているアリストパネースの作品十一篇のうち、前四百年代に上演された九篇（その後のものと分けて〝古喜劇〟と呼ばれる）を見ると、作者は各作品において明確な形で当時の政治、社会、文化、教育など、いずれかの問題を中心に取りあげ、そしてそれらの現実問題について、甚だしく滑稽、またばかばかしく真剣な取り組み方をする人物を登場させる。その人物のばかばかしい成功や失敗をもって、演劇的な筋を構成するように工夫を凝《こ》らしている。悲劇作者がホメーロスをモデルに、悲劇の筋を工夫考案しているのと対照的に、アリストパネースは、前後に関連のない冗談と笑いを重ねるだけの〝笑劇〟では満足できなくなって、喜劇には喜劇固有の筋立てがあるべきだ、と考え、事実自分がそれを工夫創出してみせる、という抱負のもとに、マグネース以来の喜劇の伝統を活性化しようとしたのではないか、と思われる。

『アカルナイの住民たち』

今日伝わるかれの最も古い作品は前四百二十五年上演の『アカルナイの住民たち』である。当時アリストパネースの祖国アテーナイは、スパルタ側同盟諸国を相手どって雌雄を決する大戦争のさなかにあった。前四百三十一年から四百四年まで続いたいわゆる第二次ペロポンネーソス戦争である。アテーナイ側は制海権を掌握していたが、陸上支配においてはスパルタ側が圧倒的優勢を誇っており、アテーナイ領内の山林農地果樹園などは毎年麦の実るころ、スパルタ側同盟軍の進攻と蹂躙《じゅうりん》にさらされて、破壊され、住民たちの難渋と不満は、忍耐の限度をも越えんばかりであった。なかでも、アカルナイ地区は敵側の侵入路上にあったために、その地方で林業や薪炭製造にたずさわっていたアテーナイの市民たちの苦痛もさることながら、スパルタに対する敵慨心もひときわ烈しく、徹底的戦争遂行と報復を唱えていた。そのアカルナイの住民たちが、怒りに真っ赤に燃える炭や薪の扮装をして、合唱隊《コロス》（喜劇の場合は二十四名構成）となって登場する。

ディカイオポリスの名案

さて劇の筋は、世の有様を憂えたディカイオポリスという（〝正義の市民〟という偶意性をもつ）名の市民が、市民総会《エクレーシア》に出席したところ、政治家たちは戦争継続に傾き、一日も早い平和の到来を願う市民たちの心情を無視していることを見せつけられ、失望と怒りのあまり――（そこまでは当時のアテーナイ市民の間では多くの賛成者を得ただろう）――、思いあまって自分一人だけでも、平和を確保したいと、スパルタに使いを送り講和条約を結ぶことに（いくら古代でも、これは全く不可能かつばかげた想定であった。観客は失笑したであろう、だが、それができたらよいのに、と思うものは大勢いたに違いない）成功する。こうしてディカイオポリスは観客大衆の心情的理解をしっかりとつかむわけであるが、かれの行為は途方もなく滑稽な軌道にのって進み始める。かれは、その後八篇のアリストパネースの喜劇に現れる、ばかばかしく真剣で、愚かしく滑稽な行為に走る主人公たちの、いわばプロトタイプ（原型）ということができるかもしれない。

劇的対立とせめぎあい

だがディカイオポリスの単独平和条約締結は、スパルタ人に対する徹底報復を叫ぶ、アカルナイ地区の住民たちの激しい怒りを買い、合唱隊《コロス》に扮したアカルナイ地区の住民たちは、自分たち一家だけで平和の祭りを祝っているディカイオポリス家を襲い、かれをひっとらえて、礫刑に処すべし、といきりたつ。この段になってディカイオポリスは、事の深刻さに気付く。自分の主張や行為が正しくないというのなら、その場で首をはねられてもかまわないから、とにかく弁明の機会だけは与えてもらいたいと懇願し、合唱隊《コロス》もこれを許す。かれは悲劇詩人エウリーピデースのもとを訪ねて悲劇役者が乞食に扮するときのぼろ衣装を借りうけ、貧窮に苦しむ悲劇の英雄テーレポスよろしく、決死の覚悟でおかしくも悲しい自己弁護を一席まくしたてる。〝まあ怒らずに聞いてくれ、見物の皆さん、乞食とはいえ、私は正真正銘のアテーナイ人だ、怪《け》しからんと思うかもしれないが、私の言い分は正当なのだ。私だってスパルタ人は大嫌いだ、地震にでもあって全滅すれば気味がいいと思っている、やつらは私の葡萄畑をずたずたに切りやがった。だが、皆さん、理屈のわからん人はここにはいないだろう、悪いのは本当にスパルタ人だろうか。そもそもこの戦争はなぜ起こったのだ。ばかばかしいじゃないか、隣りの国のメガラの連中と、こちらの酔興な若い衆たちが、商売女を盗んだとか、盗まれたとか――それがもとで、ペリクレースが、オリュムポスのゼウスにでもなったつもりか、大騒ぎ、ギリシア中を引っかき回してしまったのだ、メガラ商品の禁輸だとか、いや禁輸令を緩和せよだとか、もとはと言えば三人の商売女のとりあいじゃないか。だいたい、スパルタ人がどうしたこうしたと、ちょっとしたことにもアテーナイの町中が引っくり返るような大騒ぎ、何というぶざまなことだ、乞食のテーレポスだったらそんなことはしないぞ。おまえさんたち、頭を冷やして考えてみたらどうなのか〟。

ディカイオポリスの平和

ディカイオポリスの、市民総会や評議会では聞けないような、名演説は、大成功を収め、それまで主戦論であった合唱隊《コロス》の意見は分断されて仲間割れを生じ、結局かれの弁明の正当性が認められる。ディカイオポリスは危機を脱したのである。劇の後半は、ディカイオポリスの単独和平条約の締結を知り、かれの家が自由交易の場としてギリシア人全部に開放されたことをいち早く聞きつけて、隣国諸邦から商人が訪れる。これも甚だ滑稽であるが、しかしそこに運ばれる商品の中には長びく戦争の痛ましい災害をあらわにしているものもある。わずかな塩を手に入れるために、自分の娘を、子豚に扮装させて売りに来るメガラの商人は、見るものに笑うに笑えない悲哀を感じさせる。ディカイオポリスもここでは空想家の装いを捨て、諸国の商人相手に、抜け目のない取り引きを強引にとりさばく。劇は、主人公の大成功祝賀の宴でめでたく終わる。

悲劇のパロディとしての喜劇

ここでアリストパネースは、喜劇にふさわしい筋立てを考案して、これを自分の喜劇のなかの骨格とすることに成功している。ディカイオポリスの自分だけの単独講和の着想は滑稽であり奇想天外であるが、戦争に巻きこまれたものが、だれも一度は抱く考えである。その動機はアテーナイの観客のだれもがひそかに賛成できるものであり、しかも主人公が現実の状況判断をふまえ、全く自発的に考えついたものである。だが当然のこととして、〝喜劇〟の中でもかれの行為は他の人々との葛藤を生じ、かれはあわやという危機に追いこまれる。だが、扮装と弁論による危機からの脱出――これが悲劇の劇作法の模倣であり、パロディであることは、ここで悲劇詩人エウリーピデースが登場することや、ディカイオポリスが悲劇の英雄テーレポスに扮装するという設定からも明らかである。そして形勢逆転、それまで不運の極みにあったディカイオポリスは、平和と繁栄を手に入れることのできたただひとりのアテーナイ市民になる。悲劇の逆転《ペリペティア》を裏返しにしたような喜劇の逆転《ペリペティア》が、悲劇をモデルにして完成する。

喜劇の科白

登場人物の科白には――右に簡単に要約する形で紹介したディカイオポリスの弁明にも現れているように、どの一句にも愚かしいほどの真剣さ、ばかばかしい滑稽さ、言いようのないもの悲しさの要素がめまぐるしく交錯し、しかもそのどれもが観客の目から見て爆笑の引きがねとなるように組み合わされている。そして、ディカイオポリスのように、その三要素の権化のような単純な農夫が、平和と繁栄を手に入れることのできたただひとりのアテーナイ市民である、というこの喜劇の結末そのものが、真剣さ・滑稽さ・もの悲しさで、全体を締めくくる効果を収める。かれのようなおかしい人間は、現実にはいない、たとえいても、市民個人の単独平和などありえない、とすれば、現実の世界では平和と繁栄への道は、遠く苦しい戦いの果てにしかありえないからである。

平和と反戦のテーマ

アリストパネースの平和を願う屈折した思いは、『平和《エイレーネー》』（前四二一年上演）や、『リューシストラテー』（〝女の平和〟という訳題で知られている）（前四一一年上演）などの、反戦主義の傑作を生みだしている、またディカイオポリスの単独講和の考えをさらに飛躍させて、出来上がったとも思われるのが『鳥の王国』（前四一四年上演）である。アテーナイに住むことに耐えられなくなった二人の人間が、地上と天上との中間に、鳥類の王国を創始してその支配者に収まるという、ファンタジアの喜劇である。また、アリストパネースは、平和を夢みるというだけでは飽きたりず、かれ自身も、ディカイオポリスほどに実践的とは言えないにしても、積極的に、主戦論者の政治家や軍人を槍玉にあげて攻撃する。喜劇作者に許された言論、表現の自由を、政治諷刺の面で最大限に生かした『騎士《ヒッペイス》』（前四二四年上演）、『蜂《スペーケス》』（前四二二年上演）などがそれであり、とくに時の大権力者クレオーンの政策、性向を真っ向から攻撃、批判しているアリストパネースの勇気は、今日でも驚嘆に値する。

『雲』——教育過熱と〝鉄の時代〟

アリストパネースはまた教育や文化の問題をも喜劇の題材とした。また自分の劇作法の手本でもありまたライバルでもある悲劇作家たちを、盛んに喜劇作品の中に登場させる。これらの中でも、見栄と功利主義にすっかり歪められてしまった、当時の教育問題を主題とした『雲《ネペライ》』は、やはり、愚かしい真剣さ、ばかばかしい滑稽さ、言いようのない悲しさの結晶ともいえる傑作である。母親は上流の出が自慢で、見栄っぱり、一人息子を一流大学に入学させ、一流企業に就職させるためには――という形の母親ぶりを発揮する一部の現代母親像が、そのまま古代ギリシアの遺跡から発掘されたのではないか、という錯覚すら覚えるほどである。その息子の教育費用がかさみにかさんで、ローンの支払日がやってくるのを恐々としている、同情すべき父親ストレプシアデース（〃ねじれた男〃の意）の姿も、私たち自身が鏡に映っているのではないかと思わせる。父親は何とかこの借金苦から逃れる方途はないか、と考えあぐねてついに、賢者の誉れ高いソークラテースの学校を訪ねて教えを乞う。しかしもともと学問には縁のない父親は、ソークラテースに産婆術という哲学入門講義を施されても名案の生まれようはずもない。代わりに金食い虫の息子を学校に入れて、借金取りを撃退するに有効な学問――弁論術――を身につけさせようとする。

ストレプシアデースの悲劇

この父親の愚かしい真剣さ、ばかばかしく滑稽な着想、そして言いようもない悲しさは、あのディカイオポリスの場合と同類である。しかしあの時、劇はめでたく終わったけれども、『雲《ネペライ》』では、文字どおりの悲惨な結果になる。息子は邪悪な教育によって完全に倒錯した価値観を身につけて卒業し、父親に対して暴力を働くことさえ理のしからしめるところ、と放言する。悲嘆と絶望の父親は、これもみなあの憎いソークラテースの学校のせいだと、これに火をつけ焼き払う。喜劇といって笑うこともできないような結末となるのである。ギリシア文化の華といわれた古典期アテーナイの、教育過熱の家庭をのぞいてみれば、何と、そこにはヘーシオドスの鉄の時代の忌わしい乱脈がそのままに幅をきかせているではないか――。

筋の統一・一貫性をめざして

アリストパネースの喜劇が、ギリシアの演劇詩の展開する歴史の上で占めている位置は、技術上の完成円熟という地点ではないかもしれない。前四百年代上演の喜劇の――ふつう古期喜劇と呼ばれるが――作品構造は、年を追って微妙な変化のあとをたどっている。『アカルナイの住民たち』に例をとるならば、ディカイオポリスが葛藤と対決の後、単独講和の有効性を認めてもらうのは、劇の半ばあたりで、その時点においてすでにかれの奇想天外の計画は目的を達成している（そのすぐ後には〝パラバシス〟と呼ばれるところの、筋とは無関係な踊りや歌、演説などの部分が続くが、それについての説明は省略する）。劇の後半は、ディカイオポリスが平和の実りを享受するさまが、エピソードふうに列記されているにすぎず、筋の継続的展開というべきものをもたない。その後のアリストパネースの喜劇は、徐々にであるが、劇としての筋が前半だけで完結するものではなく、後半部分の場面展開をも継続的に押しすすめていくような構造に近づいていく。そして前三百年代に入ってから創作された二つの喜劇作品では、さきの〝パラバシス〟部分による筋の中断が完全に取り除かれるに至っている。

笑いの質

このように、喜劇における演劇的筋の統一と一貫性を求める見地に立てば、アリストパネースの古喜劇作品の構造はいまだ完成とは言いがたい。アリストパネースの古喜劇において、演劇的に完成の境に達しているものがあるとすれば、それはやはり観客に与えた笑いの質の高さにあったのではないだろうか。いかにして人間の最も人間らしい感情表現を、一層人間らしい形に高めることができるか。その問いに答えるためには、アリストパネースの言葉の綾を、まず丹念に読みほぐす作業が必要であろう。しかしまたそれとは別に、私たち自身が、人間の欲望というもののさまざまの形について、正確な理解をもつことも必要であろう。また、人間の欲望を観察するときの、二つの対照的な視点についても、新しい理論を展開することも必要となってくるに違いない。悲劇の合唱隊《コロス》は、人間の欲望には際限がなく、それが人としての法《のり》を超えて増大するとき災いと破滅はまぬがれない、とくり返す。喜劇の合唱隊《コロス》もやはり同じ趣旨の言葉を歌い、また舞台の上でそのような誤りの軌跡を描く愚かしい人間の行為を目撃している。一方では、それが悲劇となるのに、他方ではそれが喜劇となるのはなぜであろうか。

人間みな同じ――違いは視点の高さ

アリストテレースはこの問いに答えてこう言う。「悲劇は、日常一般の人間よりもすぐれた人間の行為を表そうとする、それに対して喜劇は、並より劣った人間たちの行為を対象とする」。つまり芸術的表象をとらえる目の高さに、対照的な差位があるから、一方では悲劇、他方では喜劇というものが生まれると言っているように思われる。悲劇のほうはそれでよいだろうが、しかし喜劇のほうについては、もう少し補足的な説明あるいは別の言葉による言いかえが必要であろう。アリストテレースの中庸的見方がそのような定義のもとにあるかどうかは別として、かれの言葉からは、人間にはよりすぐれたもの、より劣ったものの二種類があって、一般人はその中間に位置し、上を見れば悲劇の世界が、下を見れば喜劇の世界が開けてくる、という図式が提示されているような印象をうける。その卓見に異を唱える気持ちは毛頭ない、ただ私の感じ方を言うならば、人間には上等も下等もあろうはずがない。アガメムノーンのほうがディカイオポリスより、どこが上等であると言えるだろう。違いは、モデルの上品下品ではなく、同じ人間を見る自分の目を、低く位置させるか、高く位置させるか、つまり作者の、そして観客の視点の高低によって生じるというほうが、正しいのではないかと思われるのである。

雲の上、大空のかなたからの笑い

悲劇の荘重厳粛は、合唱隊《コロス》の視線が低く地を這《は》うように畏怖の色を浮かべることによって保たれている。かれらは、人間よ、身を低くして神々を仰ぎみよ、と言う。喜劇の笑いは、作者も合唱隊《コロス》も観客も、空を舞う鳥や、大空を流れる雲のような高みにあって、そこから人間世界に渦まく欲望や争いを眺めおろしているところからわき上がるものであろう。ディカイオポリスも、『雲』で借金取りに怯《おび》える父親ストレプシアデースも、上等でも下等でもないふつうの私たちと同じ人間である。しかしかれらの行為が、愚かしく真剣で、ばかばかしく滑稽で、そして言いようもなくもの悲しく見えるのは、ただ私たちの眼が喜劇の観客のみにしつらえた雲の上の座席から、同じ人間を眺める特権をしばし享受しているからにほかならない。――つまり、神々から見た人間の姿を、神々の目から見て人間を笑わせる、そこにギリシア古喜劇作者の立場があり、アリストパネースの喜劇の笑いの本質も、そこからあふれ出ているように思われる。アリストパネースの笑いの質の高さ、とさきに言ったものも、下等な人間を笑いのめす痛快感にとどまるのではない。悲劇の合唱《コロ》隊《ス》とみごとに対称性を示す一極を自らの拠点としていることを自覚した喜劇詩人が、高空からまき散らしてみせる、オリュムポスの神々の笑い——それこそが、かれの喜劇が達成しえた、貴重な芸術的完成である、と私は考える。

〔参考文献〕

本論で取りあげたエウリーピデースの三篇の悲劇作品の邦訳は、前述の人文書院刊『ギリシア悲劇全集』巻三、四に収録されているものをご参照されたい。またアリストパネースの諸作品の邦訳は、人文書院刊『ギリシア喜劇全集』に全篇収録されているので、ご参照願いたい。

なお、エウリーピデースのギリシア語原典テクストは、現在オクスフォド古典叢書で、ディッグル校訂本が巻一、二まで刊行されているが、巻三は旧版のマリー校訂本である。その他にトイプナー古典叢書では、個別の作品が個別の校訂者によって刊行されつつあるが、エウリーピデースの全作品を尽くすには至っていない。

アリストパネースの原典テクストは、オクスフォド古典叢書の校訂本は現代の学問的要求を満たすには不充分であり、ビュデ叢書のクーロン校訂本が現今の写本・原典研究の実態に近い。

年表

前一二〇〇年ごろ　トロイアー戦争、ミュケーナイ時代終わる（中国では甲骨文字、青銅祭器の時代）。

前七〇〇年代（七九九～七〇〇）　ギリシア都市国家、植民都市、オリュムピアー競技始まる。アルファベット記法発明、ホメーロス、ヘーシオドス。

前六〇〇年代（六九九～六〇〇）　抒情詩人の時代、アルクマーン、サッポー、アルカイオス、七賢人（中国では春秋五覇の時代）。

前五〇〇年代（五九九～五〇〇）　ソローン、ペイシストラトス、アテーナイで、ホメーロスの諸伝本集められる。合唱抒情詩人ステーシコロス（前五五一年孔子生まれる）、前五〇〇年ごろアテーナイの民主制確立、悲劇・喜劇の国費上演このころ始まる（中国では諸子百家の活躍）。

前四〇〇年代（四九九～四〇〇）　前四八〇年サラミース海戦、悲劇作家アイスキュロス、ソポクレース、エウリーピデース、古喜劇作家アリストパネース、歴史家ヘーロドトス、トゥーキュディデース、哲人ソークラテース（中国では孔子の『春秋』）。

前三〇〇年代（三九九～三〇〇）　哲学者プラトーン、アリストテレース、弁論家イーソクラテース、デーモステネース、歴史家クセノポーン、ギリシア新喜劇作家メナンドロス、

前二〇〇年代（二九九〜二〇〇）
アレクサンドロス大王の東征、ヘレニズム（〝ギリシア語化〟）の時代（中国では戦国時代、荘子、孟子、屈原活躍）。アレクサンドリアにおける古代ギリシア文学作品校訂、注釈作製、ペルガモンにおけるギリシア文学、修辞学研究、ギリシア文学の影響、イタリアへ（中国では秦始皇帝）。

前一〇〇年代（一九九〜一〇〇）
初期ラテン文学、エンニウス、リーウィウス・アンドロニーコスの『オデュッセアー』、喜劇詩人プラウトゥス、テレンティウス、ギリシア人歴史家ポリュビオス、ローマ史を著す（中国では前漢時代〈前二〇二―西暦八年〉）。

前一世紀（九九〜一）
ローマに弁論家キケロー、文筆家カエサル、歴史家サルスティウス、リーウィウス、詩人ルクレーティウス、カトゥルス、ウェルギリウス、ホラーティウス、オウィディウスら現れてラテン文学の黄金時代を築く（中国では司馬遷『史記』著さる）。キリスト生誕。

西暦一世紀
ローマにセネカ、プリーニウス、スタティウス、タキトゥス、マルティアーリス、ユウェナーリスら、多数の詩人、文筆家が輩出してラテン文学の白銀時代を現出、クインティリアーヌスの『弁論家の教育』、ギリシアではプルータルコス、このころに書写されたパピルス書巻多数、十九、二十世紀に再発見される（中国では後漢〈二五―二二〇〉、倭奴国の使者、光武帝より印綬を授かる）。

西暦二世紀　ギリシア語諷刺家ルーキアーノス、ローマにスエートニウス、皇帝マールクス・アウレーリウス。

西暦三世紀～古代末期　西欧、北アフリカ、スペイン等に詩人、文人多数現れる。歴史家マルケリーヌス、注釈家マクロビウス、文法家プリスキアーヌス、哲人ボエーティウス、東西ローマ帝国分裂（三九五）、西ローマ帝国滅亡（四七六）、現存の古代本ホメーロス（ミラノ断片『イーリアス』）、ウェルギリウス（ヴェティカン本）。

西暦九世紀～十世紀　東ローマ帝国における古代ギリシア文学研究（ビザンティン・ルネサンス）古典作品の最古、最良の写本生まれる。カロリンガ王朝における古代ラテン文学写本の集成、書写始まる。（空海、金剛峰寺、八一六、古今和歌集編集九〇五）。

十三～十四世紀　ギリシア、ラテン古典作品の写本大幅に増加、伝播。

西暦十五世紀　イタリア・ルネサンス、古典文学研究興隆、印刷本によるギリシア語、ラテン語古典作品の飛躍的拡散伝播、原典確定をめぐる諸問題。

十六世紀以降　古典研究は全欧諸地において推進されることとなる。

文庫版あとがき――門前の小僧、ならわぬ経をよむ

このたび、筑摩書房の格別のご好意によって、この『西洋古典学――叙事詩から演劇史へ』（放送大学教育振興会）が改題の上、復刊され、新しい読者の皆さんのまえに姿を現すはこびとなったことは、私にとっては、まことに大きい驚きでありました。まず、そのわけをお話しさせてください。

第一の、最大の驚きは、私自身このような本を書いていたことを、すっかり忘れてしまっていたことです。昔、昔、大森荘蔵先生のおすすめをいただいて、放送大学でそのような題名のもとに講義をしたことはかすかに記憶にありましたが、その放送プログラムの枠組みが時計と暦の鬼ごっこのようであったことだけしか覚えておらず、その講義の内容が本の形になって残っていることは、筑摩書房の方から伺うまでは、全く知りませんでした。事実、私の書斎の本棚をひっくり返して探してみましたが、どこにも、一冊も見付けることはできなかったのです。全てはもう三十年以上も昔のこと、私の歳を思えば、それほど驚くことではなかったのかもしれませんが。

第二の驚きは、このたびの復刊のために筑摩書房でご準備いただいた校正刷を読み進む

に従って、幾たびとなく、私の耳に聞こえつづける、だれのものともしれない声でした。〝門前の小僧、ならわぬ経を読む〟と、囁きつづけているのは私なのか、それとも、今日までのあちらこちらでお世話になった旧師や先輩諸氏のどなたかの声なのか。それが聞こえてくるたびに、私は自分自身が門前の小僧であったことを、そして、今もそうであることを、深く思い知り、驚きを繰り返していました。校正刷に私の文字として記されているのは、どれを見ても、〝ならわぬ経〟ばかりでありました。古代のギリシア語、ラテン語の意味は、門前で座り込んで文法書を手引きに何年かかけて格闘すれば繋ぎ合わせることもできるでしょう。でもその言葉で綴られ、歌われた詩文を音曲として耳にすることはおろか、歌として歌うことは、一編の楽譜も伝わっていない以上、だれにも叶うことではありません。いえ、プラトーンの会話のひびきさえ、遠く門前に佇んで耳ではなく、眼でとおくかすんだ文字を追うしか、私たちに残されている道はないのです。

第三の驚きは〝門前の小僧〟を、入門の道を完全に閉ざされた〝ならわぬ小僧〟である自分を、幾十年ものあいだ、そこに立たせ続けてくれた、有形無形のさまざまなちからにたいする驚きでありました。それにたいする驚きと、それにたいしてこのとき初めて覚えた、深い、深い感謝の思いでありました。この驚きと感謝の気持ちこそが、自分にとっては、〝門前の人生〟の最後の導きであると痛感したとき、『西洋古典学入門』という表題に、自分の正直な思いを託することができました。つまり、この本は、今は齢八十八にもなりながら、入門を願い続ける門前の小僧が、道行く元気一杯の若者たちに語りかける、ならわぬ経文の端々であります。ごく簡単に、そのひとつふたつを振り返ってみますと、ホメーロス叙事詩の姿を、いつの日にかは〝門内〟の徒となってその眼で仰ぎ見たいという私の思いは叶えられませんでしたが、その思いを共にする素晴らしい仲間と巡り会い、十年ほどの時を共にすることができました。それはヤコブス・ホイエルという名の十七世紀オランダのユトレヒトの若い学者でありますが、一五一七年アルド版の『ホメーロス全集』の欄外余白に驚くばかりの学殖豊かな注記をしるし、詩人ホメーロスの姿を甦らせようとしていたのです。また、悲劇の誕生については、アイスキュロスの『ペルシアの人々』の構成について詳しく説明させていただいておりますが、それを今読み返してみますと、私が門前の小僧として初めて道行く人々に読んでくださいと差し出した、大学卒業論文の名残を留めているのに気づきました。汗顔の思いがいたしますが、その後大勢の道行く人々と一緒になって、ギリシア悲劇の上演の活動を始めるきっかけともなり、そのすえには、ギリシア悲劇と能楽との比較にも興味を抱くことにもなりました。また、ギリシア抒情詩の再発見のところでもサッポーの手紙について少々長すぎる説明（脱線？）をいたしましたが、これは私の生涯の相棒でもあった家内が長くサッポー研究に興味をもっていたこと、また私自身、この手紙の成り立ちと、その問題についてのポリチアーノの研究に興味をもって取り組んでいただためでしょうか、どうか何分のお許しをいただくことが叶いますればさいわいであります。

〝門前の小僧、ならわぬ経をよむ〟と題しましたあとがきの駄文、これにて終わらせていただきます。

久保正彰

二〇一八年六月二十四日

索　引

（配列は五十音順）

あ行

か行

さ行

た行

な行

は行

ま行

や行

ら行

わ行

本書は一九八八年三月二十日、放送大学教育振興会より刊行された『西洋古典学——叙事詩から演劇詩へ』を改題したものである。

アラブが見た十字軍
アミン・マアルーフ
牟田口義郎／新川雅子訳

十字軍とはアラブにとって何だったのか？　豊富な史料を渉猟し、激動の12、13世紀をあざやかに、しかも手際よくまとめた反十字軍史。

ディスコルシ
ニッコロ・マキァヴェッリ
永井三明訳

ローマ帝国はなぜあれほどまでに繁栄しえたのか。その鍵は〝ヴィルトゥ〟。パワー・ポリティクスの教祖が、したたかに歴史を解読する。

戦争の技術
ニッコロ・マキァヴェッリ
服部文彦訳

出版されるや否や各国語に翻訳された最強にして安全な軍隊の作り方。この理念により創設された新生フィレンツェ軍は一五〇九年、ピサを奪回する。

マクニール世界史講義
ウィリアム・H・マクニール
北川知子訳

ベストセラー『世界史』の著者が人類の歴史を読み解くための三つの視点を易しく語る白熱の入門講義。本物の歴史感覚を学べます。文庫オリジナル。

古代ローマ旅行ガイド
フィリップ・マティザック
安原和見訳

タイムスリップして古代ローマを訪れるなら？　そんな想定で作られた前代未聞のトラベル・ガイド。必見の名所・娯楽ほか情報満載。カラー頁多数。

アレクサンドロスとオリュンピアス
森谷公俊

彼女は怪しい密儀に没頭し、残忍に邪魔者を殺す悪女なのか、息子を陰で支え続けた賢母なのか。大王母の激動の生涯を追う。　（澤田典子）

古代地中海世界の歴史
本村凌二
中村るい

メソポタミア、エジプト、ギリシア、ローマ——古代に花開き、密接な交流や抗争をくり広げた文明を一望に見渡し、歴史の躍動を大きくつかむ！

増補 十字軍の思想
山内進

欧米社会にいまなお色濃く影を落とす「十字軍」の思想。人々を聖なる戦争へと駆り立てるものとは？　その歴史を辿り、キリスト教世界の深層に迫る。

向う岸からの世界史
良知力

「歴史なき民」こそが歴史の担い手であり、革命の主体であった。著者の思想史から社会史への転換点を示す記念碑的作品。　（阿部謹也）

ドストエーフスキー覚書
森 有正
深い洞察によって導かれた、ドストエーフスキーを読むための最高の手引き。主要作品を通して絶望と死、自由、愛、善を考察する。（山城むつみ）

西洋文学事典
桑原武夫監修
黒田憲治／多田道太郎編
この一冊で西洋文学の大きな山を通読できる！ 20世紀の主要な作品とあらすじ、作者の情報や社会的トピックスをコンパクトに網羅。（沼野充義）

貞観政要
呉兢編
守屋洋訳
大唐帝国の礎を築いた太宗が名臣たちと交わした政治問答集。編纂されて以来、帝王学の古典として屹立する。本書では、七十篇を精選・訳出。

シェイクスピア・カーニヴァル
ヤン・コット
高山宏訳
既存の研究に画期をもたらしたコットが、バフチーンのカーニヴァル理論を援用しシェイクスピア作品に流れる「歴史のメカニズム」を大胆に読み解く。

初学者のための中国古典文献入門
坂出祥伸
文学、哲学、歴史等「中国学」を学ぶ時、必須となる古典の基礎知識。文献の体裁、版本の知識、図書分類他を丁寧に解説する。反切とは？ 偽書とは？

シュメール神話集成
杉勇
尾崎亨訳
「洪水伝説」「イナンナの冥界下り」など世界最古の神話・文学十六篇を収録。ほかでは読むことのできない貴重な原典資料。豊富な訳注・解説付き。

エジプト神話集成
杉勇
屋形禎亮訳
不死・永生を希求した古代エジプト人の遺した、ピラミッド壁面の銘文ほか、神への讃歌、予言、人生訓など重要文書約三十篇を収録。

宋名臣言行録
朱熹編
梅原郁編訳
北宋時代、総勢九十六名に及ぶ名臣たちの言動を大儒・朱熹が編纂。唐代の『貞観政要』と並ぶ帝王学の書であり、処世の範例集として今も示唆に富む。

十八史略
曾先之
今西凱夫訳
三上英司編訳
『史記』『漢書』『三国志』等、中国の十八の歴史書をまとめた『十八史略』から、故事成語、人物にまつわる名場面を各時代よりセレクト。（三上英司）

アミオ訳 孫子〔漢文・和訳完全対照版〕
守屋淳監訳・注解 臼井真紀訳

最強の兵法書『孫子』。この書を十八世紀ヨーロッパに紹介したアミオによる伝説の訳業がついに邦訳。その独創的解釈の全貌がいま蘇る。（伊藤大輔）

プルタルコス英雄伝（全3巻）
プルタルコス 村川堅太郎編

デルフォイの最高神官、故国の栄光を懐かしみつつローマの平和を享受した〝最後のギリシア人〟プルタルコスが生き生きと描く英雄たちの姿。

和訳 聊斎志異
蒲松齢 柴田天馬訳

中国清代の怪異短編小説集。仙人、幽霊、妖狐たちが繰り広げるおかしくも艶やかな話の数々。日本の文豪たちにも大きな影響を与えた一書。（南條竹則）

フィレンツェ史（上）
ニッコロ・マキァヴェッリ 在里寛司／米山喜晟訳

権力闘争、周辺国との駆け引き、戦争、そして政権転覆。マキァヴェッリの筆によりさらにドラマチックに彩られるフィレンツェ史。文句なしの面白さ！

フィレンツェ史（下）
ニッコロ・マキァヴェッリ 在里寛司／米山喜晟訳

古代ローマ時代からのフィレンツェ史を俯瞰することで見出された、歴史におけるある法則……。マキァヴェッリの真骨頂が味わえる一冊！（米山喜晟）

ギルガメシュ叙事詩
矢島文夫訳

ニネベ出土の粘土書板に初期楔形文字で記された英雄ギルガメシュの波乱万丈の物語。「イシュタルの冥界下り」を併録。最古の文学の初の邦訳。

北欧の神話
山室静

キリスト教流入以前のヨーロッパ世界を鮮やかに語り伝える北欧神話。神々と巨人たちとが織りなす壮大な物語をやさしく説き明かす最良のガイド。

漢文の話
吉川幸次郎

日本人の教養に深く根ざす漢文を歴史的に説き起こし、その由来、美しさ、読む心得や特徴を平明に解説する。贅沢で最良の入門書。（興膳宏）

「論語」の話
吉川幸次郎

人間の可能性を信じ、前進するのを使命であると考えた孔子。その思想と人生を「論語」から読み解く中国文学の碩学による最高の入門書。

老子 福永光司訳

己の眼で見ているこの世界は虚像に過ぎない。自我を超えた「無為自然の道」を説く、東洋思想が生んだ画期的な一書を名訳で読む。（興膳宏）

荘子 内篇 福永光司・興膳宏訳

人間の醜さ、愚かさ、苦しさから鮮やかに決別する、古代中国が生んだ解脱の哲学三篇。中でも「内篇」は荘子の思想を最もよく伝える篇とされる。

荘子 外篇 福永光司・興膳宏訳

内篇で繰り広げられた荘子の思想を、説話・寓話のかたちでわかりやすく伝える外篇。独立した短篇集として読んでも面白い、文学性に富んだ十五篇。

荘子 雑篇 福永光司・興膳宏訳

荘子の思想をゆかいで痛快な言葉でつづった「雑篇」。日本でも古くから親しまれてきた「漁父篇」や「盗跖篇」など、娯楽度の高い長篇作品が収録されている。

墨子 森三樹三郎訳

諸子百家の時代、儒家に比肩する勢力となった学団・墨家。全人を公平に愛し侵攻戦争を認めない独特な思想を読みやすさ抜群の名訳で読む。（湯浅邦弘）

「科学者の社会的責任」についての覚え書 唐木順三

核兵器・原子力発電という「絶対悪」を生み出した科学技術への無批判な信奉を、思想家の立場からきびしく問う、著者絶筆の警世の書。（島薗進）

古典との対話 串田孫一

やっぱり古典はすばらしい。デカルトも鴨長明もみんな友達。少年のころから読み続け、今もなお、何度も味わう。碩学が語る珠玉のエッセイ、読書論。

書国探検記 種村季弘

エンサイクロペディストによる痛快無比の書物・読書論。作家から思想家までの書物ワールドを自在に飛び回り、その迷宮の謎を解き明かす。（松田哲夫）

朝鮮民族を読み解く 古田博司

彼らに共通する思考行動様式とは何か。なぜ日本人はそれに違和感を覚えるのか。体験から説き明かす朝鮮文化理解のための入門書。（木村幹）

ちくま学芸文庫

西洋古典学入門《せいようこてんがくにゅうもん》　叙事詩《じょじし》から演劇詩《えんげきし》へ

二〇一八年八月十日　第一刷発行

著者　久保正彰（くぼ・まさあき）

発行者　喜入冬子

発行所　株式会社　筑摩書房
東京都台東区蔵前二―五―三　〒一一一―八七五五
振替〇〇一六〇―八―四一二三

装幀者　安野光雅

印刷所　星野精版印刷株式会社

製本所　株式会社積信堂

乱丁・落丁本の場合は、左記宛にご送付下さい。
送料小社負担でお取り替えいたします。
ご注文・お問い合わせも左記へお願いします。
筑摩書房サービスセンター
埼玉県さいたま市北区櫛引町二―六〇四　〒三三一―八五〇七
電話番号　〇四八―六五一―〇〇五三

ISBN978-4-480-09880-1 C0190